目 录

- 李陵 1
- 山月记 43
- 高人传 51
- 弟子 59
- 牛人 95
- 盈虚 102
- 悟净出世 113
- 悟净叹异 137
- 文字祸 151
- 附灵 160
- 木乃伊 166
- 光，风，梦 172

附录：中岛敦年谱 282

译后记 290

山月记

さんげつき

〔日〕

中岛敦
著

李默默 译

江苏凤凰文艺出版社
JIANGSU PHOENIX LITERATURE AND ART PUBLISHING, LTD

图书在版编目（CIP）数据

山月记 /（日）中岛敦著 ; 李默默译. -- 南京 : 江苏凤凰文艺出版社，2020. 5（2025. 11 重印）
ISBN 978-7-5594-4739-5

Ⅰ. ①山… Ⅱ. ①中… ②李… Ⅲ. ①中篇小说 - 小说集 - 日本 - 现代②短篇小说 - 小说集 - 日本 - 现代
Ⅳ. ① I313. 45

中国版本图书馆 CIP 数据核字（2020）第 054948 号

山月记

[日] 中岛敦 著　李默默 译

责任编辑	刘洲原　白　涵
选题策划	麦书房文化
装帧设计	付诗意
责任印制	杨　丹
出版发行	江苏凤凰文艺出版社
	南京市中央路 165 号，邮编：210009
网　　址	http://www.jswenyi.com
印　　刷	北京中科印刷有限公司
开　　本	880 毫米 ×1230 毫米　1/32
印　　张	9.25
字　　数	149 千字
版　　次	2020 年 5 月第 1 版
印　　次	2025 年 11 月第 10 次印刷
书　　号	ISBN 978-7-5594-4739-5
定　　价	39.00 元

李陵[1]

一

汉武帝天汉二年秋，骑都尉李陵率五千步卒，从边塞遮虏障[2]出发，向北行进。曲曲折折一路穿过阿尔泰山脉东南端那几乎隐没于戈壁沙漠中的粗粝荒凉的丘陵地带，北上行军三十日。朔风吹透戎衣，寒冷入骨，着实深有一种孤军征万里之感。行至漠北浚稽山麓，军队终于停营驻扎下来，此处已经深处敌军匈奴的势力范围之中。尚是秋天，而北地的苜蓿已经枯萎，榆树和杞柳的叶子也已凋零殆尽。不用说落叶，除却宿营地近旁，甚至连树木都难以见到。砂砾，岩石，河滩，干涸的河床，四野一片荒凉景象。目之所及，荒无人烟，偶有访客，也不过是旷野里觅水的羚羊。远山高耸，直插秋日的苍穹，山巅之上，雁群向南急急而去。而此情此景却不能勾起将帅与士卒中任何一人的甜蜜乡情，他们的处境已经危险至极。

〔1〕 本文完稿于1942年10月，同年12月，作者中岛敦因哮喘病发去世。1943年7月，本文首次发表于《文学界》。遗稿中留有中岛敦草拟的“漠北悲歌”等多个题目，其挚友深田久弥从中选择了最普通但也最无可非议的“李陵”一题，作为本文的题目。

〔2〕 遮虏障：西汉时期为防止匈奴入侵而在居延一带修筑的一种防御工事，位于今内蒙古额济纳旗东南。

匈奴以骑兵为主力，而与之抗衡的这支队伍，除却李陵和少数幕僚骑马之外，连一队骑兵都没有，只凭借步兵之力，深入敌军腹地。这样的行为，实是鲁莽之举。就连步兵也仅有区区五千人，全无后援，何况这座浚稽山，距离最近的汉塞居延城也足有一千五百里之遥。若无对统帅李陵的绝对信赖与臣服，是无论如何都无法这样持续行军的。

每年秋风起时，大汉的北疆必有大队剽悍的入侵者策胡马来袭。他们杀戮边吏，劫掠百姓，抢夺家畜。五原、朔方、云中、上谷、雁门等地，年年深受其害。元狩至元鼎[1]数年间，因大将军卫青、骠骑大将军霍去病驭兵有术，一时出现了“漠南无王庭”的局面，但除此之外，近三十年来，北疆一直灾祸不断。现今，霍去病离世十八年，卫青逝去七年。浞野侯赵破奴率军征战失利，全军沦为降虏；光禄勋徐自为在朔北修筑的城障也突遭破坏。足以维系军心的将帅，除早年间远征大宛时大振威名的贰师将军李广利外，再无二人。

这一年，即天汉二年夏五月，抢在匈奴侵略之前，贰师将军率三万骑兵自酒泉出发，想要在天山一带攻击屡屡觊觎西境的匈奴右贤王。武帝本想命李陵负责这支队伍的粮草军需，然而召其来到未央宫武台殿后，李陵却极力请辞这一职务。

李陵，名将飞将军李广之孙。自幼精通骑射，颇有祖父遗风，自数年前起就被封为骑都尉，于西境酒泉、张掖两地教习弓术，演练兵士。年近四十，血气正盛，委以区区辎重之职，实是难以尽如人意。李陵请愿道：“臣于边境所养之兵，皆是一骑当千的荆楚勇士，但求带队出征，于侧面牵制匈奴军力。”李陵的请求字字恳切，武帝也并

---

〔1〕 元狩、元鼎，汉武帝时期年号。元狩为公元前 122 年～公元前 117 年，元鼎为公元前 116 年～公元前 111 年。

非全然不赞同，然而由于接连向各方派兵，此时已无余力给李陵的军队配备战骑。即便如此，李陵仍道无妨。此事诚然是难于登天，但同辎重之职相比，李陵宁可选择与甘为自己舍生忘死的五千部下一起，以身赴险。“臣愿以少击众。”李陵此言使好大喜功的武帝龙心大悦，接受了李陵的请愿。

李陵向西返回张掖，即刻整兵北上。当时屯兵居延城的彊弩都尉路博德奉诏，中途出迎李陵的军队。至此，一切顺利，而这之后，厄运却悄然降临。

这位路博德，原本是一名老将，早年追随霍去病，官拜邳离侯。尤其是二十年前，被封为伏波将军，曾率十万大军剿灭南越。此后，他却因触犯法度而失去了侯爵，贬至现今的地位，镇守西境。就年龄而言，他可以算是李陵的父辈。从前官封侯位的老将，如今要为李陵这样年轻的后辈效力，路博德心中十分不悦。

路博德在迎接李陵军队的同时，遣人前往京师奏报。奏章中说道，他以为如今正当匈奴秋高马肥之时，凭李陵一众孤军，难以与善骑射的敌军精锐之师对抗。因此，不如留李陵在此一同过冬，等到来年春天，再与其各率酒泉、张掖五千骑兵出击，方为良策。自然，李陵对此事一无所知。

武帝见此奏章后勃然大怒，以为这是李陵与路博德商议后的上书。人在君前时大言不惭，现如今到了边疆，却突然畏缩不前，这如何说得过去！武帝立即遣使飞奔至路博德与李陵所在之处。给路博德的诏书这样写道：“李陵于朕面前夸下海口称要以少击众，因而你不必协助他。如今匈奴入侵西河，你留下李陵火速赶往西河，以断敌军进路。”给李陵的诏书则写道：“速赴漠北，于东起浚稽山南至龙勒水一带侦察观望敌情，如无异状，循浞野侯旧道至受降城，休整军队。”

诏书中还严厉叱问了他同路博德合议上奏一事，自不必说。

速度极慢的徒步行军、单凭人力对车辆的牵引，加之入冬后胡地寒冷的气候——很明显，即便不考虑孤军深入敌方的危险，这指定的数千里行程，对没有战骑的军队而言，也是极其艰难的。武帝绝非一位昏庸的君主，但也和同样并非昏君的隋炀帝、秦始皇一样，有与其相通的长处与短处。武帝恩宠无比的李夫人，她的兄长贰师将军李广利因兵力不足一度想要从大宛暂时撤离，触及了武帝的逆鳞，也被关在了玉门关外。而那次征讨大宛，起因不过是武帝想要得到良马而已。

武帝一言既出，无论是多么肆意妄为之事，也要绝对贯彻到底。何况李陵这次更是自己主动请缨，尽管季节和距离上条件极为苛刻，却也绝无踌躇不前的理由。就这样，李陵踏上了这条无骑兵同行的北征之途。

队伍在浚稽山逗留了十余日。这期间，除了每日派斥候[1]探察敌情，还必须将附近的山川地形绘制成图报往朝廷。报告书交与麾下部将陈步乐，由他随身携带，只身送往京师。这名被选中的使者向李陵作了一揖，跨上不足十匹的战马中的一匹，挥鞭向山下策马疾驰而去。广袤天地一片连绵荒凉的灰色，陈步乐的背影渐渐隐没于其中。一众将士目送他渐行渐远，心中的不安难以名状。

这十天来，浚稽山东西三十里，未见胡兵一人。

早于他们出兵的贰师将军在夏天时向天山出击，一度击破匈奴右贤王，却在回程中为另外的匈奴大军所困，惨遭兵败。据说汉军折损十之六七，就连贰师将军自己都险些身遭不测。这些消息也传到了他

〔1〕 斥候：也作斥堠。古代的侦察兵，据传起源于汉代。

们耳中。

大败李广利的敌军主力此刻身在何方呢？如今，因杅将军公孙敖正在西河、朔方一带，与李陵分道扬镳后的路博德就是赶去支援那里的。从距离和时间上来算，他们所御之敌应该不是那队致命的敌军主力。从天山出发到达往东四千里之远的黄河以南鄂尔多斯地区，绝无可能如此之快。无论怎样推算，匈奴主力现在都只可能屯扎于李陵军队营地到北方郅居水之间。

李陵每日亲自立于前山顶上，眺望四方。从东向南，唯有万里漠漠平沙；自西向北，也只见草木贫瘠的连绵丘陵。秋云之间，时而掠过状如鹰隼的飞鸟的身影；大地之上，却难以寻觅到一骑胡兵的行踪。

山峡间疏林的尽头，兵车排成一圈，将帷幕相连的营帐围在其中。入夜，气温骤降。士卒们折取为数不多的树枝，焚火取暖。滞留十日，月亮由盈转亏，继而消失不见。或许是因为晴朗干燥，满天星斗呈现出一种绝美之姿。每天夜里，天狼星斜洒下青白色的光芒，摇曳生辉，若即若离地触碰着漆黑的群山之影。

十几日平安无事地过去了。李陵决定明日从此处拔营，按照指定的路线向东南方向进发。就在当晚，一名步哨无意间仰望璀璨的天狼星时，看到天狼星正下方突然出现了一颗硕大的赤黄色星星。正在惊叹之时，这颗见所未见的巨星拖着红色的粗大的尾巴晃动起来。紧接着，两点三点四点五点，同样的光斑出现在它周围，也晃动起来。步哨禁不住要喊出声来，然而就在这时，这些遥远的光亮一瞬间倏地消失。仿佛方才所见，只是一场梦境。

接到步哨报告，李陵传令全军，明早天一亮便即刻进入备战状态。他在外面将各项部署大体检点一番，又回到营帐中，鼾声如雷，沉沉睡去。

翌日清晨，李陵醒来走出营帐，看到全军已按照昨夜的命令列阵待命，静候敌军。将士们全体在排列好的军车外侧就位。持戟和盾的士卒位于前列，弓弩手排在后方。两座高山将这座峡谷裹挟其间，拂晓时分的黑暗中，万籁俱寂，却使人不由得感觉到，四野的岩石阴影之下仿佛隐藏着些什么。

依照匈奴习俗，单于拜过日出之后才开始行动。当朝阳的光影投射进山谷，原本空无一物的两山山顶直到斜坡之上，瞬间涌现出无数人影。伴随着撼天动地的呼喊声，胡兵杀下山来。当胡兵的先驱部队逼近至只有二十步时，此前一直鸦雀无声的汉军阵营击响了第一声战鼓。顷刻之间，千弩俱发，数百胡兵应弦而倒。间不容发，汉军前列持戟的士卒立刻向惶恐欲逃的残余胡兵冲了上去。匈奴军队溃不成军，向山上逃窜。汉军乘胜追击，取敌首数千。

这是一场精彩的胜仗，然而顽固的敌军绝不可能就此撤退。单是今日的敌军就足有三万，而且从山上飘动的旗帜来看，他们毫无疑问是单于的近卫军。倘若单于在此，则后方必有八万十万后续军队待命。李陵立即决定从此地撤离，向南转移，并且改变了行军计划，到昨天为止，他本是打算前往距此东南方向两千里的受降城，如今改为走半月前来时的那条路南下，争取早一日进入原先的居延城。但即便是那里，距此处也有一千数百里之遥。

南行第三日晌午，在汉军的后方遥远的地平线上，黄沙漫卷如云，正是追击而来的匈奴骑兵。第二日，八万胡兵凭借快马之利，已将汉军前后左右围得密不透风。只是前日的失败使他们心有余悸，不敢贸然近前。胡兵一面从远处围住南行途中的汉军，一面在马上远远向汉军射箭。李陵命全军停下，摆出战斗阵形，敌军便驱马撤退，避免近身相搏。而一旦继续开始行军，敌军又靠近他们，再度射箭。

行军速度自然大大减慢，死伤者人数也着实日益增多。匈奴兵如同紧紧尾随在疲饿交加的旅人身后的旷野的狼群，持续着这样的作战方式，顽固地追了上来。他们一点点消磨汉军的战力，窥伺时机，以发出最后的致命一击。

汉军且战且退，南行数日之后，终于在某个山谷中休整了一日。负伤者人数甚多。李陵清点全军，调查受伤状况之后决定，负伤一处者照常持兵器作战，负伤两处者帮助推进军车，只有负伤三处以上者才能坐在车上，由人推着行进。由于运力不足，将士的尸首只能弃于荒野之上，别无他法。

这天夜里，李陵于营中巡视的时候，偶然在一辆辎重车内发现了身着男装的女子。一一查看全军车辆之后，搜出了和她一样藏在军中的十几个女人。当年关东群盗被剿杀时，他们的妻子儿女被放逐到西境居住。这些寡妇中有不少人为衣食所困，就嫁与戍守边境的士卒为妻，或是认他们为恩客，最终沦为娼妓。藏在军车中千里迢迢一路跟来漠北的，就是这样一些人。

李陵毫不留情地下令让军吏处死了这些女人，但并没有苛责带她们前来的士卒。被拖到山涧凹地上的女人们发出一阵尖厉的哀号，这哭叫声短暂地持续了一阵，突然被沉默的夜色所吞噬，倏地消失不见。军中将士默默倾听着，心绪肃然。[1]

第二日早晨，汉军迎来了久违的同匈奴军的近身搏击战。汉军心无旁骛，大战一场。敌军兵败，遗弃的尸首有三千余具。因连日纠缠不休的游击战而郁郁不振的汉军，顿时士气大增。

---

〔1〕《汉书·李陵传》中记载："陵曰：'吾士气少衰而鼓不起者，何也？军中岂有女子乎？'始军出时，关东群盗妻子徙边者随军为卒妻妇，大匿车中。陵搜得，皆剑斩之。"李陵认为汉军士气低迷的原因是军中藏匿女子，因而搜出斩杀。

次日起，他们又开始沿着龙城故道向南撤离。匈奴也再次恢复了远距包围的战术。第五日，汉军踏入了一处平沙中时有所见的沼泽地。水半已结冻，泥泞没过小腿，干枯的芦苇荡无边无际，走也走不到尽头。匈奴的一队人马绕到上风向放了一把火。朔风扇动火焰，正午的天空之下，火舌失去了光辉，看上去一片苍白，以骇人之势向汉军舔舐而来。

李陵即刻命人迎向附近的芦苇丛，放火烧草，这才勉强躲过一劫。虽然躲过了火攻，但沼泽地中行车之难，无法用言语形容。没有一处可歇脚之地，就这样在泥泞中徒步跋涉了一夜。第二日早晨，终于抵达丘陵地带，还未待喘息，就遭遇了抄近路埋伏在此的敌军主力的袭击。

这是一场厮杀得人仰马翻的白刃战。为了躲避骑兵队的激烈突袭，李陵命令舍弃军车，把战场转移至山脚下的疏林之中。从林中发出的猛矢利镞，发挥了奇效。军队瞄准刚好在阵前现身的单于及其亲卫队，一时间连弩疾发，一通乱射。此时，单于所骑的白马受了惊，高高抬起前蹄动弹不得，将身披青色战袍的匈奴首领掀翻在地。亲卫队中冲出两骑，无暇下马，直接一左一右将单于一把捞起，全队人马迅速将他们围在中间，飞速撤退下去。这一阵混战之后，汉军终于击退了顽固的敌军，但也堪称是一场前所未有的恶仗。就算敌军留下的尸首又添了数千，但汉军也有近千人阵亡。

从当日擒获的胡军俘虏口中，汉军知悉了部分敌军军情。据他们所说，单于惊叹于汉军之顽强，面对相当于自己二十倍的大军无所畏惧，日渐南下，看上去有诱敌之嫌，或许是在附近布有伏兵，才能如此有恃无恐？前夜，单于曾向各骨干将领吐露这一疑虑，商议大计。结果，主战派的意见占了上风——单于所虑确有可能，但无论如何，单于率数万骑兵亲征，若连汉军一支孤旅都无法歼灭，实在有损我匈奴颜面。自此地向南四五十里，山谷连绵不绝，他们决定，在此间集中战力进行猛攻，出至平地再一决胜负，若彼时还不能破敌，再考虑班师北归。

听闻这些，校尉韩延年等汉军幕僚的脑海中，涌现出了些许希望，或者能有一线生机也未可知。

自第二日起，胡军展开了极其猛烈的攻势，也许俘虏所言的最后的猛攻已经开始。一日之中，胡军反复发动攻击，多达十几回，汉军也毫不留情地予以反击，同时一点点向南撤离。三天之后，终于出山谷来到平地之上。进入平地战阶段，骑兵队威力倍增，匈奴依仗这一优势，不顾一切想要压倒汉军。结果依旧只是留下两千具尸首，再次退下。如果胡军的俘虏所言非虚，那么胡军的追击应当到此为止了。虽然这充其量不过是一个小卒所言，不足为信，但一众幕僚确实稍微松了口气。

然而，就在当晚，一名叫管敢的汉军军候[1]逃出军营降了匈奴。管敢原是长安城中恶少，前一夜因在侦察敌情时有所疏怠，而被校尉成安侯韩延年当众面斥、鞭笞。管敢怀恨在心，做出此举。也有人说，当日在山谷中被斩杀的女人中，有一人是他的妻子。

管敢知道匈奴俘虏的供述，因此，在投敌之后被带到单于面前时，力劝其不必因忌惮伏兵而撤军。他说："汉军并无后援。箭矢几乎用尽，负伤者频出，行军极其艰难。汉军的核心乃李将军和成安侯韩延年各自所率的八百将士，各持黄、白旗帜以为记号。因此，明日可取胡军精锐之部，集中攻击他们。一旦将其攻破，其余便可轻易消灭……"

〔1〕 军候：古代军官名。即军曲候。汉军部以下的编制单位称曲，曲设军候一人。

单于大喜，厚赏管敢，即刻收回了北撤的命令。

第二日，胡军精锐部队一面高呼“李陵、韩延年速速投降”，一面以黄、白旗帜为目标发动了袭击。在胡军攻势之下，汉军渐渐从平地被逼到西方的山地一带，最终远远偏离了大道，被围困于山谷之间。敌军立于山头，箭矢犹如暴雨，从四面八方倾注入山谷。即便想要应战，此刻也已无箭矢。出遮虏障时，每人各携一百支，共计五十万支箭，已经悉数用尽。不只是箭，全军的刀枪矛戟等物也折损过半，可谓名副其实的刀折矢尽。即便如此，没了战戟的士兵依旧砍下车辐握在手中，军吏们手持短刀，勉力抵挡。

进入山谷深处，空间越发狭窄。胡军开始从各处山崖之上投下巨石，比起射箭，此举无疑更是增加了汉军的死伤。遍地都是死尸和堆叠的乱石，已无前进的可能。

这天夜里，李陵身着窄袖短衣的便装，禁止任何人跟随，独自一人走出营帐之外。月光穿过山峡俯瞰着山谷，照亮了其间成堆的尸首。从浚稽山拔营时，夜色昏暗；而如今，月色又明亮了起来。山崖陡壁，被皎洁的月光与满地白霜覆盖着，看上去如同被水浸湿一般。留在营帐中的将士从李陵的装束上猜测，他必是要孤身闯敌营，伺机刺杀单于，同归于尽。

李陵迟迟未归。将士们屏息静气，留意着外面的动静。远处山头的敌营上，响起了胡笳之声。

过了许久，李陵无声地掀起门帷，终于回到了帐中。“回天无术。”吐出此言，李陵在榻上坐下。又过了一阵，他并不看任何人，喃喃自语道：“除了全军战死，没有第二条路了。”满座无人说话。片刻后，一名军吏终于开口，提及早年浞野侯赵破奴之事，他为匈奴生擒，数年后逃回汉地，武帝也并未责罚于他。言下之意，若依此例，李陵仅凭一支孤军将匈奴震慑至此，即便逃回京师，天子也会以礼相待吧。

李陵打断了他的话，说道：“李陵一己之身，且搁置不提。总之，如今若有数十支箭矢，尚有可能逃脱围困，但此刻情形无一箭一矢，到明日天明，全军唯有坐以待毙。不过，若在今夜杀出重围，各自作鸟兽散，这其中或许有人可至边塞，向天子报告军情。算起来，现在我们应身处鞮汗山北部的山地，距居延城还有数日的行程，成功与否实难预料，但事已至此，别无他法。”众将点头称是。

于是，李陵向全军将士每人分发两升干粮、一块碎冰，下令不顾一切冲向遮虏障方向。另一方面，汉军将汉营旌旗全部放倒砍断，埋入地下，之后又将武器军车等可被敌军利用之物悉数损毁。夜半时分，鸣鼓起兵。军鼓亦声声惨然，喑哑不作。

李陵同校尉韩延年飞身上马，率十余壮士先行冲锋，想要冲破今日被敌军逼赶而至的峡谷东口，上平地，再向南而去。

早升的月亮已经落下。汉军袭胡军于不备，全员三分之二都依照计划突破了峡谷东口，但马上又遭受了敌军骑兵的追击。徒步的士卒多数或被斩杀或遭擒获，但有数十人乘混战之机夺下敌军的马匹，策胡马向南方疾驰而去。一众士卒甩开了敌军的追击，在暗夜里一片模糊不清的灰白色莽莽平沙之上，逃向远方。李陵计算着成功突围的部下，确信人数已经过百，他掉转马头，再度赴峡谷入口的修罗场而去。

李陵身被数创，戎衣已被自己的血和敌军的血浸透，沉甸甸、湿漉漉地压在身上。与他并肩作战的韩延年已战死在沙场之上。丧部将，失全军，事到如今，还有何颜面面对天子。他执起战戟，又一次杀入乱军之中。一片黑暗之下，敌我难以分辨，混战中，李陵的战马被流矢击中，突然跪地向前栽倒。几乎在同时，正要挥戈刺向前方敌人的李陵，脑后猛遭一记重击，失去了意识。

李陵跌落马下，准备生擒他的胡兵一层又一层地扑了上来。

二

九月出兵漠北的五千汉军，进入十一月后，疲病交加，失去主将，沦为了一队不足四百人的败兵，历经千辛万苦回到边塞。兵败的战报通过驿马飞速传回了长安城。

想不到武帝竟没有动怒。毕竟连李广利所率的主力大军都遭到惨败，自是没有道理寄希望于李陵这一支孤军身上。并且武帝以为，李陵必定已经战死沙场。只是作为李陵的信使，从漠北带回“战况无异，士气旺盛”的消息的陈步乐，他当初因传回喜报而得到嘉奖，被封为郎官留在了京师，如今却落得一个不得不自尽谢罪的下场。其情可哀，却也无可奈何。

李陵并未战死，他被俘获，降了匈奴。第二年，即天汉三年春，确报传回，武帝这才大发雷霆。

武帝即位四十余年，此时年近六十，暴烈的性情较之盛年之时却有增无减。他痴迷神仙之说，笃信方士巫觋之流，迄今为止已被自己深信不疑的方士们欺骗了数次。武帝于汉朝国威鼎盛之际君临天下五十余年，而这位大汉天子人到中年之后，始终摆脱不了对灵魂世界不安的思虑。因此，在求神问术上的失望对他造成了巨大的打击，这打击在他原本开阔的心胸中植下了阴暗的种子，对群臣的猜疑与日俱增。李蔡、庄青翟、赵周几任丞相接连被问死罪，又如当今丞相公孙贺，在拜受武帝任其为丞相的诏命时，因担忧自己未来的命运，竟在武帝面前失声痛哭。诤臣汲黯隐退之后，围绕在皇帝身边的，不是佞臣，就是酷吏。

武帝召集众臣，商议如何处置李陵。李陵虽然人不在京城，但将根据他所论之罪，处分他的妻儿、族人及家财。素有酷吏之名的某个廷尉，整日思谋着找合理的借口曲解法度迎合帝意。曾有人阐释律令之权威，质问他怎能如此。他这样答道："前主称是即为律，后主称是则为令。所谓法度，不外乎当朝君主的意志！"

满朝群臣都是这位廷尉之流。上至丞相公孙贺、御史大夫杜周、太常赵弟，下至其他，无一人肯冒触怒上意之险为李陵辩护。他们极尽口舌之能痛斥李陵的卖国行为，说一想到曾与李陵这样的变节之臣同朝为官，就羞愧难当，还一致认为李陵平日一言一行皆有可疑之处。李陵的堂弟李禹[1]自恃受宠于太子，骄恣横行，就连这样的事都成为诽谤李陵的口实。缄口不言，已经是对李陵最大限度的善意，然而就连这样的人都屈指可数。

朝堂之上，只有一个人以悲苦的神情注视着这一切。如今极力诬陷李陵的，和数月前李陵从京城辞行时高举杯盏为其壮行的，不正是同一伙人吗？使者自漠北传回李陵军队安好的喜报时，绝口称赞他孤军奋战，说其不愧是名将李广之孙的，不也是这群人吗？这些恬不知耻、形同失忆的达官显贵们，以及明明有识破他们谄媚的聪明才智却不愿倾听真相的君王，在他看来，都是那样的不可思议。不，并不是不可思议。人性原本如此，从前他就清楚得不能再清楚了，但即便这样，也无法改变心中的不快。

作为一名下大夫参列朝堂的他，在受到武帝的垂问时，毫不含

〔1〕 原文为"李陵的堂弟李敢"，应是作者的谬误。李敢，李广的第三子，李陵的叔父。李禹，李广之孙，李敢之子，得太子刘据喜爱。据上下文意，此处应为"李陵的堂弟李禹"。

糊地称赞了李陵。他说："观李陵平生，事亲以孝，交士以信，常奋不顾身，殉国之急，诚有国士之风。如今不幸一朝兵败。陛下身侧唯念全躯保妻儿之佞人，仅以李陵此一次过失，夸大歪曲，欲蒙蔽圣聪。臣深感遗憾。李陵此次出兵，率不满五千步卒深入敌军腹地，使匈奴数万雄师疲于奔命。转战千里，矢尽道穷，全军仍张开空弩抵挡白刃，死战到底。得部下忠心效死，古之名将也不过如是。虽然兵败，但其善战之功足以彰显天下。臣以为，李陵不死，屈身降虏，或者有意潜伏胡地，以期有报汉之时，也未可知……"

满座群臣皆惊。没想到世上还有敢说此话的人。他们战战兢兢地抬起眼来，看到武帝抽搐着太阳穴，满面怒容。竟敢称他们为"全躯保妻儿之臣"的这个男人，接下来等待他的将是什么？想到此处，群臣冷眼暗笑。

这个莽撞的男人——太史令司马迁从君前退下之后，"全躯保妻儿之臣"中立刻有一人向武帝报告说，司马迁与李陵关系亲密。还有人称，太史令因故与贰师将军有隙，褒扬李陵，无非是为了贬低此度先于李陵出塞却寸功未立的贰师将军。总之，他们一致认为，区区一名司星历卜祀之事的太史令，态度未免太过不逊。

最终，可笑的竟是，比起李陵一族，司马迁先行获罪。第二日，他被廷尉拘捕，判处宫刑。

在中国，自古以来肉刑主要有黥、劓、剕、宫[1]四种。武帝的祖父汉文帝时期，废除了四种刑罚中的三种，只有宫刑仍然保留了下来。所谓宫刑，就是一种将男子变得不是男子的奇怪刑罚，又被称为

〔1〕 黥，又称墨，在受刑者面上或额头上刺字，并染上墨。劓，割去受刑者的鼻子。剕，又称刖，砍去受罚者左脚、右脚或双脚。宫，又称淫刑、腐刑、蚕室刑，割去受罚者的生殖器。

腐刑。一说是因为受刑之处散发腐臭，又一说是因为受刑之后，男子形如腐木，无法结出果实。受此刑者被称为阉人，宫中宦官自然大多都受过此刑。偏偏司马迁也难逃此劫。

然而，以《史记》作者的身份为后世的我们所知的大名鼎鼎的司马迁，当时不过是一介卑微的文笔吏。世人眼中，司马迁只是一个思维明晰却又过于相信自己的头脑、不善和他人交际之人，一个辩论时绝不肯向别人低头之人，一个我行我素的性格乖僻之人，因而，他遭受了宫刑，也没有人感到十分意外。

司马氏一族祖上是周朝的史官。之后入晋，又在秦朝为官，至汉代，第四代子孙司马谈效力于武帝，在建元年间任太史令。这位司马谈，就是司马迁的父亲。他专攻律、历、易，又深谙道家教义，还博采儒、墨、法、名诸家学说，将其融会贯通，自成一家。他对自己的头脑和意志力怀有的强大自信，被儿子司马迁原封不动地继承了。他对儿子施加的最了不起的教育，是在传授诸项学问之后，让其遍游四海。这在当时显得格格不入的教育方式，却毋庸置疑地为后来成为史学家的司马迁带来了巨大的裨益。

元封元年，武帝东临泰山祭祀天地，一腔热血的司马谈却不巧卧病于周南[1]。天子首次举行汉家封禅的盛典，唯自己一人不能追随身侧，司马谈心中感慨，愤而辞世[2]。编纂一部贯彻古今的通史是他的夙愿，无奈止步于材料的搜集。其子司马迁于《史记》最后一章中，执笔详尽描述了司马谈临终的光景。司马谈知道自己病重难起，唤司

〔1〕 周南：洛阳的古称。

〔2〕 元封元年春天，汉武帝东巡渤海，返程至泰山，举行封禅大典。太史令掌管起草文书、祭祀天地，司马谈却因病（一说因与汉武帝观念不合）留滞在周南，未能继续前行，错过封禅这一盛事。因而心中遗憾愤懑，以致病情加重而死。

马迁上前，拉住他的手恳切地阐述修史之必要。身为太史却未能着手修史，使贤君忠臣的事迹空埋地下，司马谈感慨于自己的无用，潸然涕下。他说道："我死之后，你必继任太史。为太史之后，切勿忘记我修史著述之愿。"司马谈再三叮嘱，完成此事是对自己最大的尽孝，务必铭记。司马迁低着头，涕泪交流，发誓决不辜负父亲的嘱托。

父亲死后两年，司马迁果真继任了太史令一职。他本想利用父亲搜集的资料和宫中秘藏的典籍，子承父志，立即着手进行他编纂史书的天职工作，但任职后他首先被委以修正历法的重任。他专心致志投入这项任务整整四年，太初元年，终于完工，便立即开始了《史记》的编纂。这一年，司马迁四十二岁。

司马迁心中早有构思。根据他的构想，这部史书与以往任何一本史书形式都不相近。说到展示道义方面的评判准则的史书，司马迁推崇《春秋》，但说到传达史实的史书，却没有一部令他满意。他需要的是事实。比起说教，他更想记录事实。

诚然，若论《左传》《国语》，其中确有事实，说起《左传》叙事之精妙，更是令人赞叹。但是，对创造这些事实的个人，却没有深入探究。即便鲜明地描绘出了在这些事件中历史人物的姿态，但是导致他们做出这些事情的每一个人物的身世境遇，书中欠缺调查。这便是司马迁无法认同之处。而且以往的史书全部都着眼于告知当代人既往之事，却好像极度忽略了让后世之人了解当代。总而言之，司马迁想要的东西，在既有的史书中并没有找到。

既有的史书究竟是哪一点让他不满呢，他自己也要在把想要的东西写出来之后才能清楚。他要写出心中模模糊糊的积郁之物，这强烈的愿望，比批判既有的史书更为重要。不，他的批判本就是以创造新事物的形式而展现出来的。

长久以来在心中勾勒的构想，能否称之为“史”，其实他并无自信。但是，能称其为“史”也罢，不能也罢，对世人，对后代，尤其是对自己而言，这些东西无论如何都是必须写的。在这一点上，他是有自信的。

他效仿孔子，采取了“述而不作”[1]的写作方针，但是其“述而不作”的内容又与孔子的学说大为不同。对司马迁来说，单纯的编年体事件列举还不能属于“述”，而妨碍后世之人如实了解史实的过于道德性的判断，则应划入“作”的范畴。

大汉平定天下，历数五代[2]，距今百年。因秦始皇的反文化政策而湮灭藏匿的书籍，终于开始重见天日。将兴的文化气运，蓬勃欲出。不仅是汉朝朝廷，整个时代也处在亟待史书出现的时刻。

而就司马迁个人而言，伴随着其学识、眼光、文笔的日渐充实，因父亲临终遗愿而生的感动奋发之情正在酝酿发酵，一件浑然天成的作品就要诞生。他的工作进展得着实顺利，甚至有点理想得过了头，反而让人发愁起来。这么说是因为，撰写最初的《五帝本纪》到夏、商、周、秦本纪时，他不过是一名技师，编排史料，务求叙述的正确严密，而经过《秦始皇本纪》，进入《项羽本纪》的编纂时，那种技师的冷静逐渐转化为一种神奇的感觉。动辄，项羽就成了他，或是他变成了项羽。

---

〔1〕 述而不作：出自《论语・述而》。指将古人的智慧心得加以陈述，并没有加入自己的思想；也指只叙述和阐明前人的学说，自己不创作。

〔2〕 汉武帝是汉朝第七位皇帝。第一位，太祖高皇帝刘邦。第二位，孝惠皇帝刘盈。第三位，前少帝刘恭。第四位，后少帝刘弘。第五位，太宗孝文皇帝刘恒。第六位，孝景皇帝刘启。前少帝、后少帝为吕后所立，吕后死后，朝臣推翻吕氏，不承认前后少帝的地位，号称他们是吕氏假立，不予谥号。在《史记》《汉书》中提到前后少帝在位期间，也以高后纪年。因此，此处作者说“历数五代”。

“项王则夜起，饮帐中。有美人名虞，常幸从；骏马名骓，常骑之。于是项王乃悲歌慷慨，自为诗曰：‘力拔山兮气盖世，时不利兮骓不逝。骓不逝兮可奈何，虞兮虞兮奈若何！’歌数阕，美人和之。项王泣数行下，左右皆泣，莫能仰视……”

可以这样写吗？司马迁充满疑问。如此热情洋溢的写法究竟是不是一件好事呢？他高度警惕，唯恐自己陷入自行创作的“作”，自己编修史书应当仅限于叙述史实的“述”。事实上，他也只是如实进行了叙述，只不过这是怎样一种生动的叙述方式啊！没有非同寻常的视觉想象力的人，是不可能做出这样的记述的。

有时候，他过于担心自己的写法并没有如实记述，而是在创作，于是回头重读已写好的部分，删去一些会使历史人物如现实中人物一样跃然纸上的字句。这样一来，这个历史人物的确停止了生机勃勃的呼吸，如此，应该没有进行创作之嫌了。但是，司马迁又想，这样的项羽还是项羽吗？项羽、秦始皇、楚庄王，岂不是都变成了同样的人。把不同的人物记述成了同一个人，这怎么能称之为“述”呢？所谓“述”，难道不是把不同的人以原本不同的样子记述出来吗？这么一想，他只好将删去的字句又留了下来。文章恢复原状，试读一遍，司马迁终于安下心来。不，不只是他。项羽、樊哙、范增，他笔下所写的历史人物也都总算放下心来，各安其位。

龙心大悦的时候，武帝诚然是一位高尚阔达、通情达理的文教保护者，加之太史令这一职务比较单纯，不同于其他，司马迁避免了官场中因结党营私、排挤构陷导致的地位不保，或是性命之忧。

几年间，司马迁度过了一段充实而幸福的时光。当时的人们所想的幸福之事与现代人的幸福内容迥异，但对幸福的追求是一样的。他不向朝臣们曲意妥协，而始终开朗豁达，谈古论今，嬉笑怒骂，以将论敌驳斥得体无完肤为最大快事。

然而数年之后，突然之间，祸从天降。

司马迁蜗居蚕室之中。受腐刑之后一时不能见风，所以造有密闭的暗室，于其中生火取暖，将受刑者投入其中数日，将养身体。这种温暖昏暗的地方与养蚕的房间十分相似，故称为“蚕室”。司马迁一言不发，脑海中混乱至极，茫然地倚靠在墙壁上。

比起激愤，他竟先是感到了惊讶。若是被斩首，或赐自尽，他平日早有心理准备。他能想象处刑身死的自己的样子，在忤逆武帝褒扬李陵的时候，也担心过若不成就可能落得被赐自尽的下场。但是他万万没想到，众多刑罚之中，他偏偏被处以了最为丑陋不堪的宫刑！说他糊涂也确实糊涂，既然预期了死刑，就理应预见到其他所有刑罚。但即便他早已想到了自己的命运之中难免身遭不测而死，这样不堪之事骤然降临，却是从未想过的。

司马迁一直确信，每个人身上都只会发生与之匹配的事情。这是他在长期接触史实的过程中自然而然形成的想法。同样是逆境，慷慨之士会承当激烈深重的苦楚，软弱之徒则忍受缓慢阴湿的折磨。即使最初看上去并不相符，但至少可从他们之后的应对方式中判断，这样的命运是与这个人相匹配的。

司马迁相信自己是堂堂男儿。虽然只是一介文笔小吏，但比当今任何一员武将都更像顶天立地的大丈夫。单说这一点，不只是他自己如此认为，就算是对他并无善意之人也不会不认同。因此，根据他所持观点，像他这样的人受刑，理应壮烈如车裂之刑。谁知年近五十之身，竟受如此奇耻大辱！他觉得此刻身陷蚕室，犹如一场噩梦。他也希望这真的是一场梦。然而，倚靠墙壁，睁开眼睛，在昏暗之中映入眼帘的是三四个脸上生气全无、似乎连魂魄都被抽走的男人，他们散漫无状地或是躺着，或是坐着。意识到现在的自己也是这副模样，一声不知是呜咽还是怒号的呼声，从司马迁的喉咙里迸发出来。

这悲愤烦闷的数日里，作为学者的习惯性思索，或者说反省，涌上心头。他在想，这次所发生的种种变故中，究竟是什么、是谁、是谁的什么地方做错了呢？

他的国家的君臣之道与日本截然不同[1]，当然，他首先想到的便是怨恨武帝。事实上，他曾一度满怀怨愤，完全无暇顾及其他。但是，度过短暂的狂乱时期之后，作为历史学家的他清醒了过来。对于先王的价值，他懂得不以儒家学者的角度，而是从历史学家角度进行批判，在对后王武帝的评价上，也不会因一己私怨妄加评述。无论怎样，武帝都是一位伟大的君王，不管他身上有多少所谓的缺点，只要他在位一日，大汉天下便稳若泰山。暂且不论高祖皇帝，不管是仁君文帝还是名君景帝，与这位武帝相比，都显得渺小。伟大之人，其缺点也会被放大，这是无奈之事。司马迁在极度的怨愤之中，也没有忘记这一点，因而归根结底，他只能把这次的变故视作不幸遭遇了疾风暴雨。雷霆霹雳一般，这一想法更加把他推向了绝望的愤怒中。但另一方面，也反而使他想通了一些事。

心中的怨恨不能长久地指向君王，自然而然就指向了君主身侧的奸臣。是他们的错。确实如此。但他们的错也都是次要的。甚至自负如他，不屑于将此等奸佞小人作为怨恨的对象。

从未像这次一样令他感到愤怒的，是那些所谓的老好人。他们

〔1〕 日本的武士道讲究臣子对君主无条件的忠诚与献身，重视君臣戒律。而中国儒家的“士道”是从道而不从君，推崇仁义，不盲从君王。

比奸臣酷吏还难对付。至少是在旁边看着就觉得生气。他们很容易就活得心安理得，在别人面前也是不求有功，但求无过，可这更是有违道义的。既不辩护也不反驳，内心既无反省也不自责。如丞相公孙贺，就是其中的典型。同样是阿谀逢迎，如杜周这样的人——此人最近陷害了前任御史大夫王卿，自己轻易爬上了他的位子，他无疑知道自己在做什么，但老好人的丞相连这种意识都没有。即便被骂作“全躯保妻儿之臣”，这个家伙恐怕连气都不会生。这样的家伙，连值得怨恨的价值都没有。

司马迁最后把愤懑的矛头指向了自己。实际上，如果非要对什么发泄怒火，最终只能是对自己。只是自己哪里做错了呢？为李陵申辩一事，怎么想都不觉得有错。连申辩的方式都并不算过分拙劣。如果不甘堕落于阿谀奉承之流，就只能那样做。如此说来，只要自己问心无愧，那这问心无愧之举无论招致怎样的结果，作为士大夫，都应当甘之如饴。照理说应该是这样的。所以自己被肢解也好腰斩也罢，若是这样的刑罚，他是打算心甘情愿承受的。

然而，致使自己落魄至此的宫刑，又另当别论。同样是身体的残缺，宫刑同断足割鼻却是截然不同。这不该是加诸士大夫身上的刑罚。唯独这一刑罚，身体的这种状态，从任何角度来看，都完全是丑恶的，没有任何花言巧语掩饰的余地。内心的创伤，或能随时间痊愈，可这具丑陋的身体却至死都将伴随自己。无论动机是什么，招致这样的结果，都不得不说是“错”了。

可是错在哪里？我究竟错在哪里？

哪里都没有错。我只是做了正确之事。一定要说错，那我的存在本身就是错的。

司马迁茫然而虚脱地枯坐在那里，却又突然跳起来，像一头受伤的困兽，呻吟着在暖烘烘的昏暗的蚕室中一圈圈徘徊。他无意识地重复着这一举动，满腔思绪也一直在原地打转，不知道何处才是归宿。

他有几次魂不守舍之时也曾把头撞向牢墙，血流如注，但除了这几回，司马迁并没有试图结束自己的生命。其实他很想死。如果能死该有多好。他被远比死还恐怖的耻辱驱使着，全然不觉得死有什么可怕。那么为什么没死？牢狱之中没有可以用来自尽的工具，这姑且算一个原因。但是，除此之外，有一股发自内心的力量阻止了他。最初，他并未注意到那是什么，只是隐隐约约感到，在狂乱与愤懑之中，尽管死的诱惑频繁出现，但与此同时，还有一种东西阻拦着他，不让他走向绝境。他有时会感觉，说不上来具体忘记了什么，但总有什么肯定忘记了，就正是这样一种情形。

司马迁获释归家，幽禁家中之后，他终于意识到，这一个月来自己陷入狂乱，竟把自己当作毕生事业的修史一事忘诸脑后，但是他也意识到，虽然表面上好像忘了，可对修史一事不自觉的关心，冥冥之中起到了阻止他自尽的作用。

十年前，父亲在临终的病榻前执着他的手流着泪留下遗命，那凄恻的话语犹在耳畔。然而，如今在他被痛苦占据的内心之中，使他仍旧不肯放弃修史重任的，并不仅是父亲所说的那些话，更重要的是修史这项事业本身。

不是这项事业的魅力或投身事业的热情，并不是这些轻松快乐的东西。即使他清楚地相信修史是他的使命，这种相信里也不存在更多意气风发的恃才自负。曾经自尊心强得可怕的他，因这次的变故，深深感觉到了自己从前是多么微不足道。想要高谈理想一展抱负，结果不过像一只被牛蹄踩得稀烂的路旁的小虫。

尽管自己已被蹂躏得惨不忍睹，但修史大业的意义，却毋庸置疑。

沦落到卑微一身，自信与自负都统统失去之后，还要苟活于世继续这项工作，无论怎么想都绝非乐事。他感觉到他和修史这项工作，几乎就像两个互相厌弃但又无法断绝关系之人，有种命中注定的因缘。总之，他终于明明白白知道了，为了这项事业，他是不会结束自己生命的。但同样，这也不是出于义务感，而是他的人已经和这项事业紧紧联系在一起。

短暂而盲目的野兽一般的哀鸣过去之后，更为清醒的、作为人类的痛苦开始了。司马迁十分苦恼——他明白自己不能自杀，但随之也越来越明白，除了自杀外竟没有另一条路可以逃脱苦恼和耻辱。

大丈夫太史令司马迁在天汉三年的春天就已经死去了，从那以后，继续书写他未写完的史书的人，不过是一具知觉意识全无的书写机器罢了。除了让自己相信这一点，他没有别的办法。哪怕是勉强，他也要这么去想。修史的工作必须继续，对他而言这是绝对的。为了继续修史，不管多么难熬，他都要活下去。而为了活下去，就必须相信自己是一具没有灵魂的躯壳。

五月之后，司马迁再次拿起了笔。没有喜悦，没有兴奋，只是被要完成工作的意志鞭笞着，就像拖着受伤的脚向目的地蹒跚挪步的旅人一样，艰难地继续着文稿。太史令一职早已被罢免，有些许悔意的武帝，不久后又提拔他为中书令，但武帝的罢黜升迁，对他而言已经毫无意义。从前的论客司马迁，再也不发一言。他既不笑，也不怒，但也绝没有意志消沉。倒不如说，人们甚至从他缄默不语的姿态里，看到一种恶灵附身般的凄骇。他废寝忘食地持续工作。家人觉得，他恨不得早一刻完成工作，仿佛这样就能早日求得自杀的自由。

这样凄惨的努力持续了一年之后，司马迁终于发现，丧失了生之欢愉之后，还有表面的快乐可以留下。但这时他也仍然没有打破彻底的沉默，神色中的凄骇之意亦没有一丝半点的缓和。在书写的过程中，每当不得不写到“宦官”“阉奴”这样的字句时，他都不由自主地发出痛苦的呻吟之声。独自一人待在居室中时，夜晚横卧在床榻上时，只要那屈辱的回忆突然间浮现出来，烙铁炙烤一般火辣辣的疼痛便会立刻传遍全身。他情不自禁地跳起来，发出怪叫声，一边呻吟，一边在房中四面徘徊，一会儿之后，又咬紧牙关，拼命让自己平息下来。

三

在乱军中昏厥过去的李陵，醒来时已身处点脂灯照明、燃兽粪取暖的单于大帐之中。他清醒的刹那，便做出了决定。或者自刎以免受辱，或者暂且委曲求全再伺机逃走，向朝廷奉上单于首级以补偿败军之责，除了这两条路，再无其他。李陵决心选择后者。

单于亲自为李陵松绑，之后待他也礼遇有加。且鞮侯单于是先代呴犁湖单于的弟弟，骨骼强健，巨眼赭髯，是一名魁梧的中年汉子。他坦言，自己随数代单于征战大汉，还从未遇到过像李陵一样的强大对手。他还引李陵的祖父李广之例，赞誉李陵如祖父一般善战。飞将军李广斩杀猛虎、箭可入石[1]，其骁勇之名至今仍在胡地广为流传。李陵受到厚待，既因为他是强者的子孙，也因为他自身也非常强大。依匈奴惯例，分配食物时也是强壮之人先取美味，余下的才分给衰老病弱者。在这里，强者是绝不会受到折辱的。降将李陵得到了一顶穹庐

〔1〕 李广善骑射，常常猎杀老虎。传闻他有一次出猎，看到草丛中有形似老虎之物，张弓而射，上前查看才发现只是一块形似老虎的巨石，而他射出的这一箭，箭头竟深深没入了石头之中。

和数十名侍从，被待以宾客之礼。

于李陵而言十分奇异的生活，就这样开始了。住的是毡帐穹庐，吃的是腥膻之肉，饮的是酪浆、兽乳和酸奶酒，穿的是以狼、羊、熊等兽皮缝制的毡裘。畜牧、狩猎、劫掠，他们的生活只有这些内容。但是，即便是在一望无际的高原，也有以河流、湖泊、山脉而划分的疆界，除了单于的直辖地，还划分有左贤王、右贤王、左谷蠡王、右谷蠡王等诸王侯的领地，牧民的迁移是限制在各自的辖域之内的。这是一片没有城郭也没有田地的国土。即便有村落，所在之地也会随季节的变迁逐水草而动。

李陵手中没有土地。他和单于麾下的各位将领一起，一直跟随在单于身边。李陵一直伺机想取单于首级，但时机迟迟不到。就算是能够斩杀单于，但想取他首级成功脱逃的话，若无绝佳的机会眷顾，也是不可能的。如果在胡地和单于同归于尽，匈奴必定会将此视作奇耻大辱，遮掩了事，恐怕消息绝不会传回汉朝。李陵只有忍辱负重，耐心等待那个几乎不可能到来的时机。

单于帐下，除了李陵之外，还有几名投降的汉人。其中有一人名叫卫律，他原本不是军中之人，现在却得了丁灵王之位，最受单于重用。他的父亲是胡人，但卫律因故在汉朝都城出生长大。曾在武帝朝中效力，早年因惧怕受到协律都尉李延年[1]一事的牵连，逃出大汉，归降了匈奴。毕竟血脉相通，他很快就适应了胡地的风土人情，又有着出色的才能，经常谒见单于，运筹帷幄，参与各项谋划。李陵对这个卫律及所有投降匈奴的汉人，几乎都不开口说话。他觉得他们之中

〔1〕 李家世代善歌舞，李延年因擅长音律，一时得武帝盛宠，其妹也由此得幸，被封为李夫人。后李夫人早卒，李延年因其弟李季奸乱后宫连坐，也被灭族。

没有可以与自己共谋胸中大计之人。说起来，其他的汉人之间，其实也互相有隔阂，似乎并无深交。

有一次，单于叫来李陵，想向他请教军事战略。因为那次是对东胡作战，所以李陵爽快地陈述了自己的意见。第二次，单于同样还是问他作战方针，这一回，是对战汉军。李陵明显面露不悦，不打算张口。单于也并没有勉强他回话。这之后又过了很久，单于又要他领兵南下，劫掠代郡和上郡，这次，李陵断然拒绝，说自己决不会出战汉朝。此后，单于便再没有对他提过这样的要求，但对他的一应待遇依然如故，这并不是出于什么利用的目的，只是单纯地礼遇贤士。总之，李陵觉得这位单于真的是一个堂堂正正的大丈夫。

不知为何，单于的长子左贤王对李陵表示出了善意。与其说是善意，可能更像是尊敬。左贤王二十岁刚出头，是一个举止有些鲁莽但不失天真勇气的诚恳的青年。他对于强者的赞美，当真是纯粹而强烈的。最初他来到李陵这里，要李陵教他骑射。说是骑射，但在骑术上他水平之高超不输李陵，尤其是驾驭裸马的技术甚至远在李陵之上。因此，李陵决定只教他射箭。左贤王成了一名热忱好学的弟子。说起李陵的祖父李广射箭时出神入化的技法，这位番邦的青年明眸闪动，满怀热忱地听入了迷。

二人常常一同外出狩猎。他们只带很少的随从，旷野之上，两个人纵横疾驱，猎狐狸，猎豺狼，猎羚羊，也射鹰鹫，射雉鸡。

有一次，两人骑着马把侍从远远落在后面，此时天色将晚，箭也刚刚用尽，他们被狼群包围了。他们全力挥舞马鞭从狼群中突围，这时，一头狼扑向了李陵的马屁股，青年左贤王紧追其后，手执弯刀，漂亮地将其砍成了两段。事后查点情况，发现两人的马已被狼群撕咬得血肉模糊。

这天夜里，幕天席地，他们将白天打下的猎物丢进热腾腾的羹汤里，呼呼地边吹边喝进嘴里。李陵望着这位藩王之子被火光照亮的脸庞，心底甚至感受到一种像友情一样的东西。

天汉三年秋，匈奴再度进犯雁门。为了还以颜色，第二年，即天汉四年，汉朝授贰师将军李广利骑兵六万、步兵七万的大军出朔方，又派疆弩都尉路博德率一万步卒以为后援。因杅将军公孙敖率骑兵一万、步兵三万出雁门，游击将军韩说率步兵三万出五原，各自进发。

这是一场近年来不曾有的大规模北伐。单于接到报告，即刻将妇女、老幼、畜群、资材之类悉数转移到余吾水以北之地，自己则亲率十万精骑，在余吾水以南的大草原上迎击李广利、路博德的军队。连战十余日，汉军终于不得不撤退。师从李陵的年轻的左贤王，另率一队人马向东，迎战因杅将军，将其击得溃不成军。汉军的左翼韩说的军队也一无所获，引兵撤退。北征彻底失败了。

照例，李陵在和汉朝打仗时不会现于阵前，退到了余吾水以北，但他发现自己暗暗挂念着左贤王的战绩，一时愕然。当然，在全局上他毫无疑问盼望汉军成功匈奴战败，但是唯独对于左贤王，他似乎并不希望他负败。李陵意识到这一点，心中因自责而无比痛苦。

被左贤王击破的那位公孙敖返回京师，因折兵损将寸功未立而获罪下狱时，巧言辩解称，敌军的俘虏说，匈奴军之所以强大，是汉朝归降的李将军长年演练士兵传授对敌策略以防汉军的结果。然而这并不能成为他自己败军的借口，当然，因杅将军的罪责并未得到赦免。但听闻此事的武帝自然对李陵大为震怒。一度被放回家中的李陵一族再次被投入大狱，这一次，上至李陵年迈的母亲，下至他的妻子、儿子、兄弟，全数被杀。人情凉薄是世间常态，据记载，当时在李陵一族的原籍陇西，士大夫们皆以出了李氏一家为耻。

半年之后，边境劫持来的一名汉军士卒，将这个消息传到李陵耳中。听到这名士卒的话，李陵站起身来，揪着他的衣襟，粗暴地摇晃着，又一次确认了事情的真伪。得知此事当真无误，他咬紧牙关，不自觉地双手用尽全力。那士卒挣扎着，挤出苦闷的呻吟声。李陵两手不受控制地扼住士卒的咽喉，等到他放开手，那士卒啪嗒一声，倒在了地上。李陵看也不看他一眼，飞奔出了营帐。

他在原野上疯狂地暴走。强烈的愤怒在他脑中如旋涡般盘旋。想起老母和幼子，他的心好像灼烧一般，但眼泪一滴都流不出来。或许过度的悲愤已将他的泪水烤干了。

不止这一次了。迄今为止，大汉朝廷是怎样对待我们李家的？他想起了他的祖父李广是怎样死去的。李陵的父亲李当户在他出生数月之前就离世了，李陵是所谓的遗腹子。直到少年时代，教养历练他的都是这位大名鼎鼎的祖父。名将李广数次北征，立下赫赫战功，却因皇帝身旁的奸佞小人从中阻碍，未受到任何封赏。他的部下诸将接二连三立爵封侯，只有廉洁的李将军，不用说封侯，甚至不得不一直甘守清贫。最终，他和大将军卫青发生了冲突，卫青对这位老将多少存有体谅之意，但他幕下的一名军吏狐假虎威，羞辱了李广。激愤之极的老将军就在阵营之中当场引刀自刎。李陵至今仍然清楚地记得，听闻祖父死讯时放声大哭的少年时的自己……

李陵的叔父，李广的次子李敢结局又是如何呢？他因父亲李将军惨死而记恨卫青，径自赶往大将军的府邸羞辱于他。大将军的外甥骠骑将军霍去病对此心有不平，在甘泉宫狩猎的时候射杀了李敢。武帝明知真相，却为包庇骠骑将军，对外宣称李敢是触鹿角身亡……

与司马迁不同，李陵的情形非常简单。他虽抱憾于心，恨自己未能早点实现计划——就算勉强也好，该取单于首级逃出胡地。但除此之外，就只有愤怒。问题不过是如何将其发泄出来。他想起了刚刚那个士卒的话，“听闻李将军在胡地教习兵法防御汉军，陛下大怒……”他终于想明白了，他自己当然没有做过那样的事，但是有一个同为汉朝降将的叫李绪的人，从前是塞外都尉，镇守奚侯城，投降匈奴之后常常向胡军传授军略，演练士兵。就在半年前，他还跟随单于和汉军作战——虽然对战的并非那个造成李陵全家灭门的公孙敖的军队。

李陵想，就是这么回事。是把和他一样同为“李将军”的李绪和自己弄混了。

当晚，他独自前往李绪的营帐，不说一句话，也没有让李绪说出一句话，就这么一刀下去，李绪毙命。

第二日早晨，李陵在单于面前坦白了事情经过。单于却要他不必担心。只是单于的母亲大阏氏那里稍稍有些麻烦。单于的母亲虽年老色衰，但据说和李绪之间有着见不得人的勾当。单于对此心知肚明。依照匈奴风俗，父亲死后，为长子者要将父亲的妻妾全部纳为己有，但生母毕竟是不在其内的。极端崇尚男尊女卑的他们，对亲生母亲还是怀有尊敬的。因此，单于请李陵暂避北方，并嘱咐说事态平息之后会差人去接他。李陵依照单于之言，带着侍从，暂时隐蔽于西北的兜衔山山麓一带。

不久之后，大阏氏病死。李陵被召回单于的王庭，此时，他好像变了一个人似的。迄今为止从不参与对汉作战方略的他，竟然主动上前建言献策。单于见此变化，心中大喜，封李陵为右校王，还把自己的一个女儿嫁于他。把女儿许配给李陵之事，单于以前也提过，李陵屡屡拒绝，但这次毫不犹豫地答应了。正好此时有一支军队要南行劫掠酒泉、张掖一带，李陵自请随其征战。但是，当去往西南所取之道偶经浚稽山山麓时，李陵的内心仍阴云密布。

他想起了从前在这方土地上，随自己死战到底的部下们，脚下的沙土掩埋着他们的忠骨，浸染着他们的鲜血，再想到如今的自己，李陵终究还是失去了南下同汉兵作战的勇气。

李陵称病，掉转马头，只身回到了北方。

翌年，且鞮侯单于离世，与李陵交好的左贤王继位，称狐鹿姑单于。

已经是匈奴右校王的李陵仍旧无法确定自己的心意。先前之事使他明白，虽然老母妻儿一族尽灭的怨恨深彻入骨，但自己仍做不到率兵和汉军对战。他立誓再不会踏上汉朝的土地，但能否归化匈奴，一生终老于此，即便他和新单于情谊深厚，也着实并无信心。

李陵不愿意想这些。心烦意乱的时候，他总是独自一人飞身策马，驰骋于旷野之上。秋日的苍穹一碧万里，晴空之下，马蹄声嗒嗒作响，马儿疯狂奔驰，纵情地越过草原，踏过丘陵。一口气飞奔了数十里之后，终于人困马乏，他找到一条高原中的小河，在河畔下来饮马。之后，自己仰面躺在草地上，在快意的疲惫中出神地向上仰望，碧蓝的天空洁净、高远、辽阔。

啊，我本不过是天地间的一粒微尘，哪里有什么汉与胡之分。他这样想着，稍事休息，便又跨上马去，不顾一切地疾驰而去。

他骑了整整一日，十分疲累，直到云朵被落日的余晖浸染成一片曛黄，终于返回了营帐。只有疲劳，是他唯一的救赎。

司马迁为其申辩因而获罪的事情，有人告诉了他，李陵心中既无感激，也无同情。他与司马迁彼此认识，也打过招呼，但并称不上挚交，甚至只觉得他是个耽于辩论的聒噪之徒。况且，现在的李陵，和自身的痛苦搏斗就已经拼尽全力，已无余力体会他人的不幸。虽说并未觉得司马迁所为是多此一举，但也确实没有感到什么歉意。

李陵渐渐开始明白，最初只觉粗鄙可笑的胡地的风俗，其实试着考虑一下胡地实际的风土、气候等背景，则绝非粗鄙，也并无不合理之处。

没有厚厚的皮革制成的胡服，就无法抵御朔北的寒冬；不以肉为食，就无法储备足以承受胡地寒冷的精力。不建固定的房舍，也是他们的生活形态所致的必然选择，不该一开始就贬低他们是低等的野蛮人。若是彻底因袭汉人的风俗，在胡地的自然环境中，是一日都无法存活下去的。

李陵还记得，先代且鞮侯单于曾说："汉人一开口，总说自己是礼仪之邦，将匈奴所为视作禽兽之类。但汉人所言的礼仪又是什么？行丑陋之事，却过分美化表面，这难道不是所谓的粉饰太平？追名逐利，妒贤嫉能，汉人与胡人谁者更甚？耽于美色，贪恋钱财，又是谁者更甚？撕下伪装，归根结底没什么不同。只不过汉人懂得蒙混掩饰，我们胡人不懂得而已。"

当单于列举汉初以来骨肉相残的内乱和排挤构陷功臣之事，说出这番话时，李陵几乎无言以对。实际上，身为武人的他迄今为止也一再对那些为礼而礼的烦琐礼教抱有疑问。的确，许多时候，胡地风俗的粗野率直，远比隐藏在美名之下的汉人的阴险好得多。李陵逐渐感到，一上来就以华夏文明为正统、视胡地风俗为卑贱，实在是只从汉人角度出发的偏见。比如，他曾无缘无故就相信人除了本名之外还要有表字，但仔细想来，并无任何理由可以说明表字是绝对必要的。

他的妻子是一个十分温顺的女子，直到现在，在丈夫面前仍然是怯生生的，连话都不怎么多说。但是他们所生的儿子一点也不害怕父亲，他摇摇晃晃地学步，爬到李陵的膝盖上来。李陵凝视着这个孩子的面孔，脑海中忽然浮现出数年前留在长安的那个孩子的模样——终究，他和他的母亲、祖母一起，被杀掉了。不知不觉中，李陵心下一片怅然。

就在李陵投降匈奴一年之前，汉朝的中郎将苏武被扣留在了胡地。

苏武本是作为和平使节为交换俘虏一事被派往胡地的。但是，他的某个副使偶然卷入了匈奴的内部纠纷，使节团全员都被囚禁了起来。单于并不打算取他们的性命，但威胁他们如不投降就要将其处死。只有苏武一人不仅不肯降服，为免受辱，甚至还拔剑刺穿了自己的胸膛。

胡医对昏迷不醒的苏武采取了一种怪异的治疗手段。据《汉书》记载，他们在地上挖坑，在其中放置只冒烟而无火苗的微火，将受伤的苏武平放于坑上，踩踏后背，使瘀血排出。靠着这种粗暴的治疗，苏武不幸在昏厥半日之后又恢复了呼吸。

且鞮侯单于对苏武万分欣赏。数十日后，苏武身体终于恢复，单于便派那个近臣卫律再次力劝他投降。卫律遭到了苏武破口痛骂，颜面尽失，只得放弃了劝降。

此后，苏武便被幽闭在了地窖中，用毡毛和雪为食，聊以充饥，之后又被迁往了杳无人烟的北海（贝加尔湖）之畔，被告知除非公羊产仔，否则不得归汉。这些故事与他持节十九年[1]的名声一样广为人知，此处不再赘述。总之，当李陵终于不得不下定决心将苦闷的余

〔1〕 持节十九年：据《汉书·李广苏建传》所记，苏武“仗汉节牧羊，卧起操持，节旄尽落”。苏武手中拄着汉朝使者的符节牧羊，无论睡觉还是醒来都拿在手中，符节上用牦牛尾做的装饰全部脱落，就这样不降匈奴，被扣留胡地长达十九年。

生埋葬在胡地之上的时候，苏武已经在北海之畔独自牧羊很久了。

苏武是李陵二十余年的朋友，两人还曾一同担任过侍中之职。李陵认为，他虽有些偏执顽固不通世故之处，但无疑是世间难得的铁骨铮铮的忠义之士。天汉元年，苏武北去不久，他的老母病逝之时，李陵曾一路送葬至阳陵。苏武的妻子觉得丈夫归来无望，改嫁他人，李陵听到这个消息，正是他即将北征出发之前，那时，李陵还为他的朋友抱屈，对他妻子的薄情寡义深深愤慨。

然而，李陵没有料到自己会归降匈奴，这之后，他再不愿与苏武相见了。苏武被驱逐到遥远的北方，不用再见面，这反倒让他松了一口气。尤其是自己一族惨遭杀戮，丧失了再度返回汉朝的意愿之后，他更加想要躲开不见这位“手持汉节的牧羊者”。

狐鹿姑单于继承父位数年之后，一时风传苏武生死不明。狐鹿姑单于想起了这位父王最后也未能降伏的不屈不挠的汉朝使节的存在，他委托李陵确认苏武是否平安无事，如若其仍健在，则再一次劝说其归降。他对李陵是苏武的朋友一事早有耳闻。无奈之下，李陵只好动身向北而去。

沿姑且水向北逆流而上，从和郅居水的合流点起，再向西北径直穿越森林地带。河岸仍旧遍布着未消融的残雪，他们在其上行进数日，终于，在森林与原野的尽头，北海碧蓝的湖水映入了眼帘。当地居民，一位丁灵族的向导把李陵一行带到了一间可怜巴巴的小木屋前。此处人迹罕至，住在小屋中的人被惊动，手持弓箭走了出来。他从头到脚裹着毛皮，须发蓬乱，其状如熊。李陵从这个山野妖怪一般的男人脸上，看出了曾经的移中厩监苏子卿的影子，而对方过了半晌方才认出，对面这个身着胡服的大官就是从前的骑都尉李少卿。对李陵效忠匈奴一事，苏武全然没有听说。

感动，一瞬间压倒了李陵心中一直使他对苏武避而不见的东西。两人最初都几乎说不出话来。

李陵的侍从在附近搭起了几顶穹帐，无人之境一下热闹起来。备好的酒食立刻被送到了这间小屋，夜晚，难得的欢笑声惊动了林中的鸟兽。李陵在这里滞留了数日。

自己因何身着胡服，其间种种情状，实难讲述。而李陵只是叙述了事实，并无任何为自己开解之意。苏武若无其事讲述的这数年间的生活，听上去也是凄惨之至。几年前，匈奴於靬王狩猎时偶尔经过此处，同情苏武，连续三年为他提供吃穿用度，可於靬王死后，他便不得不从结冻的大地里挖野鼠出来充饥。他生死不明的传闻，可能是他畜养的牲畜被悍匪劫掠一空之事的讹传。

李陵只告诉了苏武他母亲去世的消息，他的妻子抛下儿子改嫁他人之事，却实在没能说出口。

李陵觉得奇怪，这个男人是指望什么而活着呢。至今仍在期盼有朝一日能回到汉朝吗？从苏武的口气推测，事到如今，似乎他已全然不抱这样的奢望了。那么又是为了什么忍受着这凄惨的一日又一日？若向单于表明归顺之意，必会受到重用，但李陵从一开始就知道，苏武不是会做出那种事情的人。他所不解的，只是他为什么不早日结束自己的生命呢？

李陵无法亲手斩断自己绝望的生活，是因为不知从何时起，无数的恩爱与情义已经在这方土地扎下了根，并且即便此时死去，也算不上为汉朝尽忠。但苏武不同。他在此处并无牵累，从对汉朝的忠义这一点来考虑，无休无止地手持汉节忍饥荒野，或是立即烧掉汉节引颈自刎，这之间并没有什么差别。刚刚被俘时就毫不犹豫把剑刺入自己胸膛的苏武，到现在心中突然生出对死亡的恐惧，这是不可能的。

李陵想起了年轻时苏武的偏执——顽固地硬撑下去的样子近乎滑稽。单于以荣华富贵为饵，诱极度困窘中的苏武上钩，若咬了钩，这自然是输了；若不堪忍受苦难自杀了，这也是输给单于，或者说输给了他所象征的命运。苏武应该就是这样想的吧?

然而，意气用事地和命运争斗的苏武的身影，在李陵看来，并不荒唐可笑。那些难以想象的困苦、贫乏、酷寒、孤独，至死都要长久面对，而使其沉着地笑对这一切的，如果说是偏执，那这种偏执也必定称得上悲壮。看到苏武从前多少有些幼稚的逞能，成长为如今这样真正可逞之能，李陵惊叹不已。况且这个人并没有期待自己的行为能被汉朝知晓。不用说迎自己回归汉朝，他甚至并未期待能有人把自己在如此无人之地与困苦斗争的事传回汉朝，哪怕是传到匈奴单于耳中。

毫无疑问，他将无法得到任何人的照料，孤独离世，就在辞世那天，他回顾自己的一生，自己做到了笑对命运至死不渝，他将心满意足地与世长辞。即便没有一个人知晓自己的事迹，也无关紧要。

李陵也曾想取先代单于的首级，却担心即便目的达成，若不能带着单于首级逃离胡地，则徒有壮举而无法为汉朝所闻，因此，最终未能觅得决断的良机。而苏武毫不担忧自己所为是否为人所知，李陵在他面前，暗自汗颜。

两三日过后，最初的感动渐渐平息，李陵的内心还是不由自主地纠结起来。不管谈论什么，他总忍不住将自己的过去同苏武的逐一对比。虽然并没有明确地觉得苏武是忠义之士、自己是卖国奴，但在那于森林、原野、湖水的静默中多年锤炼而成的苏武的威严面前，他不能不感到，唯一可以为自己所作所为辩护的那些所谓苦恼，简直不堪一击。并且，不知是不是自己的错觉，随着日子一天天过去，他开始感到，苏武对自己的态度中，似乎流露着一种类似富人对穷人一样的居高临下宽大为怀的姿态。虽然说不清到底是哪里有这种感觉，但这种感觉会在某些不经意的瞬间悄然而至。衣衫褴褛的苏武眼中时而浮现出的怜悯的神色，比什么都更让身披锦衣貂裘的右校王李陵恐惧。

在逗留了十余日之后，李陵告别了故友，悄然南去。林间的小木屋里，留下了充足的粮食和衣物。

李陵终究没有开口提及单于嘱托他劝降之事。苏武的回答不言自明，他觉得，事到如今，苏武也好，自己也好，都不必再受劝降之辱了。

回到南边之后，苏武的存在一天都没有从他的脑海中远离。离开北海，他反而觉得苏武的身影更加威严地矗立在自己面前。

李陵从未把投降匈奴的行为当作一件好事。但想到自己为故国的鞠躬尽瘁和故国对此的恩将仇报，他相信，无论是多么无情的评判者，都会认同他的“无可奈何”吧。然而，这里有一个人，不管面前是多么“无可奈何”的情状，都断然不允许自己做出“无可奈何”之想。

饥饿、寒苦、孤独的苦痛也好，祖国的冷漠也好，自己苦苦守节终不被人知晓这几乎可以肯定的事实也好，对这个人而言，都不能成为足以使他变节的“无可奈何”。

苏武的存在对李陵而言，是崇高的训诫，也是坐立难安的噩梦。他时常差人探望苏武是否安好，给他送去食物、牛羊和绒毡。他既想见到苏武，又想躲开苏武，两种心情在他内心争战不休。

数年后，李陵又一次探访了北海之畔的小木屋。他在途中遇到了戍守云中郡北部的卫兵，从他们口中得知，最近汉朝边境从太守至其下官兵百姓，人人皆穿白衣。人民皆着白服，则无疑是天子之丧。李陵知道，武帝驾崩了。

李陵到达北海之畔将这个消息告知苏武时，苏武面向南方，放声号哭。恸哭数日，竟口吐鲜血。看到苏武的样子，李陵渐渐心绪黯然。他当然不会怀疑苏武恸哭的真挚之情，他的心也不能不为其纯粹而激烈的悲叹而打动。然而，自己此刻一滴泪也流不出来。

苏武虽不像李陵那样全家上下惨遭屠戮，但他的兄长在侍奉天子出行时，皇帝的车辇发生了一点微小的冲撞，而他的弟弟是因为未能抓捕到某个罪犯，兄弟二人都不得不为各自的过错承当责任，被赐自尽。无论如何他们都称不上受到了汉朝的厚待。深知这些的李陵，此刻看着眼前苏武那真挚的痛哭，终于发现，从前只觉得苏武身上有种强烈的固执，但这固执的深处，其实充盈着无可比拟的、对大汉国土清冽纯粹的热爱——这热爱并非外界强加在身上的那些所谓忠义、名节，而是一种最为血浓于水的自然而然的爱，这爱压也压不住，永远汹涌喷薄。

李陵触碰到了阻隔在自己和故友之间的根本性问题，不由得陷入了对自身的怀疑中，郁郁不快。

李陵离开苏武的住处回到南边时，恰巧汉朝来的使节抵达了胡地。他们是为和平而来的使节，报告了武帝崩逝和昭帝即位的消息，想借机缔结两地的友好关系——虽然过去胡汉之间的友好关系从未持续超过一年。没有想到，来的竟是李陵的故交，陇西的任立政等一行三人。

这一年二月武帝驾崩，年仅八岁的太子弗陵继位，依武帝遗诏，封侍中奉车都尉霍光任大司马大将军，辅佐朝政。霍光原本就与李陵关系亲厚，被封为左将军的上官桀也是李陵的故交。此二人商议要召回李陵，因而此番任命使节有意选择了李陵昔日的友人。

在单于面前，使者完成了官方的任务后，盛大的酒宴拉开了帷幕。这样的场合一向是卫律负责接待之职，这次因是李陵的友人来了，他也被拉来席间作陪。任立政虽看到了李陵，但匈奴高官在列，他无法明说让李陵回到汉朝。他隔着座位对李陵使眼色，屡屡抚摸自己的刀环暗中示意。李陵看到了这些，也大致推测到了对方的意图，但是不知道该如何回应。

正宴散后，只留下李陵、卫律等人，食牛肉美酒、行博戏[1]玩乐，以招待汉使。此时，任立政向李陵说道："大汉如今大赦天下，万民太平，安享仁政。新帝年幼，君之故旧霍子孟、上官少叔辅佐主上，掌管天下之事。"任立政看出卫律已完全归化成胡人，事实也的确如此，于是在卫律面前有所顾忌，不敢和李陵将话挑明，只是举出了霍光和上官桀的名字，意在引李陵动心。李陵沉默着，没有回答。他凝视了任立政一阵，抚了抚自己的头发。连那发髻都已束成了椎结，不再是中原之风。

少顷，卫律离座更衣，任立政这才以亲切的语调称呼李陵的字："少卿啊，这么多年真是苦了你！霍子孟和上官少叔向你问好。"李陵只是淡淡地回问了他们两人的安否。任立政好像要堵回李陵的冷言冷语一般，再次说道："少卿啊，回去吧。富贵何值一提？什么都不说了，回去吧。"李陵刚从苏武之处回来，并非对友人真切的话语无动于衷。但是，想都不必想，返回汉朝，那已经是无论如何都不可能的事了。他说道："回去容易。但那不也只是再度受辱？你们觉得如何？"话未说完，卫律回到了座位，二人都闭了口。

宴会散场，作别离去时，任立政不动声色地走到李陵身旁，压低

〔1〕 博戏：又称陆博，本是古代一种棋局，掷采以定行棋，后逐渐发展为博彩游戏。

声音，又一次询问了李陵有无归汉之意。李陵摇了摇头，答道：“大丈夫不能再辱。”这句话说得有气无力，却并非因为惧怕卫律听到。

五年后，昭帝始元六年的夏天，人们原以为苏武会就这样默默无闻穷困潦倒地死于北方，他却意外地回到了汉朝。

汉朝天子在上林苑中射得大雁，雁足上绑着苏武的帛书，这段广为人知的故事当然是为了驳斥声称苏武已死的单于而编造出来的。十九年前跟随苏武来到胡地的一个叫常惠的人，遇到了汉使，告知他们苏武尚在人世，教他们编出这套说辞救苏武出来。

李陵的内心着实深受震撼。无论能否归汉，苏武都是伟大的，李陵因自己与其的差距而受到的内心的鞭笞也是不会改变的。然而，让李陵痛受打击的是，原来苍天还是在看着的啊！苍天看似无情，其实一直在看着这一切！他不禁肃然生畏。

至今他也并未觉得自己过去做错了，但这里却有一个叫苏武的人，他那样堂堂正正，使李陵本无可厚非的过去显得耻辱，并且他的事迹就要彰显于天下了。这个事实深深地刺激了李陵。他陷入了极度的恐惧——自己这百爪挠心般优柔寡断的情绪，难道不是在羡慕苏武吗？

临别，李陵为故友设宴。想说之言堆积如山，而终究不过是自己降胡之时，原本另有志向。在这志向实现之前，故国的一族上下遭戮，自己最终走到无从回归的绝境。这些话若说出口，不外乎成为牢骚。李陵对此，终究一字未提。只是在酒宴正酣时忍不住起身，且歌且舞。

径万里兮度沙幕，
为君将兮奋匈奴。
路穷绝兮矢刃摧，

士众灭兮名已隤。

老母已死，

虽欲报恩将安归。

李陵唱着，不知不觉声音颤抖，泪水顺着双颊淌了下来。懦弱！他斥责着自己，却毫无半分奈何。

时隔十九年，苏武回到了祖国。

司马迁在遭受宫刑之后，仍在孜孜不倦地书写着。

他对现世已无眷恋，只是作为书中的人物活着。在现实生活中不再张开的嘴，借由鲁仲连的舌端才会喷出熊熊烈火；或是化作伍子胥，剜去自己的双目；或是化作蔺相如，痛斥秦王；又或是成为太子丹，含泪送别荆轲。他记叙着楚国屈原的忧愤，大篇幅地引用了其投身汨罗江之际所作的《怀沙》之赋，此时，他只觉得这篇长赋犹如出自自己的笔下。

起稿之后十四年，遭腐刑之祸其后八年，当京城兴巫蛊之狱，发生戾太子的悲剧[1]时，这部父子相传的著述，依照最初的构想以通史的形式大致成书了。在对其增补删改、反复推敲中，又经过了数年。共计一百三十卷、五十二万六千五百字的《史记》最终定稿，已临近武帝驾崩之时。

写下列传第七十篇《太史公自序》的最后一笔，司马迁靠在桌案上，满心怅惘。他发自内心地发出了一声长叹。他的目光投向庭前槐

〔1〕 戾太子即卫太子刘据，汉武帝刘彻嫡长子。征和二年（公元前91年），刘据在巫蛊之祸中被江充、韩说等人诬陷，因不能自明而起兵反抗，汉武帝误信谎情，以为太子刘据谋反，遂发兵镇压，刘据兵败逃亡，最终因拒绝被捕受辱而自杀。

树的郁郁葱葱之间，出神良久，其实并没有在看什么。他的耳中一片空洞茫然，但似乎仍在倾听着不知从院子的什么地方传来的一只蝉的鸣声。按理说，司马迁该感到高兴才是，但他先体会到的是气力尽失的隐隐约约的寂寞和不安。

他将完稿的著作呈给朝廷，去父亲墓前禀告此事。做完这些事情，一直强撑精神的他骤然陷入了严重虚脱的状态。如同附体的神灵离身后的巫师一样，他的身体和内心状态都萎靡不振。刚刚六十出头的他，仿佛突然间老了十岁。无论是武帝的驾崩，还是昭帝的即位，对这具曾经的太史令司马迁的躯壳而言，似乎已经毫无意义。

上文所提及的任立政等人在胡地探访李陵，再度返回京师的时候，司马迁已经与世长辞。

对于和苏武作别后的李陵，史书上没有留下任何准确的记载。只知道，他在元平元年死于胡地。

彼时，与之交好的狐鹿姑单于早已离世，胡地处于其子壶衍鞮单于的治下。因其即位问题，左贤王与右谷蠡王发动内乱，与阏氏、卫律等人对抗。不难想象，李陵也无可奈何地卷入了这场纷争中吧。

据《汉书·匈奴传》记载，后来，李陵在胡地所生之子拥立乌藉都尉为单于，与呼韩邪单于对抗，遭到失败。这是宣帝五凤二年之事，此时，正是李陵死后的第十八年。史书中只称其为“李陵之子”，并未记载他的名字。

嗟乎，子卿！夫复何言？相去万里，人绝路殊。生为别世之人，死为异域之鬼。长与足下，生死辞矣。幸谢故人，勉事圣君。足下胤子无恙，勿以为念！努力自爱。时因北风，复惠德音。李陵顿首。

——李陵《答苏武书》

山月记[1]

陇西李徵，博学多识，才能出众。天宝末年，年纪轻轻便名列虎榜[2]，后调补江南尉。李徵性情狷介，自视甚高，不甘于做一名区区小吏。不久，他辞去官职，之后回到故乡虢略隐居，与人断绝往来，只一心沉浸于诗作之中。

比起做一名小吏长年向高官屈膝低头，他更想以诗人的身份流芳百年。然而，以文扬名并非易事，他的生活日渐陷入困苦。李徵终于开始焦躁不安起来。从那时起，他的面容变得冷峻，皮肉消瘦，骨骼突现，只剩目光还是炯炯发亮。从前进士及第之时那个面颊丰润的美少年的身影，已然无处可寻。

数年后，李徵不堪生活的贫困，为保妻儿的衣食，他不得不屈节再度东下，做了一名地方官吏。另一方面，他做此决定也是因为对自己的诗文之业绝望了大半。

曾经的同年们已经远升高位，他不得不对这些昔日不屑一顾的蠢

〔1〕 本文是中岛敦亮相文坛之作，1942 年首发于《文学界》，后多次被选入日本国语教科书。文章取材于唐传奇《人虎传》，“山月记”这一题名来源于李徵所吟诗句“此夕溪山对明月”。

〔2〕 虎榜：龙虎榜的简称，即进士榜。

材们低头，不难想象，从前恃才傲物的李徵，自尊心受到了多么大的伤害。他怏怏不乐，狂悖的性情越来越难以抑制。

一年后，李徵因公出差，停宿在汝水之畔的时候，终于发了狂。一天夜半，他突然之间脸色骤变，从床榻上一坐而起，口中无缘无故地叫喊着，边叫边跳下床来，向漆黑的暗夜里飞奔而去。这一去竟再没有回来。附近的山野搜遍了，却毫无踪迹可寻。从此以后，便再没有人知道李徵的下落了。

第二年，任监察御史的陈郡人士袁傪，奉命出使岭南，中途停宿于商於一带。次日清早，天色尚暗，正要出发之际，驿站的官吏禀报说，此处往前，路有食人之虎出没，因而旅人若非白昼，难以通行，此时天色尚早，稍事等待再动身为宜。

然而，袁傪自恃随从众多，并未听从官吏之言，动身上路了。

他们借着残月的光芒穿过林中的草地，此时，果真有一头猛虎从草丛中一跃而出。老虎眼看就要扑到袁傪身上，却立刻掉转身体，躲回了原先的草丛之中。草丛中传出声音，竟是有人在反反复复小声自语道："方才真是好险！"袁傪觉得这声音十分耳熟。惊惧之中，他猛然想了起来，喊道："听这声音，莫不是我的朋友李徵？"袁傪和李徵同一年进士及第。或许是因为袁傪性情温和，与李徵冷峻的性情不会发生冲突的缘故，对友人甚少的李徵而言，袁傪是其最亲密的好友。

草丛之中，良久没有回应，只是时不时传出些微弱的声音，像是有人在暗自啜泣。过了一会儿，一个声音低低答道："不错，我正是陇西李徵。"

袁傪忘记了恐惧，下马走近草丛，和阔别已久的故友叙起了怀旧之情。他问李徵为何不从草丛中出来，只听李徵的声音答道："我如今身为异类，如何能恬不知耻地将这丑陋之姿暴露于故人面前呢？并且，如果我以现在这副模样现身，必定会使你生出恐怖嫌恶之意。但是，我万没料到今日得遇故人，心中念旧，以致忘却羞赧之念。无论如何，哪怕片刻也好，能否不要嫌弃我如今丑恶的外形，只当我是你曾经的朋友李徵，与我稍做交谈？”

之后回想起来甚是不可思议，但在当时，袁傪自然而然地接受了这一超乎寻常的怪异之事，一点也未觉得奇怪。他命部下暂停前进，自己则站在草丛边上，与这个不露面的声音交谈起来。京城的传闻，故友的消息，袁傪现今的地位，以及李徵对其的祝贺，他们以青年时代挚友间那种亲密无间的语调说起这些之后，袁傪问起李徵为何会变成如今这副模样。草丛中的声音如此说道：

“距今约一年前，我出差在外，夜宿汝水之畔，一觉醒来，睁开眼睛，外面有谁在叫我的名字。我应声出外察看，这声音在暗夜中不断地召唤着我。下意识地，我就循着声音跑了起来，就在忘情地奔走中，不知何时，脚下的道路已延伸到了山林之中，并且不知不觉中我竟以左右两手抓着地跑了起来。我身体中好像充满了力量，轻快地从岩石上一跃而过。待我反应过来，指端和手肘附近似乎已经生出了毛。天色稍亮之后，我靠近溪流，看自己倒映在水中的模样，已变成了一只老虎。

“起初，我不相信自己的眼睛。接着，又以为这必定是梦。因为我甚至曾做过这样的梦，在梦中，好像知道自己在做梦一般。当我不得不醒悟，发现这绝不是梦的时候，我心下一片茫然。我是那样恐惧。我深深恐惧着，竟然什么事情都有可能发生。然而，为什么会发生这样的事情呢。我不知道。我们真的对一切一无所知。我们老实接受那些强加于身的东西，却不知为何接受；我们活下去，却不知为何要活下去——这就是我们活着的宿命。

“我立刻就想到了死。但是，当时我看到眼前跑过一只兔子，就在那一刻，我身体里那属于人类的心智忽然消失了。当内心的人性再度苏醒过来的时候，我的嘴上已经沾满了兔血，四周兔毛散落一地。这便是我化虎之后最初的经历。

“从那以来直至今日，我做出了何等行径，实在难以启齿。只是一日之内必有几个时辰，会恢复人类的心智。这时，我会如从前一般，可以说人话，进行复杂的思考，甚至可以背诵圣贤之书的章句。以这人类的心智看到自己化身为虎后那些残虐行为留下的痕迹，回顾自己的命运，那样的时刻，最为残忍、恐怖，令我愤愤不平。

“然而，这恢复人性的几个时辰，也逐日变短了。一直以来，我质疑自己为何会变成老虎，这几日却突然发现，自己竟在思考，为何从前我会是人类？这太可怕了。再过不久，我身体中那人类的心性，就会彻底埋没于野兽的习性中吧。正如同古老殿宇的遗迹，湮没于漠漠沙土之下。那样的话，我终将忘却自己的过去，成为一头老虎，四处狂奔，即便像今日这样路遇故人，也辨认不出，将你撕咬吞噬，亦无半分悔意吧。

“野兽也好，人类也罢，是不是原本都是某种其他的东西？会不会最初尚记得那是什么，渐渐便忘却了，还深深以为自己从一开始就是现今这般模样？罢了，这些都无所谓。或者身体中那人类的心智彻底消失，我才会感到幸福吧。然而我身体中的那个‘人’，却极度害怕失去这心智。曾身为人类的记忆荡然无存，啊，这多么可怕、悲哀、残酷无情！这种心情谁都不会明白。没有谁会明白。除非他有同样的遭遇。

“对了，话说回来，在彻底丧失人类的心性之前，我有一事相求。”

袁傪一行屏息静气，倾听着草丛中的声音所讲的种种不可思议之事。那声音继续说道：

“我别无他求。只是我原本想成就诗人之名，而大业未竟，竟落得如此命运。从前所作数百诗篇，自然是还未公之于世，事到如今，残稿所在也已无从知晓。不过，其中有数十篇，如今尚能记诵。可否为我记录下来以传后世。我并非想以此跻身堂堂诗人之列，总而言之，且不论诗作的好坏，我倾尽毕生执着于此，甚至为此潦倒疯癫。哪怕一部分也好，若不能将其流传后代，我死不能瞑目。”

袁傪命令部下准备纸笔，随着草丛中的声音做了记录。草丛之中传出李徵朗朗吟诵的声音。长短约计三十篇。尽是格调高雅、意趣非凡、一读便可体现非凡才思之作。然而，袁傪一面感叹，一面也隐约觉得，作者的资质无疑确属一流，但就像这样的话，距离一流的作品，在一些微妙之处，似乎还欠缺了些什么。

叙述完旧作的李徵，声调一转，像是自嘲般地说道：

“说来惭愧，即便沦落到如今这副丑陋的模样，我还是会梦到自己的诗集置于长安风流人士的桌案之上的样子。躺在岩洞中所做之梦啊！嘲笑我吧！嘲笑这个想成为诗人却成了老虎的可怜人！”袁傪伤感地听着，想起了从前那个喜欢自嘲的青年李徵。

“对了，我将此时心绪即兴赋诗一首，权当添一笑柄吧！借此为证，这副老虎的皮囊下，曾经的李徵还活着。”

袁傪再次命侍从将此记录下来。诗云：

偶因狂疾成殊类，灾患相仍不可逃。
今日爪牙谁敢敌，当时声迹共相高。
我为异物蓬茅下，君已乘轺气势豪。

此夕溪山对明月，不成长啸但成嗥。

彼时，残月投下清冷的光芒，白露浸湿了大地，穿过林间的冷风宣告拂晓将近。人们已然忘记此事是何等离奇，只是一片肃静，暗暗感叹这位诗人所遭的不幸。

李徵继续说道：

“方才我曾说，不知为何会遭遇这样的命运，但细想之下，也并非毫无头绪。在尚为人身之时，我竭力避免与人交往。人们说我倨傲自大，却不知那其实是种近乎羞耻之心的心理。当然，从前被称作乡中奇才的我，不能说没有自尊之心，可那实在该称为一种怯懦的自尊心。一方面，我想以诗扬名，却并未进而拜师求教，也并未努力结交诗友，与之切磋琢磨；另一方面，我又不屑于与凡夫俗子为伍。这些都是我那怯懦的自尊心和自大的羞耻心所造成的。

“我惧怕自己不是美玉，因而刻意不去刻苦打磨；我又对自己会成为美玉尚存半分希望，因而也无法庸庸碌碌地与瓦砾为伍。我渐渐远离俗世，疏远世人，结果，愤懑、羞惭和怨恨渐渐滋长了我内心怯懦的自尊。每个人都是驯兽者，而各自的性情，便是那猛兽。于我而言，这自大的羞耻心便是猛兽，是老虎。它不但毁了我自己，也苦了妻儿、伤及友人，最终，我的外形也变成了这般与内心一致的模样。

“如今想来，我将自己那点有限的才能也白白荒废了。人生一事不为则嫌长，有所作为则恨短。我只在口头卖弄这些警句，而实际上却怕暴露才能不足，除了自卑恐惧和不愿刻苦的怠惰外，一无所有。不知有多少人，资质平庸，远不及我，但凭借专心钻研，成为堂堂的诗人。如今化身为虎，我才终于觉察到这一点。想到此事，此刻我的内心仿佛依然被深深的悔意灼烧。我已无法再过人类的生活。即便现在我脑海中创作了无比卓越的诗篇，又用什么手段才能公之于世？何况我的思想也已日渐趋向虎类。该如何是好。我为何要虚度过往啊！我实在悔不当初。

“每当这时，我会爬到对面山顶的巨石之上，向着空谷咆哮，想要向谁倾诉胸中烧灼般的悲痛。就在昨日，我还在那里对月长嘶，质问可有人能懂这痛苦。然而，野兽们听到我的声音，唯有畏惧和伏身叩拜。山峦、树木、残月、寒露，也都觉得那不过是一只老虎的狂怒咆哮。呼天抢地，声声悲叹，也无一人理解我的心境。恰如我还是人的时候，谁也无法理解我那脆弱易碎的内心。

“我的毛皮被淋湿了，那并不只是夜露之过。”

终于，四方昏暗的天色渐渐变淡，林木之间，不知从何处传来一阵破晓的角笛，其声哀哀。

“已经不得不告别了，我丧失神志的时刻已经近了。”李徵的声音说道——他就要恢复老虎的兽性了。

“只是，临别之前还有一事相托。那就是我的妻儿。他们如今在虢略，自然并不知晓我的命运。你从南方回去之后，能否帮我告知他们说我已经死了？万望不要说出今日之事。请容我厚颜请求，望你可怜他们孤弱无援，今后也能施以援手，使他们不致冻饿街头。若能如此，于我便是最大的幸事。”

言毕，草丛中传来恸哭之声。袁傪眼中也泛起了泪光，欣然答应了李徵的请求。然而李徵的声音忽然又恢复了先前自嘲的语调。他说道：

“倘若我还算人的话，其实本应先将这件事托付于你。比起将要忍饥受冻的妻儿，我却更在意自己那希望渺茫的诗文之业。正因我是如此之人，才会沦为野兽之类吧。”

他又补充道，希望袁傪自岭南回程之途，千万不要再经此路。因为那时他可能已丧失心智，认不出故人而妄加袭击。以及于此分别之后，前方百步之处有一座山丘，希望袁傪登上山丘之后回望此处。自己会让他再看一次自己现在的模样。“我并非要炫耀勇猛，而是想要展示我的丑恶模样，让你不再有回到此地与我相见的念头。”

袁傪向着草丛真挚地话别一番，跨上马去。草丛中再次传出了无法抑制的悲泣之声。袁傪也几度回望草丛，流着泪出发了。

一行人登上山丘之时，依照李徵所言，回头眺望方才林间的草地。只见忽然之间，一头猛虎自青草深处一跃而出。猛虎仰望着已然褪去了光芒的惨白的月亮，咆哮了几声，又跃入原先那片草丛中，消失得无影无踪。

高人传[1]

赵国都城邯郸，住着一名叫纪昌的男子，立志要成为天下第一的弓箭大家。他要物色一位值得拜其为师的人物。他觉得当今若论弓箭，无人可及名家飞卫之项背。据传，飞卫是一名百步穿杨、百发百中的高手。纪昌千里迢迢拜入了飞卫门下。

飞卫命令新入门的弟子，首先要学习不眨眼的本事。纪昌回到家，钻到妻子的织布机下，在那里翻身躺下，仰面向上。他眼睛一眨不眨地紧紧盯着眼前织机的踏板，看着其上下来回不停动作。妻子不知缘由，大为吃惊。丈夫以这样奇怪的姿势从这样奇怪的角度窥视，实在令妻子不悦。纪昌斥责了满心不快的妻子，硬要她继续织布。

日复一日，纪昌以这个奇怪的姿势，反复磨炼不眨眼的功夫。两年之后，即使踏板飞快地一上一下时掠过他的睫毛，他也绝对不会眨眼了。纪昌总算从织布机下爬了出来。

他已经修炼到了即便锐利的锥尖刺向眼皮也不会眨眼的地步。无论是火星要溅入眼中，还是眼前突然扬起灰烬，他都绝不会眨一下眼

〔1〕 本文取材于《列子·汤问》中“纪昌学射”一节，1942 年 12 月首次发表于三笠书房的月刊《文库》。同月 4 日，中岛敦逝世。此文是中岛敦生前发表的最后一篇作品。

睛，他的眼皮似乎已忘记了该如何闭上，就连夜里熟睡的时候，纪昌的眼睛也睁得大大的。

渐渐地，在他眼睛的上下睫毛之间，甚至有一只小小的蜘蛛结起网来。他终于获得了自信，将此事告知了师父飞卫。

听闻此事，飞卫说道："单凭不眨眼睛，还不足以让我传授射箭之技。接下来，要学习如何去'看'。熟于观看，方能视小如大，见微知著，做到这些，再来告诉我吧。"

纪昌又回到家，从内衣的针缝里捉出一只虱子，用自己的头发将其系上，然后吊在了朝南的窗户前，终日凝视着虱子度日。日复一日，他注视着吊在窗下的虱子。起初，那自然只是一只虱子。两三日过去，依然是虱子。然而，十余日过去，许是错觉，他总觉得虱子看起来变大了一丁点儿。到第三个月末，虱子明显看起来和蚕一般大小了。吊着虱子的窗子外面的风景，也随之发生了变化。不知不觉中，和煦的春光变成了夏日的艳阳，才觉秋高气爽、北雁南飞，旋即，寒冷的灰蒙蒙的冬日天空已落下了交织的雨雪。纪昌耐心地一直看着这只吊在发丝一端的有吻类催痒性小节足动物。

虱子一只又一只换了十几回，三年光阴转瞬即逝。一天，纪昌不经意地发现，窗下的虱子看起来已经像马一般大了。"练成了！"他一拍腿，向外走去。纪昌不禁怀疑自己的眼睛。在他的眼中，人如同高塔，马如同大山，猪如同山丘，鸡如同城楼。纪昌雀跃着返回屋中，他站定，对准窗边的虱子，将朔蓬之箭搭在燕角之弓[1]上向其射去，箭完美地贯穿了虱子的心脏，而那系着虱子的头发，甚至没有被切断。

纪昌立即赶赴师父那里报告此事。飞卫高兴得手舞足蹈，这才夸

〔1〕 朔蓬，北方的蓬竹。燕角，燕国出产的牛角。二者皆是做弓箭的良材。

赞道："做得好！"他立刻开始将射箭的奥义与秘技对纪昌倾囊相授。

长达五年之久的眼力的基础训练没有白费，纪昌技艺的进步之快，令人惊讶。传授奥义十日之后，纪昌尝试着隔百步之远射柳叶，已然可以百发百中。二十日之后，他将盛满水的杯盏放于右肘之上，拉开强弓射箭，非但箭不虚发，就连杯中之水都不曾有半分晃动。一月之后，他用百支箭试着速射。第一支箭正中靶心，继而飞来第二支箭，准确无误地刺入第一支箭的箭尾，紧接着，第三支箭的箭头又咻的一声深深嵌入了第二支箭的箭尾。矢矢相接，发发相连，后箭的箭头必会嵌入前箭的箭尾，因而绝无一支落地。转瞬之间，百支箭前后相续仿佛连为一支，从靶心笔直地延伸成一条直线，而最后一支箭的箭尾仿佛还咬在弓弦上。师父飞卫从旁看到，也情不自禁地赞道："好！"

两月之后，纪昌偶尔回家，和妻子发生了口角。他想要吓唬妻子，便引乌号之弓，搭綦卫之箭，向妻子的眼睛射去[1]。箭射断了妻子的三根睫毛，继续向远处飞去，而被射中的妻子本人竟丝毫没有察觉，眼睛都没眨一下地还在继续大骂自己的丈夫。纪昌精湛技艺所致的箭速之快和目标之精准，已然达到如此化境。

从师父那里已经不能再学得什么的纪昌，有一天，突然冒出了一个不良的念头。

他独自一人出神地想着，如今能在弓箭上与自己抗衡者，唯有师父飞卫一人。要成为天下第一的高手，就不得不除掉飞卫。

纪昌暗暗窥伺着时机，一日，他在郊外与独自一人迎面走来的飞卫不期而遇。纪昌立刻拿定了主意，取出箭来瞄准飞卫。察觉到纪昌

〔1〕 乌号之弓，黄帝所用之弓。綦卫之箭，綦地制作的美箭。

意图的飞卫也执弓与他对抗。两人相互射向对方，每射出一支箭，箭都会在中途相撞，一同坠地。箭矢落地，轻尘都不曾荡起半分，两人的技艺皆已出神入化。飞卫的箭全数射完之时，纪昌手中尚余一支。纪昌胜券在握，用尽全力放出了最后一箭，说时迟，那时快，飞卫折取了路旁一根荆条，啪的一声用刺尖将纪昌的箭头打落在地。

纪昌醒悟到自己的非分之想无法实现，一种道义上的惭愧之念此刻骤然涌上心头——若是成功，他可绝对不会有这种想法。而飞卫脱离了危险，安下心来，又对自己的高超技艺心满意足，竟全然忘记了对敌人的怨恨。二人向对方奔去，在原野中相拥，一时落下了满含美好师徒情谊的泪水。这样的场面，以如今的道义观是无论如何都无法设想的。爱好美食的齐桓公搜寻还没有尝过的奇珍异馐，厨师易牙便把自己的儿子蒸熟了献给他；十六岁的少年秦始皇在其父驾崩的当晚，三度和父王的爱妾行苟且之事。这些都是那个时代发生的故事。

一面相拥而泣，飞卫心中一面想到，倘若弟子再次心怀不轨，则甚是危险，若能给纪昌找到新的目标转移其注意力，那再好不过了。他向这个危险的弟子说道："我能传授给你的本领，已悉数传尽。你若还想穷极箭道的奥义，就要西攀太行天险，登上霍山之巅。前无古人后无来者的箭道大师甘蝇老师应该就在那里。和老师的技艺相比，我辈射箭形同儿戏。堪做你的师父之人，非甘蝇莫属。"

纪昌立刻动身向西而去。师父飞卫说在此人面前我辈技艺犹如儿戏，此话重重打击了他的自尊。若此言为真，那么他要想成为天下第一的高手，仍旧是道阻且长。他一心急着赶路，想早日见到那个人，与之一较高下，看看自己的技艺究竟是否如同儿戏。脚底磨破了，手肘也划伤了，攀上险峰，走过栈道，一月之后，他终于来到了霍山山巅之上。

迎接斗志昂扬的纪昌的，是一位目光如绵羊一样柔和的老态龙钟的老者。他看起来已逾百岁，或许因为弯腰驼背的缘故，走路的时候，白胡子都拖在地上。

纪昌猜想对方或许已经年老耳背，他放开嗓门迫不及待地告知了来意。急躁不安的他想让老者看一下自己的技艺，正说着，不等回答，已经从身后抽出了杨干麻筋弓[1]拿在手中，又搭上石碣[2]之矢，瞄准了恰巧从天空中高高飞过的一群候鸟。瞬间，五只大鸟被一箭贯穿，应弦而落，漂亮地将碧空划开一道口子。

"还可以吧，"老者含着微笑平静地说道，"但那终究不过是'射之射'，看样子，好汉尚且不知'不射之射'。"

纪昌闻言，怒上心头，这位年迈的隐士便把他带到了距山巅两百步的一处绝壁之上。脚下的山崖陡峭如屏风，名副其实的壁立千仞。高高看去，正下方的溪流有若细丝，稍稍向下瞄一眼，便立即感到头晕目眩。断崖间有一块半悬在空中的危石，老者若无其事地踏了上去，转身向纪昌说道："如何，站在这块石头上，再让我看一次方才的绝技吧。"事到如今，已无退缩之理。纪昌和老人换了位置，一踩上那块石头，石头便微微颤动起来。纪昌鼓足勇气刚要把箭搭在弓上，不巧一颗小石子从悬崖边滚落了下去。纪昌的目光追随着石子下坠，不知不觉中整个身体都伏在了石头上。他双脚打战，冷汗一直流到了脚后跟。

老者一边笑一边伸出手去，把纪昌从危石上拉了下来。自己站上

〔1〕 杨干麻筋弓：用麻丝缠绕柳枝制成的强弓。

〔2〕 石碣：箭名。《吴越春秋·勾践伐吴外传》所记："越王中分其师，以为左右军，皆被兕甲，又令安广之人，佩石碣之矢，张卢生之弩。"

他的位置，说道："那么就让你见识见识什么才是射。"心有余悸的纪昌面色苍白，但他立即察觉到不对，问："可是弓呢？您的弓在何处呢？"老者两手空空。"弓？"老者笑道，"若用弓矢，则仍是'射之射'啊！所谓'不射之射'，则乌漆之弓和肃慎之矢[1]一概不要。"

恰好他的正上方，一只鹰悠然地盘旋在遥远之极的高空之上。甘蝇仰望着那如芝麻大小的身影，良久，他终于将看不见的箭搭在无形之弓上，又用力将"弓"拉开，"弓"如满月，嗖的一声将"箭"放了出去。看啊！那鹰连翅膀都没来得及拍打一下，便如石头一般从空中坠落下来。

纪昌战栗不已。现在他才终于领略到技艺之道的深不可测。

纪昌在这位年迈的高手身边逗留了九年。这期间他进行了怎样的修行，无人知晓。

九年过去，纪昌下山来的时候，人们惊讶地发现，纪昌的神情变了。从前不服输的精明强悍的精气神，已然无影无踪，他脸上毫无表情，变成了一副形同木偶和愚人的模样。然而，他时隔许久去拜访从前的师父飞卫，飞卫一看他的神情便惊叹地叫道："这才是天下第一的高手！我辈已然甘拜下风！"

邯郸全城上下热情地迎接成为天下第一高手的纪昌归来，人们热切地期待着即将展现在眼前的绝技。

然而纪昌丝毫没有要响应他们的意思，不，他甚至连碰都不打算碰一下弓箭。进山时带去的杨干麻筋弓，也不知道丢到哪里去了。有

〔1〕 肃慎之矢：周武王时，肃慎人曾进贡该地的名箭，故有"肃慎之矢"之称。肃慎，中国古代北方少数民族。

人问他为何如此，纪昌懒洋洋地答道：“至为不为，至言不言，至射不射。”

原来如此！悟性极高的邯郸城中人士立刻领会了他的意思，夸赞他是不执弓的弓箭高手。纪昌越是不碰弓箭，人们越是盛传他的天下无敌。

各种各样的传闻从一个人口中传到另一个人口中。有人说，每夜三更一过，纪昌家的屋顶上不知是否站着什么人，发出弓弦之音，据说那是高手体内寄居的射道之神，在宿主睡眠之时脱离其肉体，驱妖除魔，彻夜守护着他。

住在纪昌家附近的一个商人，说他千真万确看到一天夜里，在纪昌家上空，纪昌乘着云，罕见地拿着弓，和古代的高手羿、养由基[1]二人比试身手。三位高手放出的箭各自在夜空中划下青白色的光芒，消失在参宿与天狼星之间。

还有盗贼供认说，他本想悄悄潜入纪昌家中，谁知刚要跨进院墙，鸦雀无声的宅院中一道杀气袭来，正中眉心，让他不由自主地跌落下来。从此之后，心怀歹意者皆对纪昌的住处绕道而行，方圆十町[2]不敢靠近，就连飞鸟，也知道聪明地避开纪昌家上空。

云雾笼罩般的盛名之下，高手纪昌渐渐老去。早已不碰弓箭的他，内心也似乎逐渐遁入了枯淡虚静的化境之中。形同木偶的面容更加失去了表情，他甚少言语，甚至是否还有呼吸都令人怀疑。“业已不知我与他之别、是与非之分。眼如耳，耳如鼻，鼻如口。”这是晚年的高手纪昌所述心怀。

---

〔1〕 弈，五帝时期人物，帝尧的射师。养由基，春秋时期楚国将领，著名的神射手。

〔2〕 町：日本计量单位，1 町约 109 米。

拜别师父甘蝇四十年之后，纪昌离开了人世，安静得如同一缕轻烟散去。四十年间，他绝口不提射箭之事。口中不提，执弓射箭之事便也概不去做。当然，身为寓言故事的作者，我十分想为晚年的纪昌安排一个大展身手的结局，揭示高手之所以成为高手的缘由，但另一方面，我无论如何也不能歪曲史书所记载的事实。实际上，老后的纪昌只是无为而化，除了如下这则奇妙的故事，再没有什么流传下来。

故事说的是他去世一两年前的事情。一日，年迈的纪昌受邀造访友人之处，在其家中看到了一样器具。这器具确实似曾见过，它的名字却怎么都记不起来，用途也忘记了。老人向这家的主人询问道："这是何物？有何用处？"主人以为这是客人在说玩笑话，只是含混地一笑了事。老人动了真格，再次询问，主人仍然暧昧地笑着，摸不透客人此言何意。纪昌第三次一脸认真地重复同一个问题时，主人这才面露惊愕之色。他盯着客人的眼睛，确认对方并非玩笑，也非癫狂，而自己也并未听错，他流露出了近乎恐怖的狼狈，结结巴巴地喊道：

"啊，夫子——夫子您是古今无双的射术高人啊，竟连弓为何物都忘了吗？弓的名字、弓的用处，您竟然全忘了！"

此后，一时之间，邯郸城内画家封笔，乐师断弦，工匠们也以手持圆规矩尺为耻。

弟子[1]

一

鲁国卞地有一位游侠，名仲由，字子路。近日，大学者孔丘颇负贤者盛名，子路决意将其羞辱一番。

“徒有虚名的贤者，到底有何过人之处！”子路蓬头突鬓，冠帽歪垂，一身短后[2]装束。他左手提着雄鸡，右手牵着公猪，气势汹汹杀向孔丘家中。他摇晃着雄鸡，轰赶着公猪，口气蛮横地吵吵闹闹，意图扰乱儒家礼乐教化、学习诵读之声。

青年在动物的尖叫声中瞪着眼睛闯了进来，而孔子圜冠句屦[3]，身佩玉珏，和颜悦色地凭几而坐。两人之间的问答开始了。

“你喜好何物？”孔子问道。

“我喜欢长剑。”青年昂然地说道。

孔子从青年的声音和态度中，看出了稚气满满的自负，不由得笑

〔1〕 本文主要取材于《论语》，完稿于1942年6月。同年12月，中岛敦去世。1943年2月，本文发表于《中央公论》。

〔2〕 短后：即短后衣。古代一种后幅较短的上衣，便于活动。此处子路身着短后，意在说明其身着便服，装束随意。

〔3〕 圜冠，古时儒士所戴的圆帽。句屦，即勾屦，古代鞋头前端上翘，称为句屦。《庄子·田子方》中所记：“儒者冠圜冠者，知天时；履句屦者，知地形。”

了。青年血气方刚，浓眉大眼，看去精明强悍的面孔上，却不知哪里流露着一种招人喜欢的坦率。

孔子又问道：“学习之事，你以为如何？”

“学习难道有何益处？”子路原本就是为了表达这个观点而来，便鼓足劲头，大声叫嚷着答道。

学习的权威性遭到横加指责，自然不能微笑了事。孔子开始谆谆阐述学习的必要：“人君若无谏臣，则失正；士若无诤友，则偏听。树木经过绳墨作用，方能取直。马须鞭策，弓须矫正，人亦如是，需要学问教化来纠正放恣的性情啊。经过匡正、修养、磨炼，一件事物方能成为有用之才。”

从流传后世的语录的字面上，实在无法想象孔子拥有怎样雄辩的口才。不仅是语言的内容，他那沉稳淡定而又抑扬顿挫的声音，以及说话时坚定不移的态度，其中有种让听者不得不信服的魅力。青年的态度中渐渐淡去了抵触之意，终于开始静静聆听。

“然而，”子路仍未失去反驳的劲头说，“南山之竹不经矫正，径自笔直生长，听闻将其砍下，犀牛皮虽厚亦能用其穿透。照此说来，天性优秀之人，有何学习的必要呢？”

对孔子而言，这样幼稚的比喻，轻而易举便可击破。“你所说南山之竹，若安上羽毛箭镞，打磨锋利，便不只是能穿透犀牛皮了。”听到孔子这番话，这个招人喜欢的单纯的年轻人无言以对。他面露羞赧之色，在孔子面前站立一阵，若有所思，猛地将鸡和猪丢了出去，垂头认输道：“谨受尊教。”并非只因为词穷，其实从一入室见到孔子的面容、听到他最初的一句话时，子路就立刻感觉到鸡和猪实在是拿错地方了，对方庞大的气场远远凌驾于自己之上，使他不由为之震慑。

当日，子路行师徒之礼，拜入孔子门下。

二

像孔子这样的人，子路还从未见过。

他见识过力举千钧之鼎的勇士，也听说过明察千里之外的智者。但孔子身上所有的，绝非那种怪物般的非同寻常，他只是把极为普通的事做到了完善。从知、情、意这几方面，到肉体上各种能力，其实非常平凡，但又最大限度地发挥到至臻至美的状态。并没有单独哪一种能力显得过分突兀，各种能力达到了一种恰到好处的和谐，这样丰厚的人生状态，子路还是第一次见到。

孔子豁达自在，身上没有一丝学问家的迂腐气息，子路十分惊异，立刻感觉到，这个人必是阅尽沧桑、通晓世事之人。奇怪的是，就连子路引以为傲的武艺和体力方面，也是孔子高占上风，只不过平日不用罢了。这一点首先就震慑住了游侠子路。孔子还有对人心的敏锐洞察，让人不禁猜想他是否连放荡不羁的生活也曾经历过。下至这样的一面，上至至为高尚纯洁的理想主义，子路一想到孔子的阅历是这样广阔，便发自内心地赞叹不已。总之，这个人放到哪里都禁得住考验。从挑剔的伦理角度看没有问题，从最为世俗的层面来看也没有问题。

子路迄今为止见到的人，他们的伟大都是从其利用价值中展现出来的。都只不过是在哪里发挥了作用，然后显得伟大。孔子的情况却截然不同。只要孔子这个人存在，就足够了。至少子路是这样想的。他深深地着了迷。拜入孔子门下尚不足一月，子路感觉自己已经无法离开这个精神支柱了。

后来，孔子经历了漫长而艰难的流浪生涯，唯独子路欣然追随着他。他做孔子的弟子，并非为了借此谋求仕途，甚至可笑的是，竟也不是为了磨炼自己的才德。是一种至死不渝、一无所图的纯粹的敬爱之情，将他留在了老师的身边。就像曾经手中不离长剑那般，子路如今无论如何也无法离开这个人。

那时，孔子尚未到四十不惑之年，比子路不过年长九岁。然而子路感到这年龄之差中，是他与孔子无限遥远的差距。

从孔子这方面来说，他也惊讶于这个弟子的桀骜不驯。若只说爱好勇武、不喜柔弱，相似之人实在有很多，但如这个弟子一般藐视事物的形式的，却着实罕见。规制、礼节，最终归化于精神层面，但毕竟要始于某种形式。然而子路这个人，无法轻易接受这种由形而人的程序。"礼云礼云，玉帛云乎哉？乐云乐云，钟鼓云乎哉？"[1]这些道理子路听得津津有味，但当讲到礼乐的细则时，他便露出不耐烦的神色。子路这个人发自本能地逃避形式主义，对孔子而言，努力克服他这一点，向其传授礼乐非常之难；但是，对子路而言，学习这些更加是一件巨大的难事。

子路所信赖的全部，就是孔子这个人丰厚的内心与学识。然而他却不能领会，这丰厚是通过日常小事累积而成的。他认为有本方有末，但对于如何培养这个"本"，又欠缺实际的考虑，常常因此受到孔子的斥责。他对孔子心悦诚服是一回事，能不能立刻领悟孔子的教化，这又是另一回事。

---

〔1〕 出自《论语·阳货》。意为：礼呀礼呀，只是说的玉帛之类的礼器吗？乐呀乐呀，只是说的钟鼓之类的乐器吗？

孔子说到“唯上智与下愚不移”[1]时，并没有把子路算在内。纵然子路有诸多缺点，但孔子并不认为他是下等的愚笨之人。孔子比任何人都更赏识这个粗野的弟子，他身上有种无与伦比的美好之处，那便是心性纯良，不计利害得失。这种美好是这个国家的人们所稀缺的，因而除了孔子以外，再没有人将子路的这种倾向认作美德；相反，他们将其视为一种不可思议的愚钝。然而只有孔子深知，子路的英勇无畏也好，政治才干也罢，同这份宝贵的愚钝相比，都是不值一提的。

在对待父母的态度上，子路遵从师言，克制自己的性情，好歹循规蹈矩地做了该做的事情。亲戚们议论，自从拜入孔子门下，粗鲁无礼的子路突然懂得孝顺了。受到褒扬的子路却觉得十分别扭，他觉得这哪里是尽孝道，分明就是谎话连篇。怎么想都还是那个任性妄为、让父母伤脑筋的自己来得更真诚。

他还觉得，如今被自己的虚情假意哄得高高兴兴的父母，有些可怜——虽说他不是心理学家，不能分析细微的心理，却是个极其正直、不会弄虚作假的人，因而连这样的事情他也会去操心。许多年后，有一次他突然注意到双亲已经年迈，回想起自己年幼时父母年轻而健康的样子，眼泪顿时流了出来。从那之后，子路开始全心全意地尽孝道，简直无与伦比。总之在那之前，他的孝道都是草草应付了事。

〔1〕 出自《论语·阳货》。意为：只有上等的聪明人与下等的愚笨之人是不可改变性情的。最聪明的人不需要改变，因为他认为他已经是聪明的人了；最愚笨的人也不需要改变，因为他认为他自己愚笨，改变不了。

三

一日，子路走在街上，遇到了两三个从前的友人。虽称不上无赖，但也是些放纵不羁的游侠之徒。子路停下脚步，和他们聊了一阵。其中一人打量了一圈子路的装束，说道：“咦，这就是所谓的儒服？可真是一身寒酸相啊。”他又问：“不留恋长剑吗？”子路不搭理他，但他这次说出的话让人无法置之不理。“怎样？听说那个孔丘就是个徒有其表的骗子，摆出一副一本正经的样子，煞有介事地胡诌一番，就能坐享其成了。”说话之人并无恶意，只是不与子路见外，一贯毒舌罢了，然而子路脸色大变，一把抓住那人的前襟，右手飞起一拳砸在他的侧脸上。两三拳下去，他松开了手，对方瘫倒在地。子路又转向惊得目瞪口呆的其他几人，向他们投去了挑战的眼神，但他们深知子路刚强勇猛，完全不敢靠近，一左一右搀起了挨打的同伴，灰溜溜地走了，连一句硬气话都没有撂下。

后来，此事似乎传入了孔子耳中。子路被叫到老师面前，他没有被直接问及此事，但不得不聆听了如下一番教诲。

“古代君子，忠以为质，仁以为卫。有不善则以忠化之，侵暴则以仁固之。可见无须动用武力。小人动辄以不逊为勇武，君子之勇却在于立义。”子路恭顺地一一聆听。

数日后，子路又上街时，道旁的树荫下几个闲人激烈讨论的声音传入了他耳中，怎么听都像是在讲孔子的闲话——“总说从前从前，说什么事都要把从前抬出来，贬损现在。反正从前的事谁也没见过，所以还不是由着他说。一味因循过往之道，如果那样天下就能安定，那我们还用费什么力！对我们而言，比起死去的周公[1]，可是活着的阳虎[2]大人更伟大呢。”

当时的社会，正处在一个“下克上”[3]的乱世。政治实权从鲁侯转移到了大夫季孙氏的手中，现在又落入了季孙氏家臣——野心家阳虎的手里。说话的那人或许就是阳虎的亲信。

“话说，阳虎大人最近几次派人去接孔丘，想将他收为己用。谁知道，孔丘这边反倒避而不见。口中夸夸其谈，却对现实中的活生生的政治全然没有一点自信。这家伙可真是的！”

子路从后面分开人群，大步走到说话人的面前。人们马上认出了他是孔门弟子，刚刚还一直扬扬得意地口若悬河的那个老人，大惊失色，莫名其妙地就在子路面前低头认错，然后便躲到了人墙之后。大概是子路目眦欲裂的神情过于骇人了吧。

之后一段时日，类似之事时有发生。人们远远看见耸着肩膀、目光炯炯的子路，便立即噤声，不敢再诋毁孔子。

子路因此屡遭老师训斥，但他也控制不住自己。他心中也并非没有自己的想法。“所谓君子，若是感受到和我一样强烈的愤怒还能抑制得住，那十分伟大。然而实际上，他们不会像我这样强烈地感到愤

〔1〕 周公：姬姓，名旦，是周文王姬昌第四子，周武王姬发的弟弟，曾两次辅佐周武王东伐纣王，并制作礼乐。

〔2〕 阳虎：春秋后期鲁国人，季孙氏家臣。他以季孙家臣之身，毫无雄厚家底与政治背景，却能够跻身鲁国卿大夫行列，从而指挥三桓，执政鲁国，开鲁国“家臣执国政”的先河。

〔3〕 日本历史上下级代替上级、分家篡夺主家、家臣消灭家主等行为，称作下剋上。

怒。至少，他们感受到的愤怒是微弱的，可以抑制的。一定是……”

过了一年左右，孔子苦笑着感叹道：“自仲由入我门下，再听不到恶言恶语了。”

四

一次，子路在屋中鼓瑟。

孔子在另一间屋中听了一阵，向身旁的冉有说道：“你听这瑟音，是不是充盈着暴戾之气？君子之音，当温柔中正，滋养生育之气。昔日舜帝弹五弦琴，作南风之诗。诗曰：‘南风之薰兮，可以解吾民之愠兮；南风之时兮，可以阜吾民之财兮。’[1]今听闻仲由所奏之音，实是杀伐激越，不是南音，而类似北鄙之音[2]。弹奏者粗野暴躁的心境，暴露得再明显不过。”

之后，冉有去子路之处，将夫子所言告知于他。

子路原本就知道自己缺乏音乐才能，他将其归咎于耳朵和手指之上。然而，当他听闻这其实是源于深层的精神方面时，他不由愕然，感到了恐惧。奏乐的关键不是手法的练习，而是要进行更深层的思考。他将自己关在一间屋子里，静下心来思索，无心饮食，把自己弄到形销骨立的地步。

数日后，他自信终于悟得要领，再次执起了瑟，然后诚惶诚恐地

〔1〕 此句意为：南风和煦温柔，可以化解心中的烦恼；南风依时而来，可以使万民的财物富庶。

〔2〕 孔子认为，南者生育之乡，北者杀伐之域。有北鄙之音，即有杀伐之声。

弹了起来。孔子听到了瑟音，这次并未特别说什么，脸上也并无责备之色。子贡去往子路那里，告诉他此事。听闻老师没有责怪自己，子路高兴地笑了。

师兄是个好人，看到他露出喜悦的笑容，年轻的子贡也不禁微笑起来。聪明的子贡是知道的，子路所奏之音依然充满北地的杀伐之气，夫子对其不加责备，不过是因为子路冥思苦想到形销骨立，夫子怜惜他身上的那份执着罢了。

五

弟子之中，没有人像子路这样屡遭孔子训斥，也没有人像子路这样可以毫无顾忌地反过来质问老师。他会问出“请释古之道，而行由之意，可乎”[1]这种必定会遭到孔子斥责的问题，也会直言不讳地说出“有是哉，子之迂也”[2]这样的话。再没有别人如他一般敢做敢言。

虽说如此，但另一方面，也没有人像子路这样全心全意地信赖孔子。他滔滔不绝地反问，是因其天性使然，心中无法认同之事，是不会在表面上假意逢迎的，并且他也不会像其他弟子那样为免受嘲笑或斥责而小心翼翼。

子路在别处，从来都是不甘屈居人下的独立不羁的大男子汉，一诺千金，性格豪爽；但对于孔子，他却甘于以一介平凡弟子的姿态侍奉左右。这给了人们一种异样的感觉。其实，在孔子面前时，他也会

〔1〕 此句意为：请教您，抛弃古人之道，依子由的心意行事，这样可以吗？
〔2〕 此句意为：您也太迂腐了！

不自觉地将一切复杂的思索和重要的判断都交由老师处置，自己心安理得坐享其成。这种可笑的行为就如同在母亲面前的孩子，连自己会做的事也要母亲代劳。

然而，子路内心深处有一件事，就连他如此敬爱依赖的老师也无法触碰。唯独这一点，是他无论如何都无法让步的底线。

这件事对子路而言，是世上最为要紧之事。在它面前，生死都显得微不足道，更不用说区区利害，简直不值一提。若说它是“侠”，似乎这个字眼分量还不太够。若说是“信”或是“义”，怎么都觉得沦为了道学先生之流，缺乏自由灵动之气。罢了，怎么命名都行。对子路而言，那是一种类似快感的东西。能够流露出这种感觉的事物，就是好的；不存在这种感觉的，就是不好的。他对此十分清楚，至今还未曾有过怀疑。

其与孔子所讲的“仁”，有着非常大的差异，但老师的教诲中似乎有些内容还是可以补充解释他这个单纯的伦理观的，子路只听进去了这些内容。比如：“巧言、令色、足恭，匿怨而友其人，丘耻之。”[1]又如：“无求生以害仁，有杀身以成仁。”[2]再有：“狂者进取，狷者有所不为也。”[3]

孔子最初不是没有想过矫直他的这个弯曲的“牛角”，后来还是放弃了。反正，即便是现在这样，子路这头“牛”也绝对堪称优秀了。

---

〔1〕 出自《论语·公冶长》，意为：花言巧语，徒有其表，过分恭敬，隐藏心中的怨恨，表面佯装友好，我以此为耻。

〔2〕 出自《论语·卫灵公》，意为：（志士仁人，）不会因求生而损害仁，只会牺牲自己的性命来成全仁。

〔3〕 出自《论语·子路》，意为：性格狂傲者志在高远勇于进取，性格狷介者洁身自好不同流合污。

有的弟子需要鞭策激励，有的弟子需要缰绳加以约束。轻易难以约束的子路，他性格上的缺点，同时反而也是可成大事的特质。孔子深知这一点，所以认为只需给他指出大致方向即可。

“敬而不中礼，谓之野。勇而不中礼，谓之逆。”[1]“好信不好学，其蔽也贼；好直不好学，其蔽也绞。”[2]最终，这些话不是说给子路一个人听的，大多数时候是借训斥子路这个学长给其他门生听的。因为在子路这个特殊的个体上成为魅力的东西，对其他门生而言，往往是有害的。

六

据传，在晋国的槐榆之地，有块石头开口说话了。一位贤人解释说，这是民众的怨叹之声借由石头发了出来。周王室业已衰微，如今更是一分为二，纷争不休。十余个大国各自结盟，相互争斗，干戈四起，永无宁日。有一任齐侯和臣下的妻子私通，每夜偷偷摸摸潜入其宅，最终被其丈夫所杀；楚国的一名王族趁楚王卧病不起，将其勒死，篡夺了王位；在吴国，被砍断了脚的囚犯们袭击了吴王；在晋国，两名大臣互相交换了妻子。当时的世态，就是这样千奇百怪。

鲁昭公欲讨伐上卿季平子，反而被逐出鲁国，亡命七年，在他国走向穷途末路。流亡过程中，也曾商议妥当过归国之事，但追随昭公

---

〔1〕 出自《礼记·仲尼燕居》，意为：恭敬却不合乎礼数，则叫粗野；勇敢却不合乎礼数，则叫逆乱。

〔2〕 出自《论语·阳货》，意为：爱好诚信却不学习礼数，其弊病是容易被人利用；爱好直率却不学习礼数，其弊病是说话尖刻。

的臣下们担心回国后自己的命运，百般阻拦，没有让他回去。鲁国成了季孙氏、叔孙氏、孟孙氏三家的天下，之后政权又落到了季孙氏的家宰阳虎手中，任其恣意妄为。

不过玩弄权谋之术的阳虎最终栽在自己的权谋上，他失势之后，这个国家政界的风向突然发生了变化。孔子意外地被起用，封为中都之宰。当时全无公平无私的官吏，政治家横征暴敛，因而孔子所制定的公正的方针和周到的计划在短期内取得了惊人的政绩。君主定公惊叹不已，问道："以你治理中都的方法治理鲁国，将会怎样？"孔子答道："岂止鲁国，天下亦可治矣。"从不夸口的孔子用恭恭敬敬的语调竟说出了这样的豪言壮语，定公更为惊讶了。他立即擢升孔子为司空，后又晋升为大司寇，兼摄宰相之事。在孔子的推举下，子路成为季孙氏的宰相，可以称得上是鲁国的内阁书记官长[1]。他作为孔子内政改革方案的实行者，活动在改革的最前沿。

孔子的政策，第一条便是中央集权，即强化鲁侯的权力。为此，必须削弱现在比鲁侯更为得势的季孙氏、叔孙氏、孟孙氏这三桓[2]的力量。三氏的私城中，郈、费、成三处城邑逾越了规制，超过了百雉[3]，孔子决意首先拆毁这几处。负责具体实施这项计划的就是子路。

自己的工作成果即将清楚地展现出来，并且是以迄今为止未曾经历过的声势浩大的规模展现出来，对子路这样性情的人来说，这着实是一件愉快之事。尤其是，将这些得势的政治家们布下的奸恶的形式和习惯一一破除，使子路感受到了一种从未体会过的人生价值。

---

〔1〕 内阁书记官长：即内阁官房长官。日本内阁官房的最高首长，职位仅次于首相。

〔2〕 季孙氏、叔孙氏、孟孙氏三家世卿，因为是鲁桓公的三个儿子的后代，故称"三桓"。

〔3〕 百雉：指城墙的长度达三百丈。这是春秋时国君的特权。雉，古代计算城墙面积的单位，长三丈、高一丈为一雉。

看到孔子为实现多年抱负而忙碌着，浑身散发着活力，子路由衷地高兴。孔子眼中的子路，也不再仅仅是他的弟子，更是一位值得信赖的极具实力的政治家。

在拆毁费邑时，有一个叫公山不狃的人率领费邑之人袭击了鲁国的都城。叛军的箭矢甚至射到了登上武子台避难的定公的身边，形势一时十分危急。但在孔子恰当的判断和指挥下，局面总算是化险为夷。老师作为实干家的才能手段，使子路再度深深敬服。他了解孔子作为政治家的才干，也知晓其个人强大的武艺，但未曾想到在实际战斗指挥时，他会如此挥洒自如。当然，子路自己也冲锋陷阵，奋勇战斗。虽然是久违地挥起长剑，但依旧可以大展身手。总之，比起研读经书、修习古礼，似乎还是和粗糙的现实硬碰硬的生活方式，更加合乎他的性情。

一次，定公带领孔子来到夹谷之地，与齐国的景公会面，和齐国进行一场屈辱的谈和。孔子在这次会面时，斥责了齐国的无礼，上至景公下至群卿诸大夫，都遭到了孔子的当头痛斥。齐国本是战胜国，然而群臣上下无不瑟瑟发抖。

于子路而言，这是一件足以使其发自内心叫好的快事，但从这时起，强大的齐国开始介意邻国的宰相孔子的存在，或者说开始忌惮在孔子施政之下日渐充盈的鲁国的国力。苦思冥想之下，他们采用了中国古代经典的美人计[1]。齐国赠予鲁国一批能歌善舞的美女，这样一来，鲁侯为美色魂不守舍，便可以达到离间鲁定公和孔子的目的。然而，像中国古代常见的那样，如此幼稚的计策，却正合鲁国国内反对

〔1〕 原文为“苦肉计”，应是作者的谬误。据上下文意，此处应是“美人计”。

孔子的一派人的心意，在他们的策动下，飞速地奏效了。鲁侯日日笙歌，不再上朝。自季桓子以下的大臣们也竞相效仿。

对此，最先愤慨不已的就是子路，他与这干人等发生了冲突，愤而辞官。孔子并未像子路这样早早死心断念，他还想使尽一切办法。子路一心只想让孔子早日辞官。他并非担心老师会做出玷污臣节之事，只是不想眼睁睁看着老师身陷这样乌烟瘴气的氛围中。

当坚韧不拔的孔子也终于死心的时候，子路悬着的心终于落了下来。就这样，他跟随老师，欣然离开了鲁国。

既是作曲家也是作词家的孔子，回望着渐行渐远的都城，唱道："彼妇之口，可以出走；彼妇之谒，可以死败。"[1]

就这样，孔子开始了他漫长的游历列国的生涯。

七

子路心中有一个巨大的疑问。这是一个从孩提时代开始就有的疑问，成年之后，甚至年老之后，还一直无法解决。这是一件谁都不以为怪的事情。是关于邪恶之风猖獗、正义遭到摧残这个司空见惯的事实。

每每想到这个事实，子路心中都悲愤难耐。为什么？为什么会这样？人们常说邪恶只能嚣张一时，最终会遭到报应。的确，这样的例子或许是有的，然而那也不过是一种很普通的例子——作为一个人总是会死的。好人获得终极性胜利的先例，从前如何不得而知，在现世，

〔1〕 意为：那些妇人口中所说，可以将君子赶走；亲近那些妇人，可以导致国破家亡。

是连听都未曾听过的。为什么？这是为什么？对于怀有一颗赤子之心的子路而言，无论多么愤慨都无法化解心中对此的郁郁不平。

他捶胸顿足地思考着，上天为何物？上天究竟有没有眼？若是上天制造出了这样的命运，那么自己就不得不反抗上天了。就像不设人与兽之别那样，上天连善与恶也不分吗？所谓正邪，难道只是人与人之间权且充数的规则？子路去孔子之处向他问起这个问题，孔子往往只是给他讲解一番人的幸福的真谛。这样说来，为善的回报，就只是“我做了善事”这样一种满足感吗？在老师面前，子路似乎暂且认同了这个说法，但退下之后，他独自思量，心中还是有难以释怀之处。他无法认同这种勉强解释出来的幸福。如果好人得不到那种毋庸置喙、明明白白的善报，那还有什么意思？

最让他产生对上天这种不满情绪的，是老师的命运。如此超凡脱俗的大才大德，为何要安于这样郁郁不得志的人生？家庭不美满，年老之后还不得不踏上四处漂泊之路，为何等待他的会是这样的不幸？

某夜，孔子独自叹息道：“凤鸟不至，河不出图，吾已矣夫。”[1]子路听闻，禁不住潸然泪下。孔子之叹，是为天下苍生；子路之泪，却不为天下，只为孔子一人。

子路为这个人、为等待着这个人的不公的时世而泣，从这时起，他心意已决。他要做这个人的盾牌，守护他不为浊世所侵。在精神上，他受其教导为其所护；反过来，世俗的烦劳和污秽，他要为老师一力承当。虽然这不是他的分内之事，但他已把这当作了自己的职责。也

〔1〕 出自《论语·子罕》。凤鸟，古代传说中的神鸟。传说凤鸟在舜和周文王时代都出现过，它的出现象征着圣明的君主将要出世。河，黄河。图，八卦图。传说在上古伏羲氏时代，黄河中有龙马背负八卦图而出，也预示着圣明君主出世。此句意为：凤鸟不来，黄河中也不出现八卦图。我这一生也就完了吧！

许在学识和才华上，他比不上诸位后起之秀，但是他深深地相信，一旦发生什么事，他为了夫子可以毫不犹豫地牺牲自己的生命，这一点无人能及。

八

“有美玉于斯，韫椟而藏诸？求善贾而沽诸？”[1]子贡问道。孔子当即答道：“沽之哉！沽之哉！我待贾者也。”[2]

孔子正是怀着这样的打算踏上了周游天下的旅程。跟随他的弟子大部分当然都如同美玉，渴望将美玉“沽之”，出仕为官，而子路却觉得未必要如此。从前的经历已然让他体会到了大权在握可以断然推行所持信念的快感，然而对他而言有一个特别的条件是绝对必要的，那就是要在孔子手下效力。如果这个条件无法实现，那么他更愿意选择“被褐怀玉”[3]的生活。即使终生如忠犬般护卫孔子，也无怨无悔。他也并非没有世俗的虚荣心，只是觉得勉为其难地入仕为官，反倒会有损自己磊落阔达的本心。

追随孔子周游列国的弟子，是各种各样的。雷厉风行的实干家冉有；温厚年长的闵子骞；喜欢盘根问底的掌故家子夏；有些善诡辩的享乐主义者宰予；铁骨铮铮愤世嫉俗的公良孺；还有憨直的子羔，他

〔1〕 意为：这里有一块美玉，是把它收藏在匣子里，还是找个识货的商人卖掉呢？

〔2〕 意为：卖掉吧！卖掉吧！我正在等着识货的人呢。孔子自比美玉，渴望遇到赏识他的明君，出仕为官。

〔3〕 出自《老子·德经》。意为：身穿粗布衣服而怀抱美玉。比喻怀抱美才而深藏不露。

体格矮小，身高只有传说中高九尺六寸的孔子的一半。无论从年龄还是从气场上，子路理所当然地位列他们之首。

一个叫子贡的青年，年纪小子路二十二岁，却着实是一位引人注目的人才。比起孔子一直赞不绝口的颜回，子路心中还是更推崇子贡。颜回这个年轻人，就好像一个失去了坚韧的生活能力和政治思想的孔子，子路不太喜欢他。这绝不是嫉妒。子贡、子张一干人，因老师对颜渊[1]格外器重，禁不住会产生这样的嫉妒之情，但子路与其年龄相差甚远，况且他天性如此，不会在意这些。他只是完全不知颜渊那种内向柔软的才能好在何处。首先，欠缺活力这一点他就不甚中意。说到这一点，还是虽有点不太稳重但始终充满才气和活力的子贡，更对子路的脾性。惊叹于这个年轻人敏锐的头脑的，不止子路一个人。比起头脑来，他身上的不成熟之处也很明显，但那只是年龄的问题。虽然子路有时也会当头怒喝他的言行轻率，但是大多数情况下，对这个青年怀有的，还是一种后生可畏的感慨。

一次，子贡对两三个同门说了这样的话：

夫子不喜巧辩，但我认为夫子自身极善巧辩。这一点是需要警惕的。夫子言谈之巧妙，与宰予等人全然不同。如宰予这样的言谈，其巧舌如簧过于明显，因而虽然能给听者带来乐趣，但无法带来信赖感。正因为如此，反而可以说是安全的。夫子的言谈截然不同。并不流畅，但具备一种厚重感，让人毫不生疑；并不诙谐，但充满耐人寻味的譬喻。这样的说服力是谁都无法抗拒的。

当然，夫子所言九分九厘都是准确无误的真理，夫子所为也堪当我们每个人的典范。尽管如此，剩下的那一厘，虽然只占让人坚信不

〔1〕 颜渊：即颜回。颜回字子渊，又称颜子、颜渊。

疑的夫子的言谈中的区区百分之一，但有时恐怕会为夫子性格中极少的、未必合乎普遍真理的那部分所利用。值得警惕的就是这一点。

或许是仗着和夫子过于亲昵，才会如此求全责备。事实上，后世之人将孔子推崇为圣人，这是再理所当然不过的。像夫子这样近乎完人的人，自己还从未见过，怕是将来也不会出现。自己想说的，只是这样的夫子也是有应当警惕之处的，虽然和夫子的伟大相比，这一点是如此微不足道。对颜回这样和夫子禀性相近之人而言，自己感受到的不满，他必定毫无半分察觉。夫子屡屡夸赞颜回，说到底还是因为他们禀性相投的缘故吧。

…… ……

子路十分生气，觉得子贡一介黄口小儿敢对老师评头论足，实在是狂妄可笑，同时，他也知道子贡此言归根结底是对颜渊的嫉妒，即便如此，他还是感到子贡此话有不可小觑之处。因为关于性情差异这一点，子路也的确认为有理。

这个骄傲的毛头小子有种不可思议的才能，人们只是含混地意识到的东西，他却能明明白白地表达清楚。子路的内心对他不屑的同时，又不由有些佩服。

子贡曾问过孔子一个奇特的问题："死者有知乎？将无知乎？"这是一个关于死后是否有知觉，或者说是灵魂灭与不灭的疑问。孔子也巧妙地回答道："吾欲言死之有知，将恐孝子顺孙妨生以送死；吾欲言死之无知，将恐不孝之子弃其亲而不葬。"[1]这基本是所答非所问，

〔1〕 此句意为：我如果说人死之后还有意识，恐怕孝子顺孙们就会忽略活着的人，只顾考虑死后的问题；我如果说人死之后没有意识，恐怕不孝之子会抛弃甚至不去安葬自己的父母了。

子贡甚是不服。自然，孔子是明白子贡的问题的意思的，但他是一个现实主义者，一个以日常生活为中心的人，如此回答是想要扭转一下这个优秀的弟子所关心的方向。

子贡心中不满，对子路讲了此事。子路对这种问题并不特别感兴趣，但比起死这件事本身，他有些好奇老师的生死观，所以有一次他询问了关于死的问题。

“未知生，焉知死？”[1]孔子这样答道。

正是如此！子路佩服得五体投地。然而子贡却觉得孔子又漂亮地让自己扑了个空。子贡的表情上明明白白写着：话虽如此，但我所说的并不是这个啊。

九

卫国的灵公是一位意志相当薄弱的君主。虽然不至于蠢到分辨不出贤才和庸才，但比起良药苦口的谏言，终究还是乐于听取谄媚阿谀的甜言蜜语。左右卫国国政的，是他的后宫。

夫人南子夙有淫荡的恶名。她还是宋国的公主时，就与同父异母的哥哥，一个名叫朝的美男子私通，成为卫侯的夫人之后，还将宋朝招来了卫国，任其为大夫，和他继续着见不得人的关系。这个女人才华出众，连政治方面的事情也要过问，而灵公对这位夫人却是言听计从。想要向灵公进言之人，首先要取悦南子，这已经成了惯例。

孔子自鲁国来到卫国时，曾受召谒见灵公，而他并没有单独拜会

〔1〕 此句意为：你尚且不懂生，怎么懂得死呢？

南子夫人。南子大为不悦，立即差人向孔子说道："四方之君子不辱欲与寡君为兄弟者，必见寡小君。寡小君愿见。"[1]

孔子只得前往问候。南子身在薄薄的葛布帷帐之后召见了孔子。孔子面向北方行稽首之礼[2]，南子夫人再拜回礼时，身上所戴的佩环叮当作响。

孔子从宫中回来后，子路脸上流露出了明显的不快。他原本期望孔子对南子轻佻的要求置之不理。子路并没有觉得孔子真的会受这妖妇的诓骗，但是，绝对洁身自好的夫子向污秽的淫妇低了头，只这一点就令他失望。这就好像珍藏美玉之人，连玉的表面映上肮脏之物的影子，都想尽力避免吧。孔子又一次看到，聪敏能干的实干家子路，内心的另一面是一个孩子气的大人，无论多久都成熟不起来，他既是好笑，又是发愁。

一日，灵公派人来到孔子这里，说他要一边与孔子乘车共游都城，一边恭听其种种教诲。孔子欣然更衣，立刻便出发了。

这个身材高大、一本正经的老头，灵公一味尊其为贤者，南子甚是不悦。这二人撇开自己，同车巡游都城，真是岂有此理。

孔子谒见灵公，走上前来正要乘车的时候，发现盛装打扮的南子夫人已经坐在车里了。孔子没了位置。南子看着灵公，微笑中含着一抹刁难之色，孔子也心中不悦，冷眼观察着灵公的反应。灵公颜面无光，羞愧地垂下目光，却对南子未发一言，只是沉默地给孔子指了指

〔1〕 此句意为：各国的君子想要与我们国君建立像兄弟一样交情的，必定会来见见南子夫人。南子夫人也愿意见见您。

〔2〕 稽首是古代跪拜礼，为九拜中最隆重的一种。常为臣子拜见君父时所用。跪下并拱手至地，头也至地。

下一辆车。

两辆车走在卫国的都城里。前面的那辆四轮豪华马车中，南子夫人坐在灵公身旁，尽态极妍，模样如牡丹花一般闪耀；后面的那辆两轮牛车里，孔子神情落寞，肃然面向前方。沿路的民众们，有的悄悄叹气，有的暗自蹙眉。

站在人群中的子路也目睹了这一场面。只要想起夫子接受灵公邀约时欣喜的模样，他就心如刀绞。娇声娇气的南子从他眼前经过时，子路不由得怒上心来，他双拳紧握，分开人群就要冲出去，身后有人拉住了他。他想要挣脱他们，瞪着眼睛向后望去，却是子若和子正二人。子路看到，拼命拽着他袖子的他们二人，眼中噙满泪水。子路终于放下了挥起的拳头。

第二日，孔子一行离开了卫国。“吾未见好德如好色者也。”[1]这便是孔子离开时的感叹。

十

叶公子高十分喜好龙。居室中雕刻着龙，绣帐上画着龙，每日起居于龙之间。听闻此事，天上的真龙大喜，一日，降临叶公家中，来看一看这个自己的崇拜者。龙的体格相当之大，头从窗户探进去，尾巴拖到了厅堂上。叶公见状，吓得浑身打战，落荒而逃。他失魂落魄，六神无主，一副懦弱的模样。

---

〔1〕 出自《论语·子罕》。此句意为：我没见过像喜爱女色一样喜爱道德的人！

诸侯徒好孔子的贤名，却不欣赏其实质，皆属叶公好龙之流。在他们眼中，真实的孔子看起来过于高不可攀。有的国家将孔子奉为上宾以礼相待，有的国家任用了孔子的几个弟子，然而，没有一个国家打算将孔子的政策付诸实行。在匡邑险受暴民的凌辱，在宋国遭到奸臣的迫害，在蒲邑又受到了恶徒的袭击。诸侯的敬而远之，御用学者怀着妒意的敌视，政治家们的排斥，这就是迎接孔子的一切。

即使如此，孔子和弟子们依旧讲诵不辍，切磋不怠，孜孜不倦地继续着周游列国之旅。“鸟则择木，木岂能择鸟？”[1]他高洁傲岸，但绝非玩世不恭，终究还是希望为世所用。令人惊叹的是，他们希望自己为世所用，并不是为了自己，而是发自内心地为了天下、为了道义。他们生活困窘，但总是乐观豁达；处境艰难，也不会舍弃希望。当真是不可思议的一行人。

孔子一行受邀，要前往面见楚昭王时，陈国、蔡国的大夫们密谋召集了一群暴徒，将孔子等人围困于途中。他们害怕孔子为楚国所用，因而设法阻挠。虽不是第一次被暴徒袭击，但这一次陷入了最为困顿的境地。粮道被切断，一行人断炊长达七日之久。他们饱受饥饿、疲惫之苦，生病之人也层出不穷。弟子们身陷疲困和惶恐之中，而唯独孔子一人气力丝毫不衰，如往常一般弦歌不辍。子路不忍坐视同伴们的疲惫，面带几许怒色，走到抚弦而歌的孔子身旁，质问道：“夫子之歌，礼乎？”[2]孔子并不作答，抚弦之手也并未停下。一曲终了，他终于开口说道：“由来！吾言汝。君子好乐，为无骄也；小人好乐，为

〔1〕 出自《左传》。此句意为：鸟能够选择树木，树木怎么能选择栖息的鸟呢？
〔2〕 此句意为：夫子的弦歌，说的是礼吗？

无慑也。其谁之子不我知而从我者乎？”[1]

子路一瞬间不敢相信自己的耳朵。身处这样的窘境，还能为无骄而乐？但他随即便领会到了孔子的心意，顿时欣喜不已，不由得拿起斧钺，跳起了舞。孔子和着子路之舞拨动了琴弦，曲过三巡，身旁众人暂时忘却了饥饿，也忘却了疲惫，沉浸在这一时兴起的豪迈之舞中。

同样是困厄于蔡陈之时，还发生了这样一件事。子路见眼下难以轻易突出重围，问道："君子亦有穷乎？”因为依照老师平素的教诲，君子应当不会有山穷水尽的时候。孔子当即答道："穷于道之谓穷。今丘也，抱仁义之道以遭乱世之患，其所也，何穷之谓？若食不果腹身体疲累以为穷，则君子固穷，小人穷斯滥矣。”[2]君子与小人，就是在这一点上不同。子路不由得面露羞愧之色，感觉就像孔子揭露了自己内心小人的一面。孔子深知君子固穷的命运，大难当前面不改色，子路看着孔子的样子，禁不住感叹，此乃大勇也。自己从前引以为傲的那种白刃加于前亦神情自若的勇，简直渺小到惨不忍睹。

十一

出许国前往叶邑的途中，子路独自一人落在了孔子一行人后面，他走在田间小路上，遇到了一位背着竹筐的老人。子路轻快地向他点

〔1〕 此句意为：子由，你过来，我告诉你。君子喜欢音乐，是为了不骄纵；小人喜欢音乐，是为了无所顾忌。这是谁，不了解我而跟随我？

〔2〕 此句意为：所谓穷，是志向不能实现。而今我坚守仁义之道而遭逢乱世，怎么是穷呢？如果食不果腹、身体疲累就是穷，那么君子会安守穷困，而小人穷困，便会胡作非为。

头致意，问道：“可有见到夫子？”老人站住，冷冰冰地答道：“‘夫子、夫子’的，我怎么会知道你所说的夫子到底是谁？”他将子路上下打量了一番，轻蔑地笑道：“依我看，你像是个四体不勤、不务实事、整日说空话的人啊。”之后，他便头也不回地走进了旁边的田地，开始勤勤恳恳地割草。子路觉得他必定是一位隐士，作了一个揖，立于道旁，等着他再度开口。老人默不作声地干了一阵活，走到路上，将子路领到自己家中。暮色渐沉，老人杀鸡炊黍，招待子路，还将两个儿子介绍给子路认识。饭后，饮了些许浊酒的老人略有醉意，执起旁边的琴弹奏起来。两个儿子和着琴声唱道：

> 湛湛露斯，
> 匪阳不晞。
> 厌厌夜饮，
> 不醉无归。

生活显然是贫苦的，但是整个家中，洋溢着一种其乐融融的富足感。父子三人祥和自足的神情中，不时闪耀着智慧的光芒，令人难以忽视。

一曲弹毕，老人向子路说道：“行于陆地须用车，行于水中须用舟，自古如此。如今若是以舟行于陆地，将会如何？在当今之世施行周朝的旧礼，正好比陆上行舟。若给猴子穿上周公的衣服，猴子也必定只会将其撕破丢弃……”很明显，他知道子路是孔子门下弟子，才会说出这番话。老人又说道：“尽享世间乐事，方能称得上得志。所谓得志，并非高官厚禄。”这个老人的理想，大概就是淡然无极吧。

对子路而言，这样的遁世哲学并不是第一次听到了。他曾在长沮、桀溺[1]二人那里遇到过，也曾在楚国的一个叫接舆的佯狂的男子那里遇到过。但像这次一样融入他们的生活，与其共度一晚，还从未有过。老人言谈平和，举止怡然自若，子路在与之接触的过程中，竟生出了几分羡慕，觉得这无疑也是一种美好的生活方式。

然而，他并没有完全默认对方所说的话。“与世隔绝，这原本是一件乐事，而人之所以为人，并不在于成全一己之乐。保全区区一身高洁，而不顾世道纷乱，这并非为人之道。我等深知，当今之世道义不行，也知道在当今之世阐明道义的危险。但是，正因这是一个无道之世，以身犯险讲求道义不是才更有必要吗？”

第二日早上，子路辞别了老人，离开他的家匆匆赶路。他一边走，一边将孔子和昨夜的老人放在一起思考。孔子对当今世道的明察不逊于那位老人，孔子的所求所欲也不比老人更多。即使如此，孔子还是舍弃了明哲保身之路，为了弘扬大道而周游天下。想到这些，子路突然开始感到了昨夜全然没有的、对那位老人的憎恶。

将近晌午，他终于远远地看见前方碧绿的麦田中出现了一队人影。当看清了孔子在人群中格外高大显眼的身影时，子路突然感受到了一种揪心的痛苦。

十二

在离开宋国去往陈国的渡船上，子贡和宰予进行着争论。争论是围绕老师说的话——“十室之邑，必有忠信如丘者焉，不如丘之好学

〔1〕 长沮、桀溺，春秋时期的隐士。

也。”[1]子贡认为，孔子虽然这样说，但他伟大的成就是源于其非凡的天赋。而宰予认为并非如此，是后天努力对成就自我作用更大。

在宰予看来，孔子和弟子们能力的差别，是量的差别，绝非质的差别。孔子所拥有的能力和所有人并无不同，只是孔子孜孜不倦地刻苦钻研，将其一一造就成了现在这样伟大的样子。而子贡觉得，量的差异壮大之后，最终会变为质的差异。况且，能为成就自我做出那样持久的努力，这本身就已经是其非凡天赋的最好的证明。不过比起其他来，要说孔子的天赋的核心，“那就是，”子贡说道，“那种寻求中庸的优秀本能。无论在什么情况下，都能够使夫子进退自如的、寻求中庸的出色的本能。”

说的都是些什么！子路在一旁面露不悦。这些只会卖弄口舌却毫无胆量的家伙！倘若现在他们所乘之船翻了，这些家伙会吓成什么面色苍白的狼狈样子啊。说到底，一旦有什么事发生，真正能为夫子效力的还是我。在两个高谈阔论的年轻的后辈面前，子路想起了夫子曾说过：“巧言乱德。”他固守着自己胸中一片冰心，并以此为傲。

然而，子路对老师也并非没有不满。

百年之前，陈国的灵公与臣下的妻子私通，身着那个女人的内衣在朝堂之上炫耀，一个名叫泄冶的大臣向其进谏，却因此被杀。一个弟子向孔子问起这件事：“泄冶因直言规劝被杀，这与古代名臣比干以死进谏没有不同。这可以称得上是‘仁’了吧？”孔子答道：“非也。说到比干与纣王，二人是宗亲，论官职，比干也高居少师之位，因此

〔1〕 出自《论语·公冶长》。此句意为：即使只有十户人家的小村子，也一定有如我这样讲忠信的人，只是不如我这样好学罢了。

他舍身诤谏，是期盼自己死后纣王能够有所悔悟。这可以称作是‘仁’。而泄冶之于灵公，既非骨肉血亲，官位也不过是一介大夫，若他明白君主为人不正、一国风气不正，就该洁身自好，全身而退，以区区一身，想要匡正整个国家的邪淫昏乱的风气，白白送掉了性命，哪里算得上‘仁’呢？”

那位弟子认同了孔子所言，退了下去，而在一旁的子路却无论如何都接受不了，他立刻说道：“且不说仁与不仁，忘却自身安危，想要去匡正一国淫乱之风，这其中难道不是饱含一种超越智与不智的了不起的精神吗？不管结果如何，怎么能说其是白白送命呢？”

“由[1]啊，你只着眼于这样的小义之中的卓越，却看不到更深层次的东西。古代之士，国有道，则尽忠辅佐；国无道，则全身退避。你还不懂如何像这样进退自如。《诗经》曰：‘民之多辟，无自立辟。’[2]泄冶正是属于这种情况啊。”

“那么，”子路思索良久后说道，“说到底，这个世上最重要的，是计一己安危，而不是舍生取义吗？一个人的出处进退是否合适，比天下苍生的安危更为重要吗？若是泄冶对眼前的乱伦只是皱皱眉头全身而退，那么也许他可以保全一条性命，但陈国的百姓究竟该当如何？明知徒劳但仍勇于死谏，这对于影响国民的风气，难道不是更有深远的意义吗？”

“我并未说只顾保全一己之身才是重要的，如果那样的话，就不会赞誉比干为仁人。只是，即便为道义舍弃生命，也应该在合适的时机，舍弃在合适的地方。运用智慧去寻求这个时机和机会，也并非为

〔1〕 即子路。子路名仲由。

〔2〕 出自《诗经·大雅·板》。意为：民间多邪僻之事，没有必要自行设立法度。

了私利。急于赴死，算不得什么能耐。”

子路听老师如此说，觉得也有些道理，但仍旧有无法释怀之处。老师一方面说“杀身以成仁”，另一方面，他的言论中却时常流露出一种倾向，将明哲保身奉为最高智慧。这始终令他耿耿于怀。其他弟子对此全无感触，是因为他们原本就将明哲保身主义作为根深蒂固的本能。仁和义，如果不能建立在明哲保身的基础上，他们一定会觉得十分不安。

子路带着难以信服的神情离开了，孔子目送着他的背影，忧虑地说道：“国家清明有道时，秉直如箭矢；国家昏暗无道时，依旧秉直如箭矢。这个人与卫国的史鱼[1]同属一类啊，怕是难以善终。”

楚国讨伐吴国的时候，一个名叫商阳的工尹[2]追赶吴军，与他同乘一车的公子弃疾说道：“我们是行国君交代之事，你应当把弓拿在手里才是。”商阳这才拿起弓。公子弃疾又说：“你射呀！”商阳终于射死了一个人，却又马上把弓收回弓囊中。弃疾再次催促他，他取出弓来又射死了两个人，但是每射一人，都遮住眼睛不忍直视。射死了三个人后，他说：“按照我如今的身份，做到这种程度足以复命了吧。”于是便驱车返回了。

此事传到孔子耳中，他十分钦佩：“杀人之中，又有礼焉。”可是，如果让子路来说，此事实在荒唐至极。尤其是“我杀死三个人就足够了”这样的话，很明显，这种思想是将自身行动置于国家休戚之上，他大为厌恶，气愤不已。他愤然顶撞孔子道：“作为人臣，在国君的

〔1〕 史鱼：春秋时期卫国大夫，为人正直，德才兼备，但不得卫灵公重用。临死嘱家人不要“治丧正室”，以劝诫卫灵公进贤去佞。

〔2〕 工尹：春秋时期楚国的官名，职掌百工。

紧要之事上，唯有竭尽全力，死而后已。夫子怎么能认同商阳所为呢？”孔子对此也着实无言以对，笑着答道：“是这样的，的确如你所言。我只是认为他杀人时的恻隐之心是可取的。”

十三

出入卫国四回，滞留陈国三年，又走遍了曹、宋、蔡、叶、楚等地，子路始终追随着孔子的脚步。

事到如今，他已不奢望出现将孔子之道付诸实践的诸侯。然而，不可思议的是，子路不再为此焦躁不安了。世道浑浊，诸侯无能，孔子不被赏识，几年来，他对这一切愤懑焦躁，辗转反侧，而现在他终于在习以为常的同时，似乎渐渐领悟到了孔子以及自己这些追随者的命运的含义。那绝不是一种消极认命的绝望心态，虽然同样是认命，但他逐渐认识到的是“不囿于一个小国，不限于一个时代，为天下万代之木铎[1]”的使命，这是一种十分积极的“认命”。

在匡地被暴民围困的时候，孔子曾昂然地说：“天之未丧斯文也，匡人其如予何？”[2]如今，子路终于切实地懂得了这句话的含义。他懂得了老师的智慧之伟大——无论在什么情况下都不放弃希望，决不怨天尤人，在有限的范围内力求尽善尽美。他也终于认同了孔子时刻规范一言一行、为后世树立典范这一行为的意义。子贡聪明机敏，却或许为过多的处世之才所碍，对孔子这种超越时代的使命感触甚少。

〔1〕 木铎：木舌的铜铃。古代天子发布政令时摇它以召集听众。

〔2〕 此句意为：如果上天并未弃绝这种文化传统，那这些匡地之人又能把我怎样呢？

倒是天性纯朴的子路，怀着对老师单纯至极的热爱，反而领悟到了孔子其人的伟大之处。

在年复一年的漂泊中，子路已经年届五十。虽然棱角依旧没有磨平，但为人处世平添了稳重。无论是后世所谓的“万钟于我何加焉”的风骨，还是炯炯发亮的目光，都摆脱了落魄浪人的玩世不恭与自以为是，已然形成了堂堂一家之风。

十四

孔子第四次造访卫国时，应年轻的卫侯和正卿孔叔圉之求，推举子路在这里出仕为官。而孔子时隔十余年受邀回到故国时，子路与其作别，仍旧留在了卫国。

十年来，卫国围绕南子夫人的乱政行为，纷争接连不断。先是公叔戍企图排挤南子，却反遭谗害，亡命鲁国。接着灵公之子，太子蒯聩也想要行刺继母南子，失败后逃往晋国。在太子一位空虚的情况下灵公去世，不得已，前太子蒯聩的幼子辄被扶上王位，即卫出公。逃亡在外的前太子蒯聩借助晋国的力量潜入卫国西部，虎视眈眈地窥伺着卫侯之位。拒不让位的现任卫侯出公是儿子，企图夺位之人是他的父亲，子路所效力的卫国就处在这样的局面中。

子路任孔家之宰，治理蒲邑。卫国的孔家，是相当于鲁国的季孙氏那样的名门大家，家主孔叔圉是一位夙负盛名的大夫。蒲邑是先前因南子谗害而亡命在外的公孙戍旧时的领地，当下的朝廷驱逐了自己的旧主，因而这里的人们对其完全采取敌对的态度。这片土地历来民风彪悍，子路以前在追随孔子途经此地时遭到暴民的袭击。

动身去蒲地赴任之前，子路前往孔子那里，阐述了蒲地“邑多壮士，又难治也”的情况，向孔子求教治理之法。孔子说道：“恭而敬，可以摄勇；宽而正，可以怀强；温而断，可以抑奸。”[1]子路两拜，谢过孔子，欣然赴任而去。

抵达蒲邑之后，子路首先招徕当地有权有势之人和反抗分子，直言不讳地交谈了一番。这一行为并非要驯服民众，而是孔子常说“不可不教而刑”[2]，所以子路先向他们开诚布公地表明自己的意图。子路不装腔作势的率真性情似乎与当地豪野的民风意气相投，壮士们全都对子路的明快豁达心悦诚服。况且，此时的子路，作为孔门首屈一指的好男儿，美名早已传遍天下。连孔子对其“片言可以折狱者，其由也与”[3]的褒奖之词，也被大加渲染，广为流传。这些评判，也是使蒲邑壮士敬服子路的原因之一。

三年之后，孔子偶经蒲邑。一入境内，便说道：“善哉由也，恭敬以信矣。”进入城中，他说道：“善哉由也，忠信而宽矣。”当他来到子路所在的官衙，又说道：“善哉由也，明察以断矣。”执辔驱车的子贡询问孔子为何还没见到子路就对他如此褒奖，孔子答道：“进入子路治地境内，农田耕种有方，杂草尽除，沟渠深挖，是治理者恭敬以信，百姓方能如此全心全力；进入城邑之中，民宅门墙完好，树木葱茏，是治理者忠信而宽，百姓方能勤于修缮；及至官衙，四下清静，

〔1〕 此句意为：谦恭谨敬，可以慑服勇士；宽厚公正，可以使强者归顺；温和而果断，可以抑制奸邪。

〔2〕 孔子主张施行仁政。《论语·尧曰》中写道：“不教而杀谓之虐，不戒视成谓之暴。”意为：不加以教化便进行杀戮，叫虐；不加训诫便要求成功，叫暴。

〔3〕 出自《论语·颜渊》。意为：仅凭一句话就可以做出判决，使诉讼双方折服，这样的人大概只有仲由吧？

从者童仆无一人违命，是治理者明察以断，政务才会有条不紊。虽然还未见到子由，但依所见所闻不是已经能知道他的政绩了吗？”

十五

鲁哀公狩猎于西方的大野，捕获麒麟的时候，子路暂时从卫国回到了鲁国。那时，小邾国一个叫射的大夫叛离了自己的国家，前来投奔鲁国。此人与子路有一面之交，说道：“使季路要我，吾无盟矣。”依照当时的惯例，亡命他国之人，须由该国盟誓保证其生命安全，方能安居于此，而这位小邾国的大夫却说只要子路为其作保，就无须什么鲁国的盟誓了。“子路无宿诺”[1]—— 子路的诚信与正直，已然天下皆知。

然而，子路冷若冰霜地拒绝了这个请求。有人说道：“连千乘之国的盟约都不相信，唯独信赖子路一人之言。男儿生平所愿不过如是，为何以此为耻？”子路答道：“若是鲁国和小邾国发生战事，叫我死于其城下，我会不问缘由，欣然赴死。但射这个人背叛国家，不尽臣道。我若为他作保，等同于我认可了卖国奴。我能不能做这样的事，难道还需要考虑吗？”

了解子路的人听闻此事，不由得露出了微笑，因为这太像是他会做的事、说的话了。

同一年，齐国的陈恒弑杀了国君。孔子斋戒三日后，来到哀公面

〔1〕 出自《论语·颜渊》。意为：子路许诺今日兑现的事情，不会拖延到明日。

前，三度请求哀公为了道义征讨齐国。哀公忌惮齐国强大，并不打算听从孔子的主张，让他去同季孙氏商议。季康子自然是不会赞同此事的。孔子从君前退下，对人说："我位列大夫之末，所以不得不说。"孔子当时享国老的待遇，此话言下之意，虽知徒劳，但身居此位，姑且应当说上一说。

子路面露不悦。夫子所为，难道不过是走个形式吗？只要履行了形式，即使实现不了也无关紧要，夫子的义愤就只是止步于此？

虽然子路受教于孔子近四十年，但这个思想上的分歧，他无论如何也无法释怀。

十六

子路逗留鲁国的时日里，卫国政界的顶梁柱孔叔圉去世了。他的遗孀，流亡太子蒯聩的姐姐伯姬，开始在政界抛头露面。其子孔悝，只是在名义上继承了父亲孔叔圉的地位。从伯姬的角度而言，现任卫侯辄是其侄子，觊觎王位的前太子是其弟弟，按理并无亲疏之分，但出于种种爱憎利欲的复杂纠葛，她只想着替弟弟图谋大计。丈夫死后，她宠爱一名出身低微的名叫浑良夫的美男子，利用他往复于自己和弟弟蒯聩之间，密谋将现任卫侯赶下台。

子路返回卫国时，卫侯父子的矛盾愈加激化，浓郁的政变气息四处弥漫。

周敬王四十年[1]，闰十二月的一天，将近黄昏时分，一名使者慌

〔1〕 原文为"周昭王四十年"，应是笔误。子路死于公元前480年，即周敬王四十年。

慌张张地闯入子路家中，他从孔家管家栾宁处而来，传来栾宁的口信："今日前太子蒯聩潜入了都城，如今已闯入孔氏宅邸，与伯姬、浑良夫一同胁迫家主孔悝，要家主拥立其为卫侯。大局已定，我如今侍奉当今卫侯逃往鲁国。此后诸事，劳您照应。"

"该来的终于来了。"子路想。无论如何，孔悝相当于自己直属的主人，听闻他遭到挟持，不能置之不理。他握刀在手，直奔王宫而去。

就在要进入外门之时，子路与一个从里面出来的小个子男人撞了个满怀，此人是子羔。子羔是孔子门下的后辈，在子路的举荐下做了卫国的大夫，是一个正直而谨小慎微的男人。子羔说道："内门已经关闭了！"子路道："不行，不管怎样，去还是要去这一遭。"子羔道："可是现在为时已晚，说不定去了反而会枉送自身性命。"子路怒吼道："既食孔家之禄，岂有避难之理？"

子路丢下子羔，径直来到内门前，果真内门已从内反锁。他猛烈叩门，里面传出喊声："不可以进来！"子路高声质问出声之人："听这声音，是公孙敢吧！为了避难就变节，我不是那样的人。既食其禄，必救其于患难。开门！开门！"

恰好此时有仆人从里面出来，子路趁势与其擦身而入。

放眼看去，庭院中挤满了人，群臣收到消息称孔悝要发布宣言拥立新卫侯，被紧急召集至此。每个人脸上都浮现着惊愕和困惑的表情，犹豫着不知该倒向哪一边。面向庭院的露台之上，年轻的孔悝被母亲伯姬和叔父蒯聩所控制，正被迫向群臣进行政变的宣告和说明。

子路在人群背后向着露台大声喊道："抓了孔悝又能怎样？放开孔悝！就算杀了孔悝一人，正义之士也不会灭绝！"

子路首先想的是救出自己的主人。喧闹的庭院瞬间安静下来，子路看到人们纷纷回头看着自己，便又面向人群开始煽动道："太子是出名的懦夫！从底下放火烧台，他必会放开孔叔[1]。快点火啊！点火！”

已是薄暮时分，庭院四处燃着篝火。“点火！点起火来！”子路手指篝火喊道，“感念先代孔叔文子[2]的恩义之人，取火烧台！可救孔叔！”

台上的篡权者大为惊恐，命石乞、盂黡两名剑客斩杀子路。

子路与二人激烈地砍杀在一起。然而，曾经的勇士子路，也终究难敌岁月风霜。他渐渐感到了疲惫，呼吸也开始紊乱。众人见子路已现颓势，此时终于开始旗帜鲜明地表态。叫骂声飞向子路，无数的石块和棍棒也落在子路身上。一个敌人挥舞长戟，锋芒扫过子路的脸颊，系冠的缨带被割断，冠帽落了下来。就在子路伸出左手想将冠帽扶正的时候，另一个敌人把剑深深刺入了子路的肩头。鲜血四溅，子路倒了下去，冠帽落在地上。倒下的子路努力伸出手，够到冠帽，郑重地将其戴在头上，利落地将缨带系好一个结。在敌人的刀刃之下，全身浴血的子路用尽生命最后一丝气力高喊道：“看啊！君子者，正冠而死也！”

子路就这样死去，全身被砍得如同肉脍一般。

远在鲁国的孔子听闻卫国政变，当场便说道：“柴也其来乎？由也其死矣！”[3]当得知此话果真应验的时候，老圣人闭上眼睛伫立良久，终于潸然泪下。听说子路的尸首惨被砍为肉酱，他命人将家中的盐渍之物通通丢掉，从此，再不许肉酱出现在食案之上。

---

〔1〕 孔叔：即孔悝。

〔2〕 孔叔文子：即孔叔圉。“文”是其谥号。

〔3〕 “柴”即子羔。此句意为：子羔会回来的吧？子由会捐躯吧！

子路曰："君子死，冠不免。"结缨而死。

——《左传·哀公十五年》

牛人[1]

鲁国的叔孙豹年轻的时候，曾为了避难，一度投奔齐国。途经鲁国北境一处名为庚宗的地方，见到了一个美丽的妇人。干柴烈火，共度一夜。第二日早晨，他与妇人分别，进入了齐地。在齐国安顿下来之后，他娶了大夫国氏的女儿，后又生下两个孩子，曾经那段路旁的露水姻缘，早被他抛诸脑后。

一天夜里，叔孙豹做了一个梦。沉闷的空气笼罩了四周，一种不祥的预感占据了寂静的房间。突然，房顶开始无声无息地下降。极其缓慢，却又千真万确地，一点点降下来。房间的空气渐渐变得滞重，呼吸也开始困难了起来。他挣扎着想要逃走，身体却仰面躺在床榻上，无论怎样都动弹不得。他虽然看不到，却清清楚楚地知道，漆黑的天幕如磐石一般沉甸甸地压在屋顶之上。

屋顶越来越近，无法承受的重量沉沉地压在胸口上，他无意之间侧目一看，旁边竟站着一个男人。男人佝偻着身躯，面色黑得吓人，眼窝深陷，有一张像野兽一样突出的嘴巴。通体感觉如同一头乌黑的

〔1〕 本文和《盈虚》一起以“古俗”为题，于 1942 年发表于《政界往来》昭和十七年七月号；同年 11 月，收录于单行本《南岛谭》。文章取材于《左传·昭公四年》。

牛。

“牛！救我！”他不假思索地呼救道。那个黑黝黝的男人伸出手来，一手支撑住上方压下来的千钧之重，又用另一只手轻轻抚摸着他的胸口。方才的压迫感瞬间消失了。“啊，太好了！”话一出口，他便醒转过来。

第二日早晨，叔孙豹召集起随从和下人，一一核查，却没有一个长得像梦中的“牛男”。之后，他又暗暗留意出入齐国都城的人，也从未遇到过面容与其相似之人。

数年后，故国再度发生政变，叔孙豹将家人留在齐国，急匆匆地回去了。后来，他位居大夫，立于鲁国朝堂，这才打算将妻儿招至鲁国。然而，这时妻子已经和齐国的一个大夫有了私情，丝毫不想回到丈夫身边。最终，只有孟丙、仲壬两个孩子来到了父亲这里。

一日早晨，一个女人登门拜访，带着一只野鸡作为礼物。一开始，叔孙完全没有认出她是谁，说着说着一下想了起来，这正是十几年前他逃往齐国途中在庚宗之地与他有过露水之情的女子。叔孙豹询问她可是只身而来，女人说还带着自己的孩子，并且这个孩子便是因那一夜情缘而生的叔孙之子。叔孙豹让她把孩子领上前来之后，不由“啊”地叫出了声。这个孩子面色黝黑，眼窝深陷，佝偻着身子，和梦中救了自己的黑黝黝的“牛男”一模一样。他脱口而出:“牛!”谁知这个黑色的少年竟一脸惊讶地应了声。叔孙更加诧异，询问少年的名字，他答道:“我叫牛。”

母子二人立刻被留了下来。叔孙让少年做了他的一名仆竖，因此，这个像牛一样的男孩长大之后被叫作“竖牛”。这个男孩虽然其貌不扬，却有几分机灵，很是派得上用处，只是总是面色阴郁，从不加入到少年们的嬉戏之中，除了主人，从不对任何人露出笑容。他深得叔孙喜爱，成年之后，全权掌管了叔孙家一切家政事务。

他黑色的面孔上眼窝凹陷，嘴巴突出，偶尔笑起来，看着很是滑稽可爱。这副滑稽的长相给人一种纯良无害的印象。面对长辈时，他摆出的就是这样的面孔。然而，当他冷着脸陷入沉思的时候，脸上却呈现出一种非同常人的奇怪的残忍。让同辈们害怕的，却是这张面孔。他似乎能自然而然地区分这两张脸，将其用在不同之处。

叔孙豹虽然万分信任他，但并未想过将其改立为后嗣。若是操持内务，甚至总理家中全部事务，他都是不二人选；但若是做鲁国名门望族的当家家主，从他的言谈气度上看，毕竟有些不妥。竖牛对此自然也心知肚明。他对叔孙的儿子们，特别是从齐国接回来的孟丙、仲壬二人，态度总是极尽殷勤。他们对竖牛，也只是略感害怕，还有颇多的轻蔑之意。对于父亲对竖牛的盛宠，他们并不感到嫉妒，他们自信自己的品行为人与竖牛完全不在同一层次之上。

鲁襄公去世后，年轻的昭公继位。从那时起，叔孙的身体开始衰弱起来。一次，从一个叫丘蕕的地方狩猎归来，他身感恶寒，卧倒在床，渐渐一病不起。从侍疾，到传达命令，全数交由竖牛一人料理。而竖牛对孟丙他们的态度，却越发谦逊恭敬。

叔孙尚未卧病之时，曾决定为长子孟丙铸一口钟，他说："你与这个国家的诸位大夫关系尚不亲近，这口钟铸好之时，可兼庆祝之名，宴请诸位大夫。"此话明显是决意将孟丙立为继承人。叔孙病倒后，钟终于铸造出来，孟丙想向父亲征询先前说过的宴会的日程。若无特别的事情，除竖牛之外，无人能够出入病室，因此孟丙便让竖牛代为向父亲传达。竖牛接受了孟丙的委托进入了病室，却什么都没向叔孙禀告就马上出来了，他假承主君之意，胡乱指定了一个日期。

在他指定的日子，孟丙招徕宾客，盛宴款待，在宴席上首次敲响了新铸之钟。叔孙在病室内听到钟声，甚是奇怪，询问那是什么声音。竖牛回答说，孟丙正在家中设宴庆祝新钟铸好，众多宾客到场。病中的叔孙脸色大变："不经我的许可，擅自摆出继承人的派头，岂有此理！"竖牛又添油加醋地说，他远远看到宾客之中还有身在齐国的孟丙母亲的亲信。他很清楚，只要一提从前那位行为不端的妻子，叔孙就会立刻心生不悦。果真，病人大发雷霆，挣扎着要起身，却被竖牛抱住，劝他不可为此伤了身体。叔孙咬牙切齿地想，这是料定我得了此病必死无疑，就开始自作主张要取我代之了。他命令竖牛道："不碍事。抓捕孟丙，打入大牢。若有抵抗，杀之无妨！"

宴会结束，年轻的叔孙家继承人满心愉悦地将诸位宾客送出门去，第二日早晨，他却成了一具尸体，被丢弃在屋后的草丛之中。

孟丙的弟弟仲壬和昭公的一位近侍交好，一日，赴宫中探访友人时，偶尔被昭公看到。昭公垂问了几句，他一一作答，颇合昭公之意，回去的时候，昭公亲赐其一枚玉环。仲壬是个老实敦厚的青年，他认为应当先禀告父亲再将其佩戴上身，便想通过竖牛向父亲禀告这件荣耀之事，将玉环呈给他看。竖牛接过玉环进入屋内，却未向叔孙出示玉环，连仲壬来了的事都没有告诉他。他出来之后说道："父亲大人甚为欢喜，命你即刻佩戴。"仲壬这才将玉佩戴在了身上。

数日后，竖牛劝叔孙道："孟丙既亡，必是立仲壬为嗣。既如此，何不现在就让其拜见主君昭公？"叔孙说道："不，此事尚未确定，还不必让他现在就去。""但是，"竖牛又道，"不管父亲大人的尊意如何，做儿子的倒是先行认定了此事，已经直接拜谒过主君昭公大人了。"

叔孙道："他不会做出如此蠢事。"竖牛却向他保证道："但是近日仲壬身上佩戴着从主公那里拜受的玉环，此事千真万确。"叔孙当即唤仲壬前来，他果真佩着玉环，并且说这确是昭公所赐之物。父亲从病榻上撑起不听使唤的身体，勃然大怒。他全然不听儿子的辩解，命他即刻退下，闭门思过。

当夜，仲壬悄悄地逃往了齐国。

随着病势渐笃，立嗣问题成了不得不认真考虑的燃眉之急，叔孙豹还是想将仲壬召回。他吩咐竖牛去做这件事，竖牛领命出去了，但自然是不会向身在齐国的仲壬派出使者的。他复命称，自己立刻派人去了仲壬那里，但仲壬回答说再也不会回到昏庸无道的父亲身边。

事到如今，叔孙心中也终于涌上了对这位近臣的怀疑。因而，他吞吞吐吐地问道："你此言当真？"竖牛答道："我为何要说谎？"重病在身的叔孙看到他的嘴角此刻似乎轻蔑地歪了一下。自这个人来到府邸，这种事还是头一遭。他怒火攻心，想要挣扎起身，却使不上力气，马上被打倒了。黑黢黢的牛一般的面孔从上方向下冷冰冰地俯视着他，这一次，他清楚地看到了这张脸上浮现出的轻蔑——这是那副只在同辈和部下面前露出过的残忍的面孔。

叔孙想要唤来家人或是其他亲信，但不经竖牛之手便连一个人都召不来，这已然成了惯例。这天夜里，重病的大夫叔孙想起被杀死的孟丙，悔恨交集，泪流不止。

次日起，残酷的举动开始了。因病人不愿与人接触，饮食历来都是由膳房的人送到外间放下，再由竖牛拿到病榻之前，然而现在这个侍疾之人不再让病人进食了。送来的饭菜都被他自己吃得精光，只将空掉的碗碟再放出去。膳房的人只以为是叔孙吃的。病人喊饿，牛男也只是一言不发地冷笑，连话都不回他了。即便叔孙想向谁求助，也丝毫没有办法。

叔孙的家宰杜洩偶尔前来探病。病人向杜洩痛诉竖牛的所作所为，杜洩深知叔孙平日对竖牛的信任，以为这是玩笑之谈，全然没有理睬。叔孙更加郑重其事地再次控诉了一番，然而这一次，杜洩却怀疑他是因为罹患热疾而心神错乱了。竖牛也从旁给他使眼色，一脸因这个神志错乱的病人深感为难的表情。

最终，病人焦急地流着眼泪，用枯瘦的手指着旁边的剑，向杜洩大喊："用此剑杀了这个人！杀了他，快啊！"当叔孙意识到自己不管怎样都只会被当成一个疯子，他颤抖着衰弱到极点的身体，号啕大哭起来。杜洩和竖牛对视了一眼，皱着眉头，默默退出了房间。客人离开之后，牛男的脸上才微微浮现出一个诡异的笑容。

病人在饥饿和疲惫中哭泣着，不知不觉中模模糊糊做了一个梦。不，或者并不是睡着，只是出现了幻觉。

房间内的空气压抑得让人窒息，充满着不祥的预感，只有一盏灯火无声地燃烧着，发出没有光彩的、惨白的微光。他定定地望着这灯火，渐渐觉得它非常遥远，仿佛在十里，甚至二十里之外的远方。床榻正上方的屋顶，不知何时，像从前梦到的那样，开始缓缓下降。缓慢地，然而确确实实地，从上面一点点压下来。他想要逃，但是连一只脚都挪不动。他向旁边看去，黑黢黢的牛男站在那里。他向他求救，而这一次，牛男没有对他伸出援手，只是一声不吭地站在原地，冷冷地笑着。他又一次绝望地哀求他，牛男的表情却突然严肃起来，像是动了怒，他从上往下直直地盯着叔孙，连眉毛都不动一下。黑压压的重量向胸口正上方压来，叔孙对着这黑暗发出了最后的悲鸣，就在这时，他醒了过来……

他看到，不知何时已经入夜，昏暗的房间角落里，点着一盏惨白的灯火。或许方才在梦中见到的，就是这盏灯吧。他向旁边望去，又看到了和梦中一模一样的竖牛的面孔，他的脸上写满非人的冷酷，正静静地俯视着自己。他的样貌已然不是一个人，而像一个物，把根扎在漆黑的原始混沌之中的一个物。叔孙感到冰冷彻骨。这不是对一个要杀自己的人产生的恐惧，而更像是对世界的残酷恶意的畏惧。方才的愤怒已经被宿命般的畏惧感所压倒，现在，他连反抗这个人的气力都没有了。

三日之后，鲁国的名大夫叔孙豹，因饥饿而死。

盈虚[1]

卫灵公三十九年秋，太子蒯聩奉父王之命出使齐国。途经宋国时，听到耕田的农夫在唱一曲奇异的歌谣。

既定尔娄猪，
盍归吾艾豭。
（既然已经满足了你们的母猪，
何不早点归还我们的公猪？）

卫太子闻之色变。他想起了一桩丑事。

父亲卫灵公的夫人南子，并不是太子的生母，她是从宋国来的。比起容姿来，南子更是凭借其卓越的才干，将灵公玩弄于股掌之间。而这位夫人近日劝说灵公，将宋国的公子朝召来，任命其为卫国的大夫。宋朝是有名的美男子，南子嫁到卫国之前就与其有染，此事除了灵公，无人不知，无人不晓。二人如今在卫国宫中几乎是明目张胆地

〔1〕 本文和《牛人》一起以“古俗”为题，于1942年发表于《政界往来》昭和十七年七月号；同年11月，收录于单行本《南岛谭》。文章主要取材于《左传》的《定公十四年》《哀公十五年》《哀公十六年》。

继续卿卿我我。毫无疑问，宋国的乡间百姓所唱的母猪公猪，指的正是南子和宋朝。

太子回到齐国后，将家臣戏阳速召来，共谋大计。第二日，太子去给南子夫人请安时，戏阳速已暗藏匕首，躲在室内一角的帷幕之后。太子一边若无其事地和南子说话，一边向帷幕之后频频递眼色。然而刺客或许是突然害怕了，怎么都不肯现身。太子三度示意，黑色的帷幕却只是微微晃了晃。

南子夫人觉察到了太子神情有异，循着他的视线望去，发现屋角有可疑之人潜藏，她大声惨叫着冲进了内室。灵公被这声音惊动，走了出来，他握着夫人的手想要她冷静下来，夫人却只是像疯了一样一遍又一遍地喊道："太子要杀臣妾！太子要杀臣妾！"

灵公召集起士卒，打算对付太子，而这时太子和刺客都已远远地逃出了都城。

太子蒯聩出奔齐国，接着又逃往晋国，一路上逢人便说："我苦心筹划刺杀淫妇，这一义举却因懦弱的蠢材的背叛而失败了。"此话传到逃出了卫国的戏阳速那里，他是这样回应的："我才是差点被太子出卖呢。太子威胁我去杀他的继母，若是不答应，我必会为其所杀；若是顺利将夫人杀掉，他则必定会将罪名推到我的头上。我口头答应太子，却不真的动手，这可是经过深谋远虑的。"

当时的晋国，范氏和中行氏作乱，正处在焦头烂额的局面。齐、卫诸国暗中为叛乱者推波助澜，局势久难平息。

来到晋国的卫太子，寄身于晋国的重臣赵简子身边。赵氏之所以颇为厚待他，目的也无非是要借拥立这位太子，来和反晋派的当今卫侯抗衡。

虽说是厚待，毕竟和在故国时身份有别。与卫国一马平川的风光不同，晋国的绛都群山起伏，卫太子在这里送走了三年寂寞的时光之后，遥遥听闻父亲卫侯去世的讣告。据传，因卫国没有太子，不得已将蒯聩之子辄扶上了王位，辄正是他逃亡齐国时留在卫国的儿子。蒯聩原以为卫国必会选自己的异母弟弟之中的一人继位，没料到却是辄，他心中觉得有些不可思议。那个孩子当上了卫侯？想起他三年前天真无邪的样子，顿觉滑稽可笑。他想，即刻回到故国，取而代之当上卫侯，应该不费吹灰之力。

亡命在外的太子就在赵简子的军队拥护下，意气风发地渡过了黄河。终于又要踏上卫国的土地了。然而，当他来到戚地，才知道无法再向东迈出一步。他们遇到了新卫侯的军队的伏击，要阻止他回到卫国。就连进入戚地时，也不得不为了迎合当地百姓而披麻戴孝，为父亲之死痛哭流涕，这才得以进城。事出意外，蒯聩一肚子怨气，却束手无策。一只脚都踏入了故国，却只得停在那里，等待时机。而且与最初的预期大相径庭，他在此处耽搁了长达十三年之久。

自己曾经那个可爱的年幼的儿子辄，已经不复存在，只有一个夺去了原本应当属于自己的王位的年轻的卫侯，他顽固地阻碍自己回国，贪得无厌，面目可憎。自己曾经照拂的诸位大夫，没有一人前来哪怕是请个安。卫侯年轻傲慢，辅佐他的上卿孔叔圉是自己的姐夫，是一个装腔作势、老谋深算的老头子。群臣在他们二人手下快活地效力，仿佛从来就没有听说过蒯聩这个名字。

朝朝暮暮，蒯聩面对的唯有黄河之水，就这样过去了十多年，曾经那个骄傲自负、有一副白白净净面孔的贵公子，不知不觉成了一个刻薄乖僻、饱经风霜的中年人。

寂寥的生活之中，唯一的慰藉是自己的儿子公子疾。疾是现任卫侯辄的异母弟弟，但与辄不同的是，蒯聩一入戚地，他便随着母亲一起赶到父亲的身边，在这里共同生活了下来。蒯聩打定主意，一朝得志，必立此子为太子。

除了儿子之外，他还自暴自弃地把满腔热情寄托在斗鸡之上。斗鸡满足了他贪图侥幸之心和嗜虐的脾性，雄鸡的矫健之姿也令他痴迷不已。他的生活并不宽裕，但仍划出一笔巨大的费用修建起一排排富丽堂皇的鸡舍，饲养着漂亮勇猛的斗鸡。

孔叔圉死后，留下遗孀伯姬。伯姬是蒯聩的姐姐，她拥立儿子孔悝为傀儡君主，自己手握大权，此后，卫都的政治氛围渐渐开始有利于亡命太子。伯姬的情夫，一个叫浑良夫的人成为她和蒯聩之间的使者，频频来往于卫都和戚地之间。太子向其许诺，一旦自己得势，即刻立他为大夫，并免除他三次死罪。就这样将他收归己用，密谋大计，不敢有丝毫疏漏。

周敬王四十年，闰十二月的某日，蒯聩在浑良夫的接应下，长驱直入卫国都城。薄暮时分，他假扮女装潜入孔氏府邸，和姐姐伯姬及浑良夫一起，挟持了自己的外甥、伯姬的儿子孔悝。孔悝是孔家家主、卫国上卿，他胁迫其加入自己一党，断然发动了政变。蒯聩之子卫侯即刻出逃，蒯聩取而代之，登上了王位，即卫庄公[1]。自其为南子驱逐离开故国，这已经是第十七个年头。

庄公即位之后首先做的，既不是调整外交，也不是振兴内治，而

〔1〕 蒯聩与卫国第十二任国君姬扬的谥号相同，均为庄公，后世称姬扬为“卫前庄公”、蒯聩为“卫后庄公”。

是要补偿自己白白浪费掉的过往时光，或者说要对过去进行复仇。郁郁寡欢的岁月里没有得到的快乐，如今要一股脑地十二分弥补；怀才不遇的岁月里惨遭蹂躏的自尊心，如今要迅速用骄傲填得满满当当；对落魄失意的岁月里虐待自己的人处以极刑，蔑视自己的人施加应有的惩罚，对自己不曾流露同情之意的人也必会遭他冷眼相待。

致使自己亡命他乡的先代君主的夫人南子已经在前一年死去了，这对他而言是最大的恨事。抓捕淫妇，让其受尽羞辱，再处以极刑，这曾是他亡命时代最快乐的梦想。他向从前对自己不闻不问的各位重臣说道："我久尝颠沛流离之苦。怎样，诸位要不要偶尔也尝尝这苦头？"此言一出，立即有不止两三个大夫逃往了国外。姐姐伯姬和外甥孔悝本应得到重谢，然而，某夜，他设宴将二人灌得酩酊大醉之后，扔上马车，命车夫驱车把他们赶出了卫国。

当上卫侯的头一年，他着实像中了邪一般，日日都活在复仇之中。更毋庸赘述，为了弥补流亡中虚掷的青春，他大肆网罗卫都中的美艳女子，将其纳入后宫。

像从前打算的那样，他立即将流亡时陪自己共渡难关的公子疾立为了太子。印象中还仅仅是个少年的公子疾，不知何时已经成长为一个仪表堂堂的青年。他从幼年时期就身处落魄的境地，见惯人心凉薄，大概因为这样，他身上时而会露出几分与年龄不符的让人毛骨悚然的刻薄。由于幼时的溺爱，直到如今，一直是做儿子的桀骜不驯，而做父亲的则处处退让。只有在这个儿子面前，蒯聩才会表现出旁人无法理解的软弱。可以说，庄公的心腹，只有这位太子疾和已被擢升为大夫的浑良夫二人。

一天夜里，庄公向浑良夫说起前任卫侯辄出逃之际将传国宝器悉数卷走之事，商议如何才能夺回。良夫屏退执烛的侍者，自己拿着灯烛走近庄公，低声耳语道："逃亡的前卫侯和当今太子一样，都是主君之子。越过父君先行登上王位，也并非其本意。当此之际，不如将前卫侯召回，与当今太子一较才能高下，将更为出色的一方重新立为太子，如何？若前卫侯才华不及太子疾，那时只需夺其宝器即可……"

屋中不知何处似乎潜伏着密探，尽管慎重地屏退了旁人，这番密谈还是一字不落地传入了太子耳中。

次日早晨，勃然大怒的太子疾手提白刃，率领五名壮士闯入了父亲的居所。庄公非但不斥责太子的无礼，竟然吓得全身战栗，脸色苍白。太子命随从将带来的公猪杀掉，胁迫父亲起誓，要他保证让自己坐稳太子之位，还要他当即诛杀浑良夫这个奸臣。庄公说道："我与此人有约在先，免他三次死罪。""那么，"太子如同在恐吓父亲一般厉声警告道，"若有第四次，就必杀无疑了，是吗？"庄公完全被他的气势震慑住了，只得唯唯诺诺地回答道："是。"

第二年春，庄公在郊外的游园地中建起一处亭子，屏障、器具、缎帐，一应物什皆饰有老虎图案。落成仪式当日，庄公召开了盛大的宴席，卫国名流绫罗裹身，悉数会集此地。浑良夫出身低微，一朝跻身富贵，十分爱好奢华打扮，是个花花公子。这天，他身着紫衣，外面披着狐裘，驾着一辆由两匹公马拉着的豪华马车前来赴宴。当日的宴会是不拘虚礼的欢宴，于是他未摘下佩剑就入了席，吃到半途觉得热，便脱下了狐裘。

太子见状，一跃而起，一把揪住他衣服前襟将其拖了出来。太子把明晃晃的刀子抵在他的鼻尖上，质问道："就算仗着君宠狂妄无礼，也该有个限度！今日我便替主君杀了你！"

浑良夫自知敌不过太子，没有强作反抗，只是向庄公投去了哀求的目光，他叫道：“主君曾许诺于我，免我三次死罪！如今即便我真的有罪，太子也不能对我动手！”

“三次？那么就来数数你的罪名。你今日身裹只有国君才能穿的紫衣，此乃罪一。乘坐只有侍奉天子的上卿才可使用的衷甸两架[1]，此乃罪二。君前脱衣，不释剑而食，此乃罪三。”

良夫拼命挣扎着，大声喊道：“这也只有三件罪状，太子还不能杀我！”

“不，还有。你可别忘了，那一夜，你向主君进了什么谗言？你这个离间君侯父子的奸佞小人！”

良夫的脸色瞬间苍白如纸。

“算上这件，你的罪名便有四条了。”话音未落，良夫的脑袋已经颓然无力地滚落在地，一时鲜血四溅，喷在了绣着金色猛虎的黑底缎帐上。

庄公面色苍白，看着儿子的所作所为，一句话也没有说。

晋国的赵简子遣使者来到庄公之处，传来口信说，卫侯亡命之际，赵简子也曾尽绵薄之力，待到归国之后，却音信全无。若是卫侯自身有所不便，至少差太子前来，问候晋侯一声。此言颇为倨傲不恭，庄公又想起了自己过去的种种悲惨经历，自尊心大为受挫。他权且差使者赴晋，命其带去“国内尚且纷争不绝，请暂缓些时日”的回复。

卫太子派出的密使与其一前一后抵达了晋国，向赵简子传话说，

〔1〕 衷甸，古代指两马一辕的卿车。衷甸两架，即有四匹马，是上卿的座驾标准。

父亲卫侯的回信不过是托词，实际上，他曾在晋国寄人篱下，觉得不自在，因而故意拖延，请他千万不要上当。赵简子清楚地知道，太子是想及早取父亲而代之，才玩弄这样的计谋，心中有些许不快，但另一方面，他也觉得卫侯忘恩负义，必当严惩。

这年秋天的一夜，庄公做了一个奇怪的梦。

荒凉的旷野之上，耸立着一座连房檐都已倾塌的古老而破败的楼台，一个男人登了上去，披头散发地喊叫道："看啊！看啊！瓜，遍地的瓜啊！"他觉得此地似曾相识，原来竟是古昆吾氏部落的遗迹，四下果真长满了绵绵不绝的瓜。楼台之上的男人像疯了一般捶胸顿足地呼唤着："把小瓜栽培到这么大个儿的，是谁？把凄惨的流亡者一路扶上显赫的卫侯之位的，是谁？"这声音似乎也在哪里听到过。他觉得蹊跷，侧耳细听，这回，这声音清清楚楚地传到了耳中："我是浑良夫啊！我何罪之有！我何罪之有啊！"

庄公醒了过来，遍身被冷汗浸透。他心里有种不祥之感，便走出屋子来到露台之上，想要驱散这不快。迟升的月亮正从原野的尽头爬出来，那是一轮近乎赤铜色的浑浊的红月亮。庄公像是看到了什么不吉利的东西，皱紧了眉头，再度回到屋中，耿耿于怀地在灯下亲手取了一支占卜的筮竹。

第二日，他召来筮师命其解卦。筮师答曰："不害。"庄公大喜，欣然赏赐了他一方领邑，然而筮师一从庄公面前退下，便立即慌慌张张逃往了国外。他知道若将卦象如实释义，必将引起庄公不悦，因此在庄公面前权且以谎话敷衍，之后便仓皇而逃。庄公再度占卜，这一次，卦辞中说："如鱼赪尾，衡流而方羊。裔焉大国，灭之将亡。阖门塞窦，乃自后逾。”[1]所谓“大国”，应当指的就是晋国，其他的意思却不甚明了，而无论如何，卫侯前途黯淡这一点是确切无疑的。

庄公意识到自己残年无多，却并没有切实地采取措施对付晋国的压迫和太子的专横，反而只是一味急于在预言实现之前尽可能多地贪享欢愉。他接连不断地大兴工事，强迫人们超负荷地劳作，工匠石匠的怨嗟之声传遍了街头巷尾。

一时被遗忘的斗鸡，也再度让他沉迷不已。与蛰伏他乡的岁月不同，如今庄公更是极尽奢华之能事，沉溺于这项娱乐，不惜挥霍金钱与权势，将国内国外出色的雄鸡悉数揽入囊中。尤其是从鲁国的一个贵族手中购得的一只鸡，羽毛如金，爪距似铁，高冠翘尾，着实是难得一见的逸品。卫侯后宫尚有不踏足之时，却无一日不去看此鸡昂首振翅的雄姿。

一日，卫侯从城楼向下远眺街市，发现一处地方甚是杂乱污秽。他向侍臣询问，原来此处是戎人的部落。戎人乃是异族，是未受教化的西部人的后裔。庄公看他们碍眼，便命人拆毁戎人部落，并将戎人放逐到都城十里之外去。

这些贱民扶老携幼，车上载着家什器物，陆陆续续向城门外走去。在官差的驱赶之下惊慌失措的惨状，在城楼之上也能看得清清楚楚。在惨遭轰撵的人群中，有一名女子一头美丽浓密的长发，十分显眼，庄公一见，即刻差人将这女子召来。这女子是戎人己氏之妻，容貌并不美艳，唯有一头秀发光泽亮丽。庄公命侍臣将她的头发齐根割下，

〔1〕 卦辞意为：如疲病之鱼摆动着红色的尾巴，为急流所阻，徘徊于水畔。在大国旁边，将为大国所灭。闭城门和水门，而越过后墙逃走。

要为后宫的一名宠姬制作发髻。

看到被放回来的妻子被剃光了头发，丈夫己氏立刻给她罩上一件斗篷，他狠狠盯着站在城楼上的卫侯，无论差役如何鞭打，都不肯就此离去。

这年冬天，晋国军队从西方入侵，大夫石圃与之一呼一应，袭击了卫国王宫。他知道卫侯想除掉自己，便先下手为强。又一说，认为他是与太子疾联合谋反。

庄公将城门悉数关闭[1]，亲自登上城楼向叛军交涉，提出了种种和议的条件，然而石圃十分顽固，不肯接受。庄公无奈，只能让为数不多的亲兵勉力抵挡。就这样，夜幕渐渐落了下来。

必须赶在月亮出来之前趁着昏暗的夜色逃走。庄公带着诸公子和侍臣等少数几人，照例亲自抱着那只高冠翘尾的爱鸡，从王宫后门翻了出去[2]。庄公不惯爬高上低，一脚踏空跌了下去，狠狠摔到了屁股，脚也崴伤了，但他已经顾不上医治，只能在侍臣的搀扶下，在漆黑的旷野中着急忙慌地赶路。不管怎样，要赶在拂晓之前越过国境，进入宋国的土地。

奔走了许久，天空突然朦朦胧胧地变成了微黄色，仿佛从旷野的黑暗中剥离，缓缓飘浮了起来。是月亮升起来了。赤铜色的浑浊的月亮，与那夜梦中醒来在王宫的露台之上所见的月亮一模一样。庄公心中正道不妙，左右的草丛中几个黑色的人影已经纷纷现身，向他扑了上来。是强盗，还是追兵？无暇细想，激烈的打斗便不得不开始了。

---

〔1〕 此处呼应卦辞“阖门塞窦”。

〔2〕 此处呼应卦辞“乃自后逾”。

诸公子和一干侍臣尽数被杀，唯独庄公一人一直在草丛中匍匐向前，得以脱逃。他伤了脚站不起来，或许反倒因此保住了一条性命。

等他反应过来，发现手中还紧紧抱着那只公鸡。之所以从刚才起就一声未叫，是因为鸡早就被他捂死了。即便这样，庄公还是不想将其扔掉，他一手抱着死掉的公鸡，继续向前爬去。

原野的一个角落里，庄公意外地看到了一片聚落，像是住着人家。他好不容易到了那里，气息奄奄地爬进了打头的一户。有人将他扶进屋中，倒了一杯水给他，他喝完水，听到一个低沉的声音："你终究是来了！"他大吃一惊，抬眼望去，一个男人看起来像是这家的主人，他脸膛泛红，前牙夸张地向外突出着，正一动不动地死死盯着他。他却一点也不记得这是谁了。

"不认识了，是吧？那么，你总该认识这个人吧？"

男人叫过来蹲坐在房间角落里的女人。当庄公在昏暗的灯光下看到女人的脸时，不由自主地丢掉了手中的公鸡尸骸，几乎要瘫倒在地。这个用斗篷遮住了头的女人，千真万确，就是因庄公给宠姬做发髻而被夺去了一头秀发的己氏之妻。

"饶了我吧，"庄公声音嘶哑地说道，"饶了我。"

庄公用颤抖的手解下了身上佩戴的美玉，奉到己氏面前。

"这个给你，求求你，饶我一命。"

己氏的藩刀已经出鞘，他一步步逼近庄公，冷冷地笑了。

"我杀了你，难道说美玉还会跑掉不成？"

卫侯蒯聩的一生，就是这样终结的。

悟净出世[1]

寒蝉鸣败柳，大火向西流。时令入秋，虽心中忐忑，但三藏也由两个徒弟引领着渡过了重重艰难险阻。正当急急行路之时，忽见一条大河横在前方。大水狂澜，浪涌波回，水势宽阔，不知几许。师徒一行走上前来，于河岸处四下察看，只见岸旁立有一通石碑，上刻三个篆字，乃“流沙河”，腹上有四行小楷云：

八百流沙界，
三千弱水深。
鹅毛飘不起，
芦花定底沉。

——《西游记》

〔1〕《悟净出世》和《悟净叹异——沙门悟净的手记》两篇结尾都有“在《我的西游记》之中”的标注，总称为《我的西游记》，被视作未完成的系列作品。其以西游为题材、悟净为主人公，中岛敦称之为“我的浮士德”。两篇作品都于 1942 年 11 月首次被收录于今日问题社发行的《南岛谭》。

一

彼时，流沙河河底栖身的妖怪，总数约有一万三千。这其中，没有人如他一样心神不宁。

他说自己迄今为止吃掉过九名僧侣，作为惩戒，这九具骷髅头一直围绕在自己脖颈周围。然而，其他妖怪谁也看不见这些骷髅头。“我们什么都没看见。定是你迷了心窍。”听他们这样说，他望着他们，脸上写满难以置信，随即又沉浸在悲伤之中，仿佛在问，为什么自己与他们会这般不同呢。其他的妖怪议论纷纷：“那家伙，莫说是僧侣了，怕是连人都没吃过吧，毕竟谁都没见过。不过，倒是看到过他抓些小鱼小虾什么的来吃。”

他们还给他取了个绰号，叫他“独言悟净”。因为他常常坐立难安，被深切的后悔所折磨，他伤感地苛责着自己，内心辗转反侧，这些自责最终化为自言自语倾吐出来。有时从远处看，他口中只是冒出了一些小水泡，但其实那是他在低声喃喃自语。“我是个蠢材。”“为什么我会是这样呢？”“没救了，我已经。”有时还会说些“我是被贬下凡的天使啊”什么的。

当时，不仅是妖怪，所有生物都被认为是因某种事物转世投胎而生。悟净从前在天庭上界，曾任凌霄殿的卷帘大将之职，此事在河底无人不知。因此，就连对此颇为怀疑的悟净自己，最后也不得不做出一副相信的样子。但其实在所有妖怪中，独他一人偷偷对转世之说抱有疑问。就算天庭上界五百年前那个卷帘大将变成了现在的我，那就能说从前的卷帘大将和如今的这个我是一样的吗？首先，我根本就对昔日天界之事全无一丝记忆。那个我毫无印象的卷帘大将和我，是哪里一样呢？是身体，还是灵魂？话说灵魂究竟是什么？他流露出这样的疑问时，妖怪们就会嗤笑道："又开始了！"有的妖怪嘲弄他一番，有的则面带怜悯之意说："这是生病了啊！是因为生了恶病的过！"

没错，他就是生了病。

悟净既不知道这病从何时开始，也不知道其因何而起，可当他察觉到的时候，这种烦恼的情绪已经将他重重笼罩。所做之事让他心生厌倦，所见所闻皆让他消沉，不管着手做什么，他都厌烦自己，无法相信自己。他日复一日把自己关在洞穴里，不思饮食，只剩一双瞪着的眼睛还在发光。他陷入沉思之中，又突然站了起来，在那里来回踱步，嘀嘀咕咕地自言自语了些什么，再突然坐下去。他下意识地做着这一个个动作。

明白了哪些，自己的不安才能消除呢？他甚至连这个都不知道。只是曾经理所当然地接受的一切，看上去都变得无法理解，疑点重重。以往认为是一个整体的东西，拆分开来，针对一个一个部分想着想着，整体的意思就理解不了了。

身兼医生、占星师和祈祷者三职的一位老鱼怪，有一次看到悟净后这样说道："哎呀，真是可怜！这是得了因果之病啊！得了这种病，一百人中有九十九个，最终都只能凄惨地度过一生。原本，我们是不会得这个病的，开始吃人之后，我们中开始偶尔出现患这病的人。染此病者，对一切事物都无法坦然接受。看到什么，遇到什么，都会马上去想：'这是为什么？'他们试图思索的，是只有神明才知晓的真真正正的终极奥义啊。要是思考这些问题，可就没法生存下去了。不去思考那些东西，不是世间生物约定俗成的规矩吗？最让人一筹莫展的，就是病人对‘自我’抱有疑问。为什么我觉得我就是我呢？把其他人当作是我，不也无关紧要吗？所谓‘自我’，究竟是什么？开始思考这个，便是病势最为凶险的症候。如何？说中了吧。可怜啊！此病无药可下、无人可医，唯有自己才能救治自己。若无绝佳的机缘眷顾，怕是你满面愁云惨雾难以纾解了。”

二

人类发明了文字一事，很快从人间世界传到了他们这里。虽然他们得知了这一消息，但总体而言，妖怪们还是习惯于轻视文字。鲜活的智慧，若是绘制成画，也许勉强还可画得出来，但文字那样死板的东西，怎么可能将其记录下来呢。他们普遍相信，这就好比想要用手捕捉形态千变万化的烟雾，愚蠢之至。因此，理解文字反而会被当作生命力衰退的征兆，遭到他们的排斥。妖怪们都觉得，悟净每日郁郁寡欢，终究也必定是因为他懂得文字的缘故。

他们虽然不崇尚文字，但并不意味着他们轻视思想。一万三千妖怪之中，哲学家不在少数。只是他们掌握的词汇甚为贫瘠，最艰深的大问题，只能用最单纯幼稚的词语来思考。他们在流沙河的河底各自张起了思考问题的铺面，因而，这片河底甚至漂荡着一股充满哲思的忧郁氛围。一位贤明的老鱼，购置了华丽的庭院，在明亮的窗下，冥想着恒久无悔的幸福。一位高贵的鱼族，在有着美丽条纹的鲜绿的水藻的影子下，一边弹拨着竖琴，一边歌颂着宇宙的音韵和谐。

悟净丑陋鲁钝，冥顽不灵，连自己那愚蠢的苦恼都无意隐藏，在这些聪慧的妖怪中沦为了玩物。一个聪明的妖怪向着悟净一本正经地说道："所谓真理，是什么呢？"随之，都不等悟净回答，嘴边便浮现出一抹嘲笑，大摇大摆地走掉了。还有一个妖怪，是个鲶鱼精，他听闻悟净之病，专程前来探访。据他推测，悟净的病因是"对于死亡的恐惧"，他是为了嘲笑这个而来。"有生之时，便无死；既死，便无我。又有何惧？"此人提出了这样一套见解，悟净坦诚地认同了这个观点的正确，因为他自己绝不怕死，他的病因也不在此处。鲶鱼精为笑话他而来，却失望而归。

在妖怪的世界里，身体和心灵并不像在人类世界里那样区分得清清楚楚，因此，心病会立刻转化成肉体上的痛苦，折磨着悟净。不堪忍受的他，终于下定了决心："不管多么艰难困苦，不管将受到怎样的愚弄嘲笑，总之，我要亲自会会这河底住着的贤人、医者、占星师，向他们求教，直到自己释怀为止。"

他披上简陋的僧袍，出发了。

为什么妖怪就是妖怪，而不是人？因为他们是一些畸形的家伙，只让自己的一种属性极端发展，打破了与其他属性的均衡，任其发展到丑陋的、非人的地步。有的妖怪极度贪食，因而嘴巴和肚子变得巨大；有的妖怪极度淫荡，因而行淫乱之事的器官也明显发达；有的妖怪极度纯洁，因而除了头部，其他所有部分都完全退化了。不管哪种，他们都是固执于自己的习性与世界观，不懂得同他人讨论从而达成更高层次的结论。他们过于彰显自己的特征，无法好好理解别人的想法。因此，在流沙河水底，有上百种世界观啊形而上学什么的，绝不会和其他观点融合。有的怀着平和而绝望的欢喜，有的开朗得没有止境，有的心有所愿却发出无望的叹息，如同无数摇动的水藻一般飘来荡去。

三

悟净第一个探访的，是当时最负盛名的幻术大家，黑卵道人。

在并不深的水底，岩石层层堆叠，筑成洞窟，入口处挂有匾额，上书“斜月三星洞”。庵主鱼面人身，善行幻术，存亡自在。传言说，他冬可起惊雷，夏可造寒冰，能使飞者走地，走者飞天。

悟净侍奉了这位道人三个月。幻术什么的，倒是无关紧要，但悟净以为，若是善使幻术，应该是得道真人，若是真人，了悟宇宙大道，也当通晓治愈他疾病的智慧。可是，悟净还是不得不失望了。无论是在洞窟深处坐在巨鳌背上的黑卵道人，还是围着他的数十弟子，口中所说的，全是些神奇莫测、不可思议的法术，再有就是如何利用这些法术欺骗敌人，把哪里的宝贝弄到手这种实用的话。

没有一个人可以和悟净探讨他所追求的那种没有实用价值的思索。最终，悟净落得个被当作傻瓜嘲笑的下场，被赶出了三星洞。

悟净下一个去的，是沙虹隐士之处。沙虹隐士是一位上了年纪的虾精，腰已经弯成了一道弓，半个身子埋在河底的沙石中度日。

悟净又侍奉了这位老隐士三个月。在悉心照料他的同时，也接触到了他深奥的哲学。年迈的虾精让悟净给他揉着弯掉的腰，露出严肃的神情，说出了这样一番话：

“世事皆空。这世界可有一点是好的？若说有，那么也只是这个世界总有一天会终结这一点。用不着想那些艰深的道理，只需看看我们身边就行了。无穷无尽的转变、不安、懊恼、恐怖、幻灭、斗争、倦怠，着实让人昏昏昧昧，在纷纷扰扰中不知归途。我们只活在‘现在’这一个瞬间之上，何况这个脚下的现在，会立即消失，成为过去。下一个瞬间，再下一个瞬间，亦是如此。正如同站在沙丘斜坡上的旅人，沙面轻易便会坍塌，每走一步，便会坍塌一点。我们该于何处安身呢？只要停下脚步，便会倒下去，所以不得不一直继续走下去。这就是我们的人生。幸福是什么？这种东西不过是空想的概念，绝不是什么现实的状态。脆弱无常的希望，不过是徒有其名罢了。”

看到悟净不安的神情，隐士仿佛想安慰他一般，又补充道：

“不过，年轻人啊，莫要惧怕。撅于波浪者，溺水而亡；驭风浪者，可破浪前行。超越变幻无常，抵达不坏不动之境，这也不无可能。古代的得道真人，可超越是非善恶，忘我忘物，抵达不死不生的境地。只是，若如自古所言一般，将这种境地当作乐土，就大错特错了。虽无痛苦，但与此同时也失去了普通生灵所拥有的快乐。无味、无色，着实空虚乏味，形同抟沙嚼蜡。”

悟净小心翼翼地打断他，说自己所问所求的，并非诸如得到个人幸福、如何做到专心致志之类的东西，而是关于自我，以及世界的终极意义。隐士眨了眨堆满眼屎的惺忪的眼睛，答道：

“自我？世界？你以为除了自我之外的客观世界，真的存在吗？所谓世界啊，就是自我在时间和空间中投射的幻象。若自我死去，世界也将消亡。自己死后世界仍旧存在这种想法，简直俗不可耐，实乃天大的谬见。而即便世界消失了，这个神秘的、不可思议的自我，却依然会继续存在下去啊。”

悟净侍奉沙虹隐士整九十日那天早晨，这位老隐者在持续了数日的剧烈的腹痛和腹泻之后，与世长辞了。他很高兴，用自己的死亡，消灭了这个要将丑恶而痛苦的腹泻、腹痛加诸自己身上的客观世界。

悟净厚葬了沙虹隐士，泪流满面地又踏上了新的旅程。

据传，有一位坐忘先生，终日以坐禅的姿势睡去，每五十日才醒来一次。并且，他把睡梦中的世界当作现实，偶尔醒来的时候，倒以为是在做梦。

悟净远道而来探访这位先生时，他果然还在睡觉。在流沙河最深的谷底，从上方照射下来的光线几乎无法到达此处，悟净的眼睛很是不习惯，看得并不清楚，但他眼前还是模模糊糊浮现出一个僧人模样的身影，那人在昏暗的河底的一个台子上结跏趺坐[1]，正沉睡着。此处听不到外界的声音，就连鱼类也鲜少到来，悟净无奈，只得试着在忘坐先生面前坐下，闭上了眼睛，感觉周遭寂静得如同自己就要失聪一般。

悟净来到这里之后的第四天，先生终于睁开了眼睛。也不知他看没看见面前慌忙起身行礼的悟净，只是眨了几下眼睛。他们沉默着对坐了一时，悟净诚惶诚恐地开了口："先生，请恕我唐突，我有一事想请教您。所谓'我'，究竟是何物？""呔！秦时镀轹钻[2]！"随着这声激烈的呵斥，悟净吃了当头一记棒喝。他一个踉跄，又稳住了身形。过了一阵，他小心警惕地又重复了一遍刚才的问题。这一次，棒子没再落下来。坐忘先生张开了厚厚的嘴唇，脸和身体却纹丝不动，他犹如在讲梦话一般答道："长久没有进食觉得饥饿的，就是你。到了冬

〔1〕 结跏趺坐：佛家的一种打坐方法，即互交二足，将右脚盘放于左腿上，左脚盘放于右腿上的坐姿。

〔2〕 秦时镀轹钻：一种需借车拉转，以使之钻物的大锥。秦始皇建阿房宫（一说万里长城）时，曾造巨大之锥，其后，此大锥已无用。禅林遂以"秦时度轹钻"比喻无用之人。

天感到寒冷的，就是你。”说完，他合上了厚厚的嘴唇，向悟净的方向看了片刻，又闭上了眼睛。就这样，他五十天都不会再睁开眼。

悟净耐心地等待着。到了第五十日，坐忘先生又醒了过来，他看到面前坐着的悟净，说道：“你为何还在此处？”悟净恭恭敬敬地回答说自己在此等了五十日。“五十日？”先生将他那一贯蒙眬的睡眼投向悟净，一言不发地盯了他好一会儿，终于张开了厚重的嘴唇。

“时间的长短，是由感受时间的人实际的感受来衡量的，除此之外别无他物。不知此事者，可谓愚蠢。听说人类世界里造出了丈量时间长短的器械，但这怕是会给日后埋下误解的隐患吧。无论大椿之寿，还是朝菌之夭[1]，长短并无不同。所谓时间，只是我们头脑中的一个装置罢了。”

言毕，先生又闭上了眼。悟净知道，不到五十日之后，他是不会再睁开眼的。悟净向沉睡的先生恭恭敬敬低头行了个礼，离开了。

“敬畏吧！颤抖吧！相信神灵吧！”

在流沙河最为繁华的十字街口，一个年轻人高喊着。

“想一想，我们短暂的生涯，正处于前后接续的无限漫长的大永劫之中。想一想，我们栖身的狭小空间，正处于未知的、亦不为人所知的无边无际的广袤之中。有谁能不为自己的渺小而战栗？我们都是被铁索捆绑的死囚，每个瞬间都有人在我们面前死去。我们毫无希望，唯有排着队赴死。时间紧迫啊！在这短短片刻，还要自我欺瞒，酩酊度日吗？被诅咒的卑怯者！这短暂的时光里，还打算仗着那点可怜的

〔1〕 出自《庄子·逍遥游》。大椿，“上古有大椿者，以八千岁为春，八千岁为秋”，指寿命长。朝菌，“朝菌不知晦朔”，指寿数短。

理性自我陶醉吗？没有自知之明的傲慢的东西！你们那贫乏的理性和意志，岂非连一个喷嚏都无法左右？”

白皙的青年脸颊通红，声嘶力竭地责骂着。那娴静高贵的风姿中，竟潜藏着这样的激越。悟净十分惊讶，着迷地注视着他那仿佛燃烧一般美丽的瞳孔。他感觉青年的话语是如同火一般的神圣箭矢，向自己的灵魂飞射而来。

“我们能做的，唯有敬爱神灵，憎恶自我。一个部件，不该把自己当作独立的本体，妄自骄傲。应当彻底将整体的意志当作自己的意志，个体应为整体而生。与神合体，成为统一的灵魂。”

悟净觉得，这的确是神圣卓越的灵魂所发出的声音，然而，尽管如此，他还是不得不感到，自己如今渴望的东西，并不是这神灵的训诫。他觉得，训言就如同药，把治疗肿瘤的药物推荐给罹患疟疾的病人，对其也毫无裨益。

在距那个十字街口不远的路旁，悟净看到一个丑陋的乞丐。他背驼得吓人，五脏六腑都被隆起的脊梁骨高高吊着，头顶垂得比肩膀还要低上许多，下巴差不多要遮住肚脐。更可怕的是，从肩膀到后背，整片都是红肿溃烂的样子。悟净不由得停下脚步，叹了一口气。谁知，蹲在那里的乞丐，虽然脖子不甚利索，却用赤红的眼珠狠狠向上瞪去，他露出仅存的一根长长的前牙，冷冰冰地笑了。之后，他扭动着悬着的胳膊，踉踉跄跄挪到悟净脚下，向上望着他说道：

“未免管得太宽了，竟然来怜悯我。年轻人，你以为我是个可怜的家伙吧？依我之见，倒是你，比我可怜得多了。你是不是以为，我在怨恨造物主，把我弄成了这副模样？为什么？为什么我要怨恨？我反而要赞颂造物主，让我成为这般稀奇的样子。我甚至期待，之后还会变成什么有趣的样子。若我的左臂变成公鸡，我便用它报晓；若我的右臂变成弹弓，我便用它打猫头鹰烤来吃掉；若我的屁股变成车轮，灵魂变成骏马，那么我便要好好珍视这辆举世无双的马车。如何？很惊讶吧。我的名字叫子舆，有三位莫逆之交，子祀、子犁和子来。我们皆是女偊氏[1]的弟子，超越了物体之形态，已入不生不死之境，入水不濡，入火不热，其寝不梦，其觉无忧。前不久，我们四人曾在一起说笑，我们是以无为首，以生为脊，以死为尻的。啊哈哈哈……"

这恶心的笑声让悟净直打冷战，但他还是觉得这个乞丐或许是一位真人。如若他所言是真，那的确很是了不起。然而，此人的言谈态度中总有点夸张的感觉，他怀疑这个人是在忍着苦痛强作豪言壮语。而且他的丑陋的样貌和脓疮的臭气，都让悟净产生了一种生理性的抵触。他虽然很是动心，但还是断了在此侍奉乞丐的念头。只是悟净想向方才提到的女偊氏求教，便向他透露了这个想法。

"啊，师父吗？师父呢，他距此往北两千八百里，在流沙河与赤水、墨水汇流之处，结庵而居。只要你有坚毅的问道之心，师父定会多多垂训于你。全心全意修行吧。也代我向师父问好。"这个可怜的驼背，竭尽全力耸着凸出的肩膀，傲慢地说道。

四

奔着流沙河与墨水、赤水交汇之处，悟净开启了北上之旅。夜晚，

〔1〕 女偊氏：《庄子·大宗师篇》出现的人物。顺应自然之道而生，虽年事甚高，但容貌如少年。

他露宿在芦苇之间，织就着梦境。到了早晨，又继续向北行进，跋涉过无边无际的水底沙原。看到欢快地翻舞着银鳞的鱼类，他忧郁地想，为何只有我一人不快乐？就这样，他一天天地走着。途中，只要看到引人注目的修道之人，他都会前去登门求教。

当他拜访以贪食和强壮闻名的虬髯鲇子时，这位颜色漆黑、孔武有力的鲇鱼怪，捋着长长的胡须说道："只有远虑，必生近忧。达人不做大观，比如，这条鱼。"——鲇子抓住一尾从眼前游过去的鲤鱼，立刻狼吞虎咽地啃了起来，边啃边说道："就说这条鱼，这条鱼，它为何会从我眼前游过，又为何不得不成为我口中之食，深思这些问题，诚然是匹配仙哲之举，然而在抓到这条鲤鱼之前，啰啰唆唆思考这些的时候，猎物岂不是都逃走了？赶紧先把鲤鱼牢牢抓住，再想那些也为时不晚。鲤鱼缘何成了鲤鱼，以及对鲤鱼和鲋鱼差异的形而上学的考察……你这个人，是不是被这种愚蠢又高深的问题所羁绊，总是捕不到鲤鱼？你那无精打采的眼神，明明白白地将你出卖了。我说得如何？"

的确如此，悟净垂下了头。妖怪此时已将鲤鱼吃得干干净净，把贪婪的目光投向了垂头丧气的悟净的脖颈之上。猛地，他目露凶光，喉咙里发出咕噜一声。无意间抬头的悟净瞬间觉察到了危险，闪身躲开。妖怪那刀一般的利爪，以不可思议的速度从悟净喉咙上擦过。最初的一击扑了个空，妖怪贪婪的面孔被怒火点燃，向悟净逼了上来。悟净狠狠向水里蹬了一脚，激起一片泥雾，与此同时，仓皇地逃出了洞穴。

真是用亲身经历从那狰狞的妖怪那里学到了残苛的现实主义精神啊，悟净颤抖着想。

无肠公子原是螃蟹精，一次能产无数后代。他因倡导爱邻人的学说而闻名，悟净参列他的讲席时，讲到半途，这位圣僧突然感到饥饿，将两三个自己的亲生孩子狼吞虎咽地吃了下去。悟净大吃一惊。

宣扬慈悲忍辱的圣人，如今竟在众目睽睽之下把自己的孩子抓来吃掉了。并且吃完之后，就好像忘了这回事一样，又开始陈述慈悲之说。不，不是忘了，而是方才为了充饥的所作所为，根本就是在下意识的状态下做出的，定是如此，也许这点才是我应当学习的啊——悟净硬是找出个古怪的理由。

我的生活之中，哪里才有那种本能的忘我的瞬间呢？他觉得得到了宝贵的教诲，跪下一拜。不对，就像这样，不逐一加以理论化的解释就不肯罢休，我的弱点就在于此啊。他重新纠正了自己的想法——不应把教诲进行理论化的加工，而是要保持原样，对，原来是这样！悟净又拜了一拜，毕恭毕敬地离开了。

蒲衣子的庵室，是个不同寻常的道场。仅有的四五个弟子，皆效仿师父的举动，探求自然的密钥。说是探求者，不如说是陶醉者更好。他们所做的，只是观察自然，深深沉浸在其美丽的和谐之中。

“首先是去感受。将心中所感，洗练为大美大智。人的思考，倘若离开了对自然美直接的感受，便是灰色的梦境。”一个弟子说道。

“好好潜下心神观察自然吧。云朵，天空，风，雪，淡蓝色的冰，摇曳的红藻，夜色中在水下闪耀的硅藻细碎的光芒，鹦鹉贝的螺纹，紫水晶的结晶，石榴石的红，萤石的青。它们在诉说着怎样美丽的自然的秘密啊！”他说的话，宛如诗人口中说出的一样。

“虽然如此，但当我们距离破解自然的暗号文字还有一步之遥的时候，幸福的预感会突然消失，我们不得不再次面对美丽的自然那冷漠的一面。”又有另一个弟子说道，“这也是我们的感受能力锻炼不足，以及没有沉浸其中的缘故。我们还远远需要更多的努力，最终会有那么一个瞬间，能够领悟到师父所说的‘观即是爱，爱即是创造’吧。”

众弟子说话之时，师父蒲衣子一言未发，他一只手掌托着鲜绿的孔雀石，目光平和，而又洋溢着深深的喜悦。

悟净在这座庵室逗留了一月之久。这期间，他和他们一起变成了自然的诗人，称颂宇宙的和谐，祈望着与自然最深处的生命融为一体。虽然悟净觉得自己待在这里并不合适，但他还是被他们宁静的幸福所打动。

弟子之中，有一位异常美丽的少年。肌肤如白鱼般透亮，黑瞳仿佛做梦一般睁得很大，长及额头的卷发柔软得如同鸽子胸口的羽毛。心中涌上些许忧郁时，美丽的容颜就会挂上一丝细微的阴郁，这阴郁正如薄云横月前；欢喜之时，宁静澄澈的瞳仁深处就像宝石一般光芒闪耀。老师和同伴们都很喜爱这位少年。少年的心坦诚、纯粹，从不去怀疑什么。只是，他太过美好、太过脆弱，仿佛有一副十分贵重的精气与身体，这也让大家感到不安。

只要一有闲暇，少年便会将淡黄色的蜂蜜倾洒在白色的石头上，用它勾画着夕颜花。

悟净离开庵室的四五日前，一个早晨，少年出了庵却没再回来。和他一同出去的一个弟子报告了一件不可思议之事，说自己确确实实看到，在自己不留神的时候，少年忽然间溶化在了水里。其他弟子都笑话他，觉得怎可能发生此等蠢事，师父蒲衣子却一本正经地认同了此事，说道：“有可能的，如果是那个孩子的话，说不定会发生那样的事情的。他太过纯粹了。”

要吃掉自己的鲇鱼精那样凶悍，而溶化在水中的少年如此美丽，悟净一边将二者放在一起思量着，一边从蒲衣子这里离开了。

蒲衣子之后，他又去了斑衣鳜婆那里。这是一位已然五百岁有余的女怪，柔嫩的皮肤却与处子一般无二，即便是铁石之心，也会为她的婀娜之姿而心荡神驰。这位老女怪贪享皮肉之欢，把其作为唯一的生活信条，她的后院有数十间房屋，网罗容貌端正的年轻男子充盈其间。沉湎于此之时，她屏退亲友、断绝交游，隐于后庭夜以继日，三个月才露面一次。

悟净探访之时，恰逢老女怪三月一度外出之时，有幸得见。听闻他是前来问道的，鳜婆婵娟之姿中隐约浮现着慵懒，向悟净说道："就是此道啊，就是此道！圣贤教诲也罢，仙哲修业也好，归根结底都是为了持续这样无上法悦的瞬间！想想吧，于百千万亿恒河沙劫的无限时间之中生于世上，真真是难遇且难得。然而另一方面，死亡也以惊人的速度向我们袭来。生而难得，死却轻易，对于这样的我们而言，除了此道，究竟还有什么可以指望？啊，那令人酥麻的欢喜！那永远新鲜的陶醉！"

女怪眯起妖艳淫靡的眼睛，如痴如醉地大声叫道："说来抱歉，但您太过丑陋，不能留在我这里，因此，我就和您说出实情吧。其实，我的后屋每年都有百名年轻男子力竭而亡。但是啊，可以断言，这些人都心怀喜悦，认为自己死得其所。没有一个人因留在此处而心生怨恨，倒是有人遗憾，如今要死了，将再不能继续这样的欢愉。"

鳜婆的目光中写满对悟净的丑陋的怜悯，她最后补充道：

"所谓德，就是能够享乐的能力啊！"

悟净一边庆幸自己因为丑陋而不必加入每年死去的百人的行列中，

一边继续踏上了旅途。

贤人们的见解形形色色，他全然不知道该信哪个才是。

“所谓我，是什么？”对于他这个提问，一位贤者说道：“先试着喊几声。若发出呼噜噜的声音，你就是猪；若是嘎嘎声，便是鹅。”另一位贤者这样说：“只要不是非要用语言表达出来自己为何物，那么认识自己就并不那么困难了。”还有人说：“眼观万物，却不可自观。所谓我，终究是自我无法认知之物。”

又有另外的贤者说道：“我永远是我。虽然现在谁都不会记得，但是在我现在的意识产生之前，存在一个已历经了无限时间的我，是那个我变为了现在的我。当现在的我意识消亡之后，经过无限的时间，又会产生一个我吧。现在，任何人都无法预知，并且到了那个时候，也必定会将现在的我的意识悉数忘掉。”

还有人说出了这样的话：“一个永远持续的我，是什么？那是记忆的影像的堆叠。”此人又这样告诉悟净，“我们每天都在丧失记忆。我们忘掉了我们所忘掉的，所以虽然对许多事物感觉新鲜，但那其实是因为我们将一切都彻底忘记了。别说是昨日之事，就是一瞬间之前发生之事，那时的知觉、那时的感情、那时的一切都会在下一个瞬间忘掉，只有其中微乎其微的一部分，会留下朦胧的残影。所以，悟净啊，现在这一瞬间，是多么珍贵啊！”

周游各地近五年时间，这期间，数目众多的医者对同一种病状开出了不同的处方，悟净在他们之间来来回回，一再重复这愚蠢的行为之后，他终于意识到自己分毫没有变得更聪明。别说变聪明，他甚至有种感觉，不知为何总觉得自己变成了一个心浮气躁、面目难辨的家伙，好像不是自己一样。他觉得从前的自己虽说愚笨，至少比现在的自己牢靠——那时是有血有肉的，总之有自己的分量。而现如今，变得没有重量，好像风一吹就会飞起来。虽然从外面涂抹了各种图案，却完全没有内在。

这可不行，悟净想。他也有种预感，在通过思考来探索事物的意义之外，是不是还有更为直接的解决方案？但对于这样的事情，自己想寻求和计算的答案一样的解答，实是愚笨之为。当他察觉到这一点时，前方的水黑中带赤，浑浊了起来，他到达了目的地女偶氏的居处。

女偶氏一见之下是一位平凡的仙人，甚至看起来有些迂腐。悟净来了之后，他既不使唤他，也不教诲他。坚强者死之徒，柔弱者生之徒[1]，他似乎忌讳“学习吧，学习吧”这种生硬的态度。只是极偶然地，他并不特意向着谁，会自己低声说些什么。悟净急忙竖耳倾听，但声音很低，几乎听不到什么。三个月间，他竟然没有听到任何教诲。“贤者知人，不如愚者自知。自己之病，须得自医。”这是他从女偶氏那里听来的唯一的话语。

第三个月结束时，悟净业已放弃，去师父那里辞行。那时，女偶氏罕见地针对许多问题对悟净一一垂教：“因没有三只眼睛而悲伤，这种行为是愚蠢的。”“执意用意志左右身体发肤的生长，这样的人是不幸的。”“醉酒者从车上坠落而不会受伤。”“不能一概而论说思考就是坏事——不思考者的幸福，如同不知晕船的猪。只是，对思考一事进行思考，这却是万万不可的。”

〔1〕 出自《老子》。人活着的时候身体是柔软的，死后身体是僵硬的，故说坚强之物与死是同类，柔软之物与生是同类。

女偶氏讲述了自己从前认识的一位拥有神智的魔物的事情。那位魔物上至星辰运转，下至微生物的生死，无所不知。他通过深入而细微的计算，可以追溯既往之事，与此同时，还可推知将来之事。不过，这位魔物是非常不幸的。之所以这么说，是因为他有时会突然想到，自己悉数预见的整个世界的事物，且不论过程如何，从根源上讲，为什么会发生呢？他发现即便凭借他那深入而精妙的大谋大算，也终究难以寻得答案。

为什么向日葵是黄色？为什么草是绿色？为什么万物如是？这些疑问折磨着这位神通广大的魔物，终于致使他悲惨地死去了。

女偶氏又讲述了另一位妖精的故事。这个妖精体格很小、弱不禁风，但时常说自己是因为寻找某种微小的光芒刺眼的东西而生。这闪光之物是什么，谁都不知道，但总之小妖精热忱地寻找着，因此而生，为此而死。女偶氏认为，虽然那微小的光芒刺眼之物终究未能找到，但小妖精的一生是极度幸福的。然而，他虽然说了这番话，但对于这话的意义，却未做任何说明。只是最后这样说道：

“神圣的疯狂，知者乃幸运者，他们通过杀死自己来拯救自己；不知者乃不幸者，他们既不杀死自己，也不拯救自己，就这样缓缓走向灭亡。要知道，所谓爱，是更为高贵的理解；所谓为，是更为明确的思索。可怜的悟净啊，你事事都非要沉浸在意识的毒汁之中，然而决定我们命运的巨大变化，都不是伴随着我们的意识而发生的。想想吧，你出生之时，你意识到你出生了吗？”

悟净恭恭敬敬地回答师父说：“师父的教诲，现在充分理解了。其实，自己也在长年的游历之中开始感到，仅有思索，只会逐渐陷入泥沼，只是苦于无法突破现今的自我获得新生。”女偶氏听后说道：

“溪流流至断崖附近，一度徘徊，成为旋涡，尔后成为瀑布飞流直下。悟净啊，你如今离那旋涡一步之遥，于此踌躇不前。倘若上前一步卷入旋涡，坠入深渊只在瞬息之间。途中没有工夫思索、反省、玩味。懦弱的悟净啊，你一边怀着恐惧和同情观望着卷入旋涡坠落下去的人，一边踌躇着自己是否也要不顾一切地飞身跳入。你明明深知自己早晚必会坠入谷底，你明明知道如果不卷入旋涡，你也绝不会幸福。即便如此，你仍恋恋不舍不肯离开旁观者的位置吗？愚笨的悟净啊，你不知道吗？在可怕的生之旋涡中挣扎的人，其实完全不像看到的那样不幸，至少比将信将疑的旁观者要幸福许多倍。”

悟净深彻地领悟到了师父的教诲是多么宝贵，但仍觉得有哪里无法释怀，就这样，他辞别了师父。

再也不向谁问道了，他想。“一个个的，看着了不起，其实什么都不懂。”悟净一边自言自语，一边踏上了归途。“‘就装装样子假装互相了解吧。因为彼此最了解，我们其实互相并不了解。’大家似乎就遵循着这个约定而生活着。如果这已经是约定俗成，那么还在口口声声说‘不理解，不理解’的我，实在是一个让人发愁的不识趣的家伙。真是的。”

五

因为悟净迟钝温暾，所以不会展示出幡然大悟、大活现前[1]这样高明的能耐，但他身上发生了一些难于察觉的变化。

起先，他的想法像赌博一样。如果只能做一个选择的情况下，一

〔1〕 大活现前：禅宗用语，意思是明白了宇宙之道后，心中再无挂碍。

条路途永远泥泞，另一条路途虽然艰险但或可得救，在这样的情况下，谁都必定会选择后者。既然如此，为什么还要踌躇不决呢？他这才发现自己的思考方式中有一些卑鄙的功利性的东西。若是选择了险途，历尽艰辛，结果却无法得救，那便是无可挽回的损失——不知不觉间，这样的心思影响了自己，使自己犹豫难决。为了避免徒劳无功就不去用功，而让自己滞留在一无所获的道路上。懒惰、愚笨而又卑劣的我，就是这样想的。

然而，在女偊氏身边逗留之时，他也开始趋向于一种想法。最初是被动地接受，但最终变为主动这样想。悟净开始明白，他曾认为自己迄今为止并非追求自己的幸福，而是在探寻世界的意义，这真是大错特错，其实，他只是在变相地、最为执着地寻求着自己的幸福。他并不是怀着自卑感，而是踏踏实实、心满意足地感到，自己并非能指点世界的大人物。并且在狂妄自大之前，他有了勇气尝试一个自己都还不曾知晓的自己。在踌躇之前尝试一下吧。无论结果成功与否，就试着用尽全力尝试一下吧，哪怕以惨败告终。从前一直因恐惧失败而放弃努力的他，升华到了不畏徒劳无功的境界。

六

悟净的肉体已经疲惫不堪。

一天，他倒在了某条路旁，就那样沉沉睡去，完完全全忘却了一切地昏睡。他昏昏沉沉连睡数日，忘记了饥饿，连梦都没有做。

当他猛然睁开眼睛时，发现四下青白而明亮。是夜，是明朗的月夜。又大又圆的春天的满月，从水面上照射进来，浅浅的河底一片宁静而皎洁的光明。熟睡过后的悟净神清气爽，一起来，就感觉到了饥饿。他抓起五六条游过附近的鱼，津津有味地大吃特吃起来，又拿起挂在腰间的葫芦，就着葫芦嘴喝起酒来。真是好喝。他咕嘟咕嘟地将葫芦里的酒喝了个底朝天，愉快地走了出去。

四下十分明亮，就连水底的细沙都粒粒分明，清晰可见。一列列无穷无尽的细小的水泡，如同水银球一般闪着光芒，顺着水草，摇曳而上。时有一些小鱼，见到他的身影便躲闪开来，鱼腹闪动着白光，隐没在青色的水藻的影子里。悟净渐渐陶醉起来。他不禁忘形，想要唱歌，差一点就要唱出声的时候，似乎从极为遥远的地方传来了谁的歌声。他站定，侧耳倾听着。那声音仿佛自河水之外而来，又似乎是来自水底某个遥远的地方。歌声低沉而又澄澈，幽幽传入耳中。

江国春风吹不起，
鹧鸪啼在深花里。
三级浪高鱼化龙，
痴人犹戽夜塘水。[1]

怎么听，都像是在唱这样的词句。悟净当即坐下，听入了迷。在被青白色月光浸染的透明的水的世界里，这歌声曲调单纯，宛若消失在风中的狩猎的角笛，细腻悠长地回响着。

悟净没有睡着，但头脑并不清醒。他茫然地久久蹲在那里，觉得灵魂有一种甘甜的刺痛感。不久，他便陷入了奇妙的、如梦如幻的世

---

〔1〕 出自禅宗典籍《碧岩录》。意为：江国的春风吹起，而鹧鸪并未留意，声声啼于芦花深处。鱼儿越过重重波浪化龙而去，可痴人却还不知道，想在夜里舀干塘水捉鱼。在此暗示悟净将获得新生。

界之中。水草和鱼的影子都突然间从他的视野里消失了，远处飘来一阵难以言喻的兰麝之香，就在这时，他看到两个陌生之人向这边走来。

走在前面的是一位手持锡杖、仪表非凡的大丈夫。后面的一位头戴宝珠璎珞，顶有肉髻，妙相端严，身负圆光，看起来绝非寻常人物。此时，前面那位上前说道：

“我乃托塔天王的二太子，木叉惠岸。这一位乃是我的师父，南海观世音菩萨摩诃萨。自天龙、夜叉、干达婆，到阿修罗、迦楼罗、紧那罗、摩侯罗伽、人、非人，我的师父皆一视同仁，垂怜于其。此番，见悟净你深陷苦恼，特来此度化于你。你当敬受为宜。”

悟净不由得垂下了头，耳中传来一个美丽的女性的声音，似妙音，似梵音，又似海潮之音。

“悟净啊，谛听，谛听，善思念之[1]。不自量力的悟净啊，未得谓得，未证谓证[2]，世尊斥其为增上慢[3]。如你这般要证未证，可谓至极的增上慢啊。你所求之处，是连阿罗汉和辟支佛都不能求、不可求之处。可怜的悟净啊，你的灵魂是怎样坠入这样凄惨的迷途的啊。得正观而成净业，而你心相羸劣陷入邪观，遭此三途无量之苦恼。想来，你无法因观想而得救赎，此后，当牢记摒弃一切思虑念想，唯有身体力行，方可自救。所谓时间，即是人的作为。世界从概观来看并无意义，而直接作用于细节时，才会拥有无限的意义。悟净啊，先将自己置身于适宜之处，致力于适宜之职。无自知之明的‘为何’，从今往后当悉数抛弃。否则，你将无药可救。

〔1〕“谛听，谛听，善思念之。”出自《法华经》。

〔2〕“未得谓得，未证谓证。”出自《法华经》。

〔3〕增上慢：出自《决定・尼经》。七慢中的第五，意为以自己证得增上之法等而起慢心。

“话说，今年秋天，有三位僧人自东向西渡过这流沙河。他们是西方金蝉长老转世的玄奘法师和他的两位弟子。其受大唐太宗皇帝御命，赴天竺国大雷音寺求取大乘三藏真经。悟净啊，你也追随玄奘赴西方而去吧。此乃你的相宜之处，亦可让你行相宜之职。旅途或者艰辛，请勿疑虑，一心努力。玄奘有一位弟子叫悟空，其无知无识，却是一个坚定无疑之人。你最当向他学习啊。”

悟净再度抬起头时，那里已经什么都看不见了。他茫然地站立在水底的月光之中，感觉十分奇妙。脑中的某个角落，模模糊糊而散漫地想道：

“会遇上这种事情的人，便会遇上这种事情；该发生这种事情的时候，便会发生这种事情。若是半年前的我，是不会做像刚才那样奇怪的梦的吧。……方才梦中菩萨所言，想来，与女偶氏和虬髯鲇子之言并无不同，但今夜深受触动，这可真是奇怪啊！就算如此，我也不会以为做梦什么的能给我以救赎。不过，不知为何，总感觉到，也许方才梦中所说的唐僧等人，或许真的会由此经过。事情该发生的时候，便会发生啊……”

他这样想着，露出了久违的微笑。

七

那年秋天，悟净果真遇到了大唐的玄奘法师，借助玄奘的力量，悟净从水中离开，化身为人。就这样，他和勇敢而又天真烂漫的齐天大圣孙悟空、懒惰的乐天派天蓬元帅猪悟能一起，踏上了新的旅程。然而，即使是在西行途中，悟净还是未能完全摆脱他的老毛病，依然停不住自言自语的习惯。他小声念叨着：

“还是觉得有点奇怪啊！还是觉得无法理解！如果不再勉强追问不明白的事情，那就算明白了吗？总感觉糊里糊涂的！还不是完美的蜕变啊！嗯，嗯，还是认可不了啊。总之，不再像从前那样痛苦了，这点倒是值得庆幸……”

——《我的西游记》之中

悟净叹异

——沙门悟净的手记

午饭过后，师父在道旁的松树下暂歇片刻，悟空把八戒带到附近的空地上，让他练习变身之术。

“且来一试！”悟空说道，“真心实意地想着要变成龙。明白吗？一定是真心实意的啊！要不遗余力，心无旁骛。明白没有？要动真格的。要彻头彻尾来真格的。”

“好嘞！”八戒眼睛一闭，结了个印[1]。只见八戒的身影消失了，出现了一条五尺见长的青蛇。我从旁看着，不禁笑出声来。

“蠢材！只变出一条青蛇！”悟空呵斥道。青蛇消失了，八戒现了身。“我还是不行啊，到底是为什么啊？”八戒颜面扫地，哼哼唧唧道。

“不行不行。你压根儿没有全神贯注吧！再来一试。听好了，认认真真地、真心实意地去想，我要变成龙，我要变成龙。忘却自我，只留下想变成龙的意念，这就行了。”

八戒再度结印。和方才不同，这次出现了奇怪的东西。这东西应该是锦蛇，又像是一只大蜥蜴，生着短小的前肢，但是腹部和八戒自

〔1〕 结印是中国古代密宗修习方法，以两手十指屈伸交结成不同的形状，并配合想象意念形成的修法。

己一样圆乎乎地鼓起来。他用短小的前肢爬了两三步，简直不成样子，我又咯咯地笑了起来。

“算了算了！停！”悟空怒喝道。八戒挠着头现了身。

悟空道：“你想变成龙的心意，远远不够专注，所以才会失败。”

八戒道：“才不是。我如此玩命地在想变成龙变成龙。如此强烈，如此专心致志。”

悟空道：“你没做成功，就说明你的心意尚且未能专注如一。”

八戒道：“这话可就过分了。这不是结果论吗？”

悟空道：“此言倒是有理。只通过结果来评点原因，绝不是最佳法门。不过，当今世上，这似乎是最实际、最确切的方法了。像你方才的情况，明显就很适用。”

依悟空所见，变化之法，应当如是——只要想幻化为某种事物的心意纯粹、强烈到了极点，便终将幻化成功。若不能成功，则是因这心意尚且有不至之处。法术之修行，在于修习统一之法，将自己的心意统一为一种纯粹而强烈的情感。此种修行无疑极为困难，但一旦达此化境，就不再需要像以往那样大费周章，只需心意所至，便可轻易达成目的。

其他诸般技艺，也是一样。变化之术，人学不会，而狐狸可以做到，这是因为人操心之事繁多，难以集中精神；而与之相反，野兽并无琐事劳心，因而可以轻易统一心神。

毋庸置疑，悟空确实是一个天才。第一次见到这只猴子的瞬间，我就立马产生了这样的想法。乍看，觉得这面目赭红、毛发覆面的猴子实在其貌不扬，但下一瞬立即被他丰富的内在所碾压，容貌之类的事情，全然抛到了脑后。如今，甚至有时会觉得这猴子长相英俊，至少算得上仪表堂堂。

不论是悟空的相貌还是言谈中，都洋溢着他对自身的信任。他是一个不会撒谎的人。比起对他人，首先是对自己坦诚。他胸中长年燃烧着火焰，丰盈的、激烈的火焰。这火焰即刻便会引燃旁人。听了他的话，就会自然而然地相信他所相信的；只要靠近他，自己也会充满丰富的自信。

他是火种。世界是为他准备的柴。世界存在，就是为了被他点燃。

在我们看来平淡无奇的事物，在悟空眼中，无一不是美妙冒险的开端，无一不是促成他壮举的机缘。若说是富有意义的外部世界吸引了他的注意，倒不如说是他将外部世界一一赋予了意义。他的内在之火，将虚掷在外部世界的冰冷的火药一一点燃。他并不是用侦探的眼睛找寻他们，而是用诗人的心温暖他所接触的一切——虽然这诗人粗野得可怕，虽然这温暖难免有烧焦之忧。他从这一切之中催生出意想不到的新芽，又使之结成果实。所以，在他悟空的眼中，没有任何东西是平凡陈腐的。

每天早晨起来后，他一定会礼拜日出，并且如同第一次见到日出一般，满怀惊叹，将日出之美铭感于心。他发自内心地感慨着、赞叹着，日日如此。他还会在看到松树的种子出芽的时候，双目圆睁，惊叹于其不可思议。

这样的悟空是天真无邪的，而另一方面，再瞧瞧那个与强敌战斗时的他！那是多么完美无缺！全身上下全副武装，毫无破绽。使起金箍棒来很有节奏，动作干净利落。他身上充满排山倒海的力量感，身体仿佛不知疲倦，欢欣着，咆哮着，大汗淋漓，生机勃勃。他身上还洋溢着坚韧不屈的精神力量，无论怎样的困难，都能欣然迎接。那猴子看去难登大雅，战斗之姿却美丽更甚于光辉的太阳、盛放的向日葵、争鸣的蝉，比它们更加深刻、纯粹、壮大、投入，而又滚烫灼热。

大约一个月前，他在翠云山中大战牛魔王时的样子，至今仍清晰地留在我的眼中。感叹之余，我将那时的战斗经过详细记录了下来。

……牛魔王化作一头香獐，悠然地吃着草。悟空识破，便变作一只饿虎追赶而来，欲将香獐吃掉。牛魔王猛然化作大豹，飞身扑来要袭击老虎。悟空一见，变作狻猊，瞄准大豹袭来，牛魔王于是变为黄狮，一声雷霆怒吼，要把狻猊撕裂。悟空此时正跌倒在地，顺势变作一头大象。鼻如长蛇，牙似利笋。牛魔王抵挡不过，现出真身，瞬间现出一头大白牛来。头如高峰，眼若电光，双角正似两座铁塔。连头至尾，有千余丈长；自蹄至背，有八百丈高。只听他大呼道："你这猢狲，如今将奈我何？"悟空也现出原形，大喝一声，身高长到万丈，头如泰山，眼若日月，口似血池。悟空奋起挥棒击向牛魔王，牛魔王以角相抵，二人于半山之间战得不可开交，其状惊骇，正如山崩海啸，天翻地覆。

多么壮观啊！我不禁叹了口气。我没有生出想要从旁助阵的念头。倒并不是因为不担心孙行者负败，而是愧不敢在这幅完美无缺的名画上妄添拙笔。

灾厄，对于悟空心中之火而言，就如同是油。遇到困难之时，他全身上下无论是精神还是肉体，都会熊熊燃烧。反之，太平无事之时，他反而颓丧得非同寻常。他像是一只陀螺，如果不一直保持全速运转，就会倒下去。

困难的现实对悟空而言，仿佛是一幅地图——上面用粗线醒目地描画出了去往目的地的最短路线。在认识现状的同时，他已经明确地从中看到了通往自己目的地的道路。或者说，他也许的确看不到除了那道路之外的任何事物。如同暗夜中发光的文字，只浮现出必要的路径，而其他一切都是不可见的。愚钝如我们，还在茫然中尚未理清思绪的时候，悟空已经开始行动，踏上了通往目的地的最短路径。

人们总是称道他的勇气和力量，但他那惊人的天赋异禀的智慧，似乎意外地不为人所知。他的思虑和判断已然融入了体力和行为之中，与之浑然一体。

我知道悟空是一个文盲。曾经在天上被封为照管马匹的弼马温，却连弼马温三字都识不得，也不明白这一职务的内容，可谓胸无点墨。但是，我万分赞赏悟空那与武艺相协调的高超的智慧与判断，甚至觉得悟空的教养甚高。至少在动物、植物、天文方面，他的知识相当丰富。一般的动物，他一眼便能识破其性质、强弱和武器的特征。对于杂草，哪些是药草，哪些是毒草，他也十分精通。可是，这些动物和植物在世间通用的名字，他似乎完全不知。他还擅长通过星象判断方向、时刻、季节，却并不知晓角宿、心宿这些名称。和深谙二十八宿名称却分不清实物的我相比，真真是迥然不同！

在这目不识丁的猴子面前，我由衷地感受到了那些以文字为依托的学问是多么苍白无力。

眼，耳，口，脚——悟空身体的每一个部分都是欣喜的，生动而鲜活。尤其是在战斗的时候，这各个部分仿佛成群结队围绕在花朵周围的夏日的蜜蜂，“哇——”地发出欢呼之声。或许正因如此，悟空战斗时的身姿，除了一丝不苟的气魄之外，还充满游戏人间的意趣。

人常道“要抱着赴死的觉悟”，但悟空这个人绝不会考虑会不会死这种事。不论陷入怎样的危险境地，他忧虑的都只是自己此刻所做之事的成败，比如能否退治妖怪，能否救出三藏法师，而对于自己的生命，他压根儿想都没想。不论是在太上老君的八卦炉中几乎要被烧死的时候，还是遭受银角大王的泰山压顶之法，泰山、须弥山、峨眉山三座大山压身，险遭灭顶之灾的时候，他都不曾因自己的生死而发出一声悲鸣。最为痛苦的一次经历，是被小雷音寺的黄眉老佛封于一只神奇的金铙之中。撑，撑不开；顶，顶不破。想变换身体大小以克金铙之困，然而悟空变大金铙也跟着变大，悟空缩小金铙也随之缩小，实在是一筹莫展。悟空拔出一根毫毛变作利锥，欲以锥穿孔，然而金铙分毫未损。就在他使尽全力突围的时候，这只可将物体化为水的法器发挥了效力，悟空的屁股已经开始变软，即便如此，他仍是一心只牵挂着落到妖怪手里的师父的安危。悟空对自己的命运有着无穷无尽的自信，虽然他自己或许并没有意识到。

后来，是自天界前来相助的亢金龙用他那铁一般的犄角，使尽全力从外穿透了金铙。犄角虽然完美地扎进了金铙之中，但这金铙犹如皮肉般紧紧裹在犄角上，不留一丝缝隙。但凡有处能漏风的缝隙，悟空都可以化作微尘逃脱出来，可就连这样的可乘之机都没有。悟空的半边屁股已经开始溶化，煞费一番苦心后，还是从耳中掏出了金箍棒，变作一钢钻，往亢金龙的角上钻了一个小孔，变身为一粒芥子潜入孔中，让金龙将角拔了出去。好不容易得救，他顾不上自己那变软的屁股，立刻赶去营救师父了。

事后，他也决计不提当时有多么危险这样的话。“太危险了”“要完蛋了”，或许这些他连想都不曾想过。自己的寿数和生命，他也一定没有在乎过。他生命结束的时候，应该连自己都没有意识到，扑通一声就死掉了。一直到死去的那一瞬间，他都还是大大咧咧、活蹦乱跳的。这个人所行之事，可谓波澜壮阔，却无一丝悲壮的意味。

都说猿猴会模仿人类，而这猴子却当真是一只不肯模仿人类的猴子！休说是模仿，旁人强加于他的想法，只要他不能充分认同，就算那想法流传千年、万人称是，他也绝不会接受。

因循的惯例也好，世间的名声也罢，在这个人面前都全然不具权威性。

悟空还有一个特点，就是从不提及过去。甚至可以说，他似乎忘记了过去的一切，至少是忘记了一件一件具体发生的事情，而只是一次次从经历的事情中吸取教训，将其融入血液，随之转化为他精神和肉体的一部分。现在，已经没有必要将每件发生过的事情都记在脑中。看到他在战略上绝不重蹈覆辙，就会明白这一点。况且，他已经完完全全忘记了那些教训是什么时候、通过怎样痛苦的经验而得来的。这个猴子，有种不可思议的能力，在无意之间就将所体验的东西完全吸收。

不过，有唯一一次恐怖的体验，是他无论如何都无法忘记的。有时他会向我讲述当时的恐怖情形，那件令他铭刻于心的事情发生在他初次皈依释迦如来的时候。

彼时，悟空还不清楚自身能力的极限。他脚踏藕丝步云履，身着锁子黄金甲，挥舞着从东海龙王处夺来的一万三千五百斤的如意金箍棒，奋力战斗，无论天庭还是地下，无人能敌。他搅乱众仙聚集的蟠桃会，受罚关入八卦炉中，而他打破此炉飞身而出，将天界搅得风起云涌。他横扫成群的天兵天将，和率领三十六员雷将前来讨伐他的大将佑圣真君对阵，在凌霄殿前战了半日有余。就在那时，恰巧释迦牟尼如来带着迦叶、阿难二位尊者途经此处，拦在悟空面前，意欲阻止这场恶斗。悟空愤然反抗。

如来笑道："瞧来甚是跋扈，不知究竟修得何道？"悟空道："我自东胜神州傲来国花果山石卵中而生，你竟不知我的神通，好个蠢货！俺老孙业已修成不老长生之法，乘云御风，一瞬可行十万八千里。"如来道："休说大话。莫道十万八千里，你且到我手掌上来，怕是连我的掌外都飞不出去。""胡说什么！"悟空大怒，立时跳到了如来掌上。"我凭借神通八十万里也可行得，飞出你手掌之外又算得了什么！"话音未落，便驾着筋斗云飞了出去，估摸着飞了有二三十万里，看见了五根又红又大的柱子。他靠在柱旁，挥墨写下"齐天大圣到此一游"几个黑漆漆的大字以为记号，便又乘着云飞回如来掌中。他扬扬得意地说道："莫说是手掌了，我已经飞出三十万里之远，还在柱子上留下了记号！""你这蠢猴！"如来笑道，"你的神通算得上什么？你方才不过是在我的手掌中走了个来回罢了。若是不信，来看看这手指便是。"

悟空不信，细细看来，只见如来右手中指上，写着"齐天大圣到此一游"，墨迹尚新，分明是自己的笔迹。"怎会如此？"悟空大惊，抬头一看，如来的脸上已经没了从前的微笑，目光突然变得严肃，紧紧盯着悟空，随之，身形倍增，几可遮天蔽日，向悟空身上压来。悟空觉得万分恐怖，仿佛全身的血液都凝结成冰，他慌忙跳起，想要逃出如来的手掌之外，就在这时，如来翻手将他按下，五指化为五行山，将悟空压制于此山之下，又写下"唵嘛呢叭咪吽"六字金书贴于山顶。世界天翻地覆，悟空陷入了昏迷，仿佛从前的自己并不是自己，现在想来仍是心有余悸。

事实上，从那时起，世界对他而言完全改变了。从那之后，悟空只能饿了食铁丸，渴了喝铜汁，封印在岩窟之中，枯等赎罪期满。迄今为止，骄傲自负的悟空骤然坠入了毫无自信的深渊。他的心气弱了，有时过于痛苦，也顾不得什么羞耻、什么脸面，哇哇地放声大哭。

五百年过去，途经此地去往天竺的三藏法师揭下了五行山顶的符咒，将悟空解救了出来，这个时候，他又哇哇地哭了，这一次是喜悦的泪水。悟空追随三藏远赴天竺，也只是出于这喜悦与感激，着实是一种纯粹而强烈的感谢。

如今想来，被释迦牟尼牵制的恐惧，似乎给从前大而不当的悟空施加了一个脚踏实地的限制。为了使之能在人间生活，有必要在五行山下重重压上五百年，将那散漫无度的巨大凝集变小。不过锤炼变小后的现在的悟空，在我们看来，却是那般非同寻常、那般高大而完美!

三藏法师是一位不可思议的人物。他其实很弱小，弱小得让人惊讶。他压根儿就不通晓幻化之术，途中若遭妖怪袭击，立刻就会被捉住。或者可以说，他完全就没有自我防卫的本能。这个性情柔弱的三藏法师，能将我三人齐齐吸引，究竟是为何呢？——也只有我会思索这样的事情。悟空也好，八戒也好，都只知一味地敬爱师父。

我以为，我们应该是被师父的柔弱之中流露出的悲剧性的特质所吸引的吧，我们这些自妖怪发迹之人所绝对不具备的，正是这点。三藏法师能够从广袤的世界中找到自己的位置，或者说找到人类的位置、找到生灵的位置，能够清晰地领悟到这位置的悲哀与宝贵。并且他可以忍受这悲剧性，勇于追求正义且美好的事物。我们没有而师父却拥有的，应该就是这一点。

的确，我们比师父武功高强，也通晓几样幻化之术，但是，一旦领悟到自己处境的悲剧性之后，必定无法认真地将正义而美好的生活继续下去。而这样一个弱小的师父，心中却拥有这份宝贵的强韧，让人无法不惊叹。我以为，柔弱的外表下包裹着宝贵的内在，这正是师父的魅力所在。然而，按照那混账八戒的解释，我们——至少是悟空，对师父的敬爱之中，包含着些许对容姿的倾慕。

悟空是一个行干派的天才，相比之下，三藏法师在行动上可谓愚钝之至！不过这也无关紧要，因为此二人的人生目的并不相同。在遇到外界的困难时，师父并不会从外部寻求破解之途，而是从内在寻找，也就是说，让自己的内心做好准备承担一切。不，即便在遇到困难时没有着急忙慌地准备，他在平日里也早已准备就绪，让自己的内心不受外在的动摇。师父已经修炼出了这样一种心境——无论何时何地即使困窘而死也会感到幸福。因而，他无须通过外部手段来解决问题。肉体上毫无防御能力，这在我们看来十分危险，而对师父的精神却无甚影响。悟空看起来颇为出色，但或许存在着以他的天分也无法破解的事态。而对于师父，却无须担心这个。因为对师父而言，什么都无须破解。

悟空有愤怒而无苦恼，有欢喜而无忧愁。他对活着充满单纯的肯定，这并没有什么不可思议。而三藏法师又是怎样？他柔弱多病，常在妖怪的迫害中度日，即便如此仍然怡然自得地活着，这难道不是很了不起吗！

耐人寻味的是，悟空并不认为师父比自己优秀，只是觉得不能从师父身边离开。心情不佳的时候，他会觉得自己追随三藏法师，不过是因为有紧箍咒罢了——这紧箍咒乃是嵌在悟空头上的一只金箍，悟空不从师命的时候，这金箍就会嵌入肉里紧紧箍住他的脑袋，让他疼痛不堪。他还会一边嘟嘟囔囔“真是一位让人伤透脑筋的师父”，一边去救被妖怪抓走的师父。“简直脆弱得让人看不下去。为什么师父会是那样啊？”说这话的时候，悟空看似是在怜悯弱者和自我陶醉，其实，悟空对师父的感情中，或许包含着所有生物都会有的对优秀者本能的敬畏，以及对美与高贵的憧憬，而他却并不自知。

更耐人寻味的是，师父自己并不知道自己比悟空优越。每次从妖怪手里被救出来的时候，他都泪流满面地向悟空道谢："若无你搭救于我，我已然命丧黄泉了！”但其实不管什么妖怪要吃他，师父都是不会死的。

这二人都不知道彼此之间真正的关系，虽然偶有口角之争，却互敬互爱，看上去很是有趣。我发现，二人之间虽有天差地别，却有唯一的共通点，就是他们在生存方式上，都会将付出当作一种必然，认为这种必然是完美的，甚至将这必然看作自由。金刚石与炭据说是由同一种物质构成的，但形态迥异。而这二人的生存方式，比金刚石和炭的差别更加巨大，却都以这种对现实的接受方式为基础，这点值得玩味。再有，这种“必然等同于自由”的观点，不正是他们天赋异禀的标志吗？

悟空、八戒和我三人，实在是截然不同。暮色降临无处投宿，一致决定借住在路旁的废寺时，我们三人的考虑的出发点也是不一样的。悟空认为，这样的废寺正是退治妖怪的绝佳场所，因而主动选择住在这里。八戒以为，到了这个时辰，再寻他处实在费事，想赶紧找个地方进去吃饭歇息。而我则在想："反正这一带妖邪遍布，要是去哪里都一样遭灾，那不如就选在这里吧。”只要是三个活生生的人聚在一起，都会这样各不相同吗？活着的人有形形色色的活法——没有什么比这更有趣了。

虽然被孙行者的光芒覆盖，存在感非常薄弱，但其实猪悟能八戒也是一个极具特色之人。这只猪非常非常热爱这条命、这个世界，倾尽一切嗅觉、味觉、触觉，执着于这个世界。一次，八戒对我说道：“我们去天竺是为了什么？是为了修善业，转世极乐吗？话说，这所谓极乐世界，又是什么样的地方？若只是坐在莲叶之上摇来摇去，岂非难以忍受？呼呼地一面吹着冒热气的羹汤一面喝下肚去，对着烤得香喷喷的烤肉鼓起腮帮子大嚼特嚼——极乐世界，可有这样的乐趣？如果没有，只是像传闻中那样如仙人一般饮霞而生，啊，那可不好，不好。极乐世界可千万别是那样！就算痛苦，这个世界也依然有能让我忘记痛苦、忍耐痛苦的乐事，这个现世才是最好的！至少对我来说。”说完，八戒开始一一列数他觉得这个世上让人快乐的事物：夏日树荫下的午睡，溪流中的沐浴，月夜吹笛响，春晓懒起迟，冬夜的炉边欢谈……无限欢愉，欢愉无限！尤其是说到年轻女子的肉体之美，和四季时令的食物的味道，他似乎说也说不尽。我大吃一惊，全然没有想到，这世上竟有如此之多的乐事，也没想到竟有人将其如此滴水不漏地尽收眼底。我意识到，果然享乐也是需要才能的，从那以后，我再也不轻视这头猪了。

不过，和八戒的交谈变得频繁之后，最近我开始觉察到一件奇怪的事情——八戒的享乐主义之下，有时闪现着一些可怕的影子。我发现，他嘴上总是说“要是没有对师父的尊敬和对孙行者的畏惧，我早就放弃这趟艰辛的旅途了吧”，实际在享乐派的外表之下，暗自战战兢兢，如履薄冰。可以说，这趟赴天竺之旅，对那头猪，对我，都同样是在幻灭和绝望的末路中抓住的最后一根救命稻草。但如今，我还不能耽于考察八戒享乐主义的秘密。总之，而今我必须向孙行者学习，没有工夫顾及其他。三藏法师的智慧啊，八戒的生存方式啊，这些都要等过了孙行者这关之后。我还什么都没从悟空那里学到呢。自出了流沙河之后，我到底进步了多少？不仍然是吴下旧阿蒙[1]吗？说到此次西行中我的作用，嗯，就是在平安无事的时候阻止悟空的过激言行，劝诫八戒不要怠惰，不就仅此而已吗？并没有起到什么积极的作用。像我这样的人，不管何时，不管生在哪里，最终都只不过是一个调节者、忠告者、观测者吗？难道就无法成为一个行动者吗？

看到孙行者的行动，我也不由得思考："熊熊燃烧的火焰，并不知道自己正在燃烧。以为自己正在燃烧，那就是尚未真正燃烧。"看到悟空的豁达无羁，我常常想："所谓自由的行为，是内在成熟到不得不这样的地步，从而自然而然呈现在外的行为。"但我也只是想想而已，还没跟上悟空一步。一面想着要学习要学习，一面又对悟空强大的气场和粗犷的性情敬而远之。其实，说真的，悟空无论如何都算不上一个值得感激的朋友。他不体谅别人的心情，只会上来就一顿怒骂。以自己的能力为标准来要求他人，如若别人做不到，就大发雷霆，着实难以忍受。也可以说，他没有意识到自己非凡的才能。我们确实深知他没有恶意，只是他无法容忍弱者能力的差距，因而对弱者的狐疑、踌躇、不安都毫无同情之心，最后因焦虑过度而坐立难安。只要不因我们的无能而动怒，他其实是一个像孩子一样善良天真的人。八戒总是贪睡、怠惰、幻化失败，常常遭悟空怒骂。相比之下，我不会惹他动怒，是因为我迄今为止都和他保持一定的距离，尽量不在他面前出丑。照这样，不管到什么时候都学不到东西了。要离悟空更近点，

〔1〕 吴下旧阿蒙：指三国时期吴国将领吕蒙。吕蒙原本出身行武，没有文化，经孙权劝学后渐有学识。"吴下阿蒙"泛指缺少学识才干的人。

不管他的粗野多么吓人，我都要在挨打受骂和还嘴中，将那只猴子的所有本领学到手。只从远处眺望感叹，是一无所获的。

夜晚，我一个人醒着。

这一夜没有觅得住处，四个人在山阴溪谷的大树之下铺了些草，和衣而睡。悟空一人睡在一边，鼾声响彻山谷。他一打鼾，头上的树叶就吧嗒吧嗒地落下露水来。虽是夏夜，山中夜色究竟有些凉意。应该已是过了半夜。我从刚才开始就仰面向上躺着，透过树叶的间隙仰望着星星。好寂寞。不知为何，真的好寂寞啊。仿佛觉得自己独自一人站在这寂寞的星球之上，眺望着漆黑一片的、空无一物的世间的寒夜。从前我就觉得，星辰是永恒的、无限的，所以并不怎么喜欢。但我现在仰面朝天，就是不想看也尽收眼底。在青白色的、大颗的星星旁边，有一些红色的小星星。一直向下，还有一些略微泛黄的温暖的星光，风吹动树叶摇摇曳曳，这些星光也随之时隐时现。流星拖着尾巴，消失在天际。不知为何，那一刻我突然想起了三藏法师澄澈而孤寂的眼眸，那是一双永远注视着远方的、满含悲悯的眼睛。究竟是对什么怀有悲悯之情呢？平日完全猜不透，而这一刻，我似乎一下子明白了。师父在注视着永恒，他也清清楚楚地观望着与那永恒对立的世间万物的命运。万物终有寂灭之时，而在那之前，睿智、爱情，如花般惹人怜爱地绽放，师父不正是以绵长而悲悯的目光，注视着这种种美好吗？我看着星星，不由得这样想到。我站起身来，深深地望着旁边睡着的师父。看着他安详的睡颜，听着他宁静的呼吸，许久，仿佛噗地点起一簇火光一般，我的内心深处感觉到了微微的暖意。

——《我的西游记》之中

文字祸[1]

文字之灵这样的东西，究竟存在还是不存在呢？

亚述人知晓无数的精灵。在暗夜里横行的精灵，雄性叫里鲁，雌性叫莉莉斯；散布疫病的纳姆塔鲁；亡者之灵埃提姆；诱拐者拉巴斯……亚述的上空充斥着无数的恶灵。但是，关于文字之灵，还没有人听说过。

时值亚述巴尼拔[2]国王统治下的第二十年，尼尼微[3]宫廷里流传着一则奇妙的传言——每天夜里，在图书馆的黑暗之中，有怪异的窃窃私语之声。在巴比伦城，王弟沙马什·舒姆·乌金[4]的谋反刚刚镇压平定，莫不是又有什么不逞之徒图谋不轨？但侦查情况之后，

---

〔1〕 本文同《山月记》一起以“古谭”为题首次发表于《文学界》1942 年 2 月号。同年 7 月，筑摩书房刊发单行本《光，风，梦》，其中收录《山月记》《文字祸》《附灵》《木乃伊》四篇系列作品，并称“古谭”。

〔2〕 亚述巴尼拔：亚述国王，公元前 668 ~ 公元前 627 年在位。在他统治时期，亚述的疆土和军国主义达到了崩溃前的巅峰。亚述巴尼拔鼓励文化建设，他的抄写员们建立起了西亚史上第一座系统性的图书馆——亚述巴尼拔图书馆。

〔3〕 尼尼微：古代亚述帝国的重镇之一，自公元前 11 世纪起成为亚述帝国的首都。

〔4〕 沙马什·舒姆·乌金：以撒哈顿之子，亚述国王亚述巴尼拔之弟，曾纠集阿拉伯各部族发动叛乱。公元前 648 年，沙马什·舒姆·乌金被包围在巴比伦城中，纵火自尽，连同宫殿、财宝、姬妾一起付之一炬。原文为“王兄沙马什·舒姆·乌金”，应是作者的笔误。

发现似乎并没有这种迹象。怎么听，都像是某种精灵的声音。有人说是最近在国王面前被处决的来自巴比伦的囚犯们的亡灵发出的声音，但大家都觉得不会是这样。千余名巴比伦的俘囚都是被拔掉了舌头处死的，堆放舌头的地方，垒成了一座小小的假山，这是无人不知的事实。没有舌头的亡灵，是不可能讲话的。通过占星和羊肝占卜徒劳地探索了一番之后，人们认为这只可能是书籍或是文字的说话声。只是，倘若文字之灵存在的话，它是一种什么样的东西呢？人们对此一无所知。亚述巴尼拔国王召来巨眼卷发的老博士那布·阿赫·艾里巴，命他研究这种未知的精灵。

从那天起，那布·阿赫·艾里巴博士就每日往返于那间不寻常的图书馆，这间图书馆在两百年后埋于地下，又经过两千三百年，被偶然发掘了出来。博士在这里遍览万卷书册，苦心钻研。与埃及不同，两河流域不产纸莎草[1]，人们在黏土板上用硬笔雕刻复杂的楔形符号。书籍是瓦片，图书馆就像陶瓷店的仓库。老博士的桌子的桌腿是用真正的狮子腿做成的，连爪子都原封不动地留在上面。这张桌子上每天都布满堆积成山的瓦片，老博士试图从这些沉甸甸的古老的知识中找出有关文字之灵的学说，却徒劳无功。资料中除了记述了文字是由波尔西帕[2]的纳布神[3]所掌管这一点之外，再无其他。他只得靠自己去解决文字之灵是否存在的问题。

博士离开了书籍资料，终日目不转睛地盯着单个的文字。占卜师凝视羊肝，从而可以直接观望世间万象，他也想效仿这种做法，通

〔1〕 纸莎草：莎草科多年生草本植物，长于潮湿地带。约公元前2400年，埃及人取其茎制成类似纸的书写材料。

〔2〕 波尔西帕：伊拉克古城。位于今幼发拉底河东岸西南方，约出现于苏美尔时期。

〔3〕 纳布：亚述与巴比伦尼亚的智慧与写作之神，受巴比伦人膜拜，是天庭的总书记。

过凝视和静观挖掘事实真相。而就在他这样做的过程中，怪异的事情发生了。当长久地盯着一个文字看时，不知不觉中这个文字就分解开来，只能看到一条一条没有意义的交错的线条。文字只是线的集合而已，为什么会拥有发音和意义呢？他百思不得其解。老博士那布·阿赫·艾里巴有生以来第一次发现了这样不可思议的事实，惊讶不已。迄今为止的七十年中习以为常、视而不见的东西，原来绝非理所当然，也并非必然而然。他顿觉醍醐灌顶。是什么，给散乱的线条赋予了声音和意义呢？想到这里，老博士毫不犹豫地认定了，文字之灵是存在的。手、脚、头、指头、腹部等各个部位如果没有灵魂支配，就不能称之为人类，同理，如果没有一种灵物统摄，单纯的线条的集合，怎么会拥有声音和意义呢？

从这一发现开始着手，从前不曾知晓的文字精灵的本质，也随之一点点清楚了起来。文字精灵的数目，像地上的事物一样繁多；文字的精灵，像野鼠一样繁衍后代。

那布·阿赫·艾里巴走遍了尼尼微的街道，寻找最近记住了文字的人，耐心地一一询问他们，现在和认识文字之前相比，有没有什么变化，试图以此查明文字之灵对人类的影响。就这样，他得到了一个神奇的统计结果——绝大多数人在认识了文字之后，或是捕捉虱子的手法突然退步，或是眼中容易进灰尘，或是开始看不清从前清晰可见的天空中的鹰鹫，或是看到的天空的颜色没有从前那样碧蓝。“文字之灵蚕食人类之眼，正如蛆虫穿透核桃的硬壳，巧妙地食尽其中果实。”那布·阿赫·艾里巴在新的黏土备忘录上留下了这样的记载。

认识文字以来开始咳嗽的人，为打喷嚏而伤脑筋的人，频频打嗝的人，以及腹泻的人，都达到了相当的数目。“文字之灵乃是侵蚀人类的鼻、咽喉、腹部之物。”老博士又记录道。

认识文字之后，有人突然开始脱发，有人腿脚不力，有人手足颤抖，有人下巴容易脱臼。而那布·阿赫·艾里巴最后这样写道：“文字乃是祸害，侵蚀人类之头脑，乃至麻痹其精神，可谓罪大恶极。”

认识文字之后，工匠的手艺退化，战士变得懦弱，猎人射狮子也多有失手。这都是统计之下显而易见的结果。还有人说，接触文字之后，美女在怀也毫无乐趣。不过，说这话的是一个年逾七十的老头，所以可能不该怪在文字头上。

那布·阿赫·艾里巴想，埃及人把某种事物的影子当成这个事物灵魂的一部分，文字，不也像影子一样吗？

“狮”这个词汇，就是真正的狮子的影子，所以会不会记住了狮子的文字的猎人，不去猎真正的狮子，而把狮子的影子当作了目标；而记住了“女人”这个词汇的男人，拥抱的不是真正的女人，而是女人的影子？在没有文字的从前，皮鲁·那皮西姆[1]的洪水之前，欢喜与智慧都是直接进入人的脑海，而如今，我们所了解的，只有覆着薄纱的欢喜与智慧的影子。

近来，人们的记性变差了。这也是文字之灵的恶作剧。人们已经到了不书写记录下来就什么都记不住的地步。开始穿衣服之后，人类的皮肤就变得脆弱而丑陋；舟车发明之后，人类的脚就变得脆弱而丑陋。文字普及，也使人们的头脑不再运转。

那布·阿赫·艾里巴认识一位热衷于读书的老人。这位老人比博学的那布·阿赫·艾里巴更加学识渊博。他不仅通晓苏美尔语和阿拉姆语，甚至能看懂记录在纸草和羊皮卷上的埃及文字。古代的种种但

〔1〕 皮鲁·那皮西姆：乌特纳皮什提姆的别名。美索不达米亚神话《吉尔伽美什史诗》中记载，大洪水时期乌特纳皮什提姆得到神的指示，造船躲入其中，幸免于难。

凡用文字记录下来的，就没有他不知道的。他甚至知晓图库尔蒂·尼努尔塔一世在位时第几年的哪月哪日的天候，却不会留意今天的天气是晴是阴。他能够默记少女萨比图安慰吉尔伽美什的话语，却不知该说些什么来安慰丧子的邻人。他知道阿达德尼拉里国王的王后萨穆·拉玛特喜好什么样的衣裳，但完全不在意自己现在穿着什么衣服。

他是多么热爱文字和书籍啊！阅读、暗诵、爱抚，仅仅是这些已经无法使他满意，他太爱文字和书籍了，竟将吉尔伽美什传说的最古老的版本的黏土板嚼碎，和在水里喝了下去。文字之灵毫不留情地摧残了他的眼睛，他得了严重的近视。由于总是过于近距离地读书，他的鹰钩鼻的鼻尖和黏土板来回剐蹭，形成了坚硬的老茧。文字之灵还侵蚀了他的脊梁，他驼着背，下巴几乎要够到肚脐。可是，恐怕他并不知道自己身躯佝偻，尽管“佝偻”这个词汇，他能用五种不同国家的文字写出来。

那布·阿赫·艾里巴博士，把这个人算作了文字精灵的头号牺牲者。虽然他的外貌如此惨不忍睹，但这位老人看起来总是很幸福，简直令人羡慕。此事要说怪异也的确怪异，但那布·阿赫·艾里巴也把这视作是文字之灵催情迷药一般奸猾的魔力。

一次，亚述巴尼拔国王偶然染病，随侍医生阿拉德·纳纳认为此病不轻，借来了大王的衣服，穿在自己身上，扮成亚述巴尼拔王的样子，以此来欺骗死神埃列什基伽勒的眼睛，将大王的病转移到自己身上。对于这种自古以来医家常用的方法，一部分青年投去了怀疑的目光，他们说，这显然是不合理的，埃列什基伽勒这样的神明，不可能被那种哄小孩的伎俩欺骗。学识渊博的那布·阿赫·艾里巴听闻此事，面露不悦。青年们凡事都要追求合情合理，这种行为之中总有些奇怪之处。这种怪异就好像一个遍身污垢的人，只有一个地方，比如说只有脚尖，打扮得过于美丽。人类存活在神秘的云遮雾罩中，而他们未能领悟到这一点。老博士认为这浅薄的理性主义是一种疾病，而使这病流行起来的，毫无疑问，是文字的精灵。

一天，一位叫伊休迪·纳布的年轻的历史学家，或者说是宫廷史官，前来探访老博士。他问道："所谓历史，究竟是什么？"看到老博士愕然的表情，年轻的历史学家补充说明道："关于前些时日巴比伦王沙马什·舒姆·乌金的下场，有各式各样的说法。他自己投身火海，这一点千真万确，但有人说在最后的一个月里，绝望之余，他在无法用言语形容的荒淫无度中度日；还有人说，他每日一心斋戒，向沙玛什神[1]不断地祈祷；有人说，他只和位列首位的王妃一人共赴火海；也有人说，他在将数百名侍婢姬妾投入薪火中后，自己也走入了火焰之中。无论如何，一切已经不折不扣地化为了飞灰，哪种说法才是正确的，完全无从得知。而近日，大王命令我从中选出一种记录下来。就像这样，这只是许多类似情况中小小的一例。历史，以这样的方式来记录，是否妥当呢？"

贤明的老博士明智地保持着沉默。见状，年轻的历史学家换了一种方式问道："所谓历史，究竟是曾经存在过的事情，还是黏土板上的文字？"

这个问题，好像在把狩猎狮子和记录着狩猎狮子的浮雕混为一谈。博士有这样的感受，但不好明确地表达出来，便这样答道："所谓历史，是曾经发生的事情，也是黏土板上留下的记录。这两者难道不是同一样东西吗？"

---

〔1〕 沙玛什：美索不达米亚本地神，阿卡德、亚述和巴比伦神殿中的太阳神，是法律、正义和拯救之神。

“那么漏写的呢？”历史学家问道。

“漏写？别开玩笑了，没有写下的事情，就是没有发生的事情。种子不发芽，最后不就相当于一开始就没有这粒种子吗？所谓历史，不就是这块黏土板吗？”

年轻的历史学家可怜巴巴地看着老博士指着的瓦片，那是一枚记录着萨尔贡王[1]哈尔迪亚[2]征讨之行的瓦片，是由这个国家最伟大的历史学家那布·夏里姆·休努所记录下的。博士一边讲话一边吐掉石榴籽，瓦片表面被弄得脏兮兮的。

“波尔西帕的智慧之神纳布的使者——文字精灵们的力量有多么可怕，伊休迪·纳布啊，看来你并不知晓。文字的精灵们，一旦捕捉到了某件事物，将其幻化为文字的形态呈现出来，这件事物就已经得到了不灭的生命。相反，没有被文字之灵那强有力的手触碰过的东西，不管是什么，都终究会消失。没有写在远古时代的安努·恩利勒之书[3]上的星辰，为什么不存在呢？那是因为它们没有以文字的形式存留在安努·恩利勒之书上。大马尔杜克如果侵犯了天界的牧羊人的领地[4]，也就是说，木星如果进犯了猎户座的领域，众神就会降怒；月亮的上部如果显现出月食，阿穆鲁人就会蒙受灾祸——这些都是因为

〔1〕 此处萨尔贡王指萨尔贡二世，亚述帝国的国王，公元前722年～公元前705年在位，在他统治时期，亚述打败了以色列王国、埃及，并镇压了埃及支持的叙利亚人和腓尼基人的起义，这时亚述帝国进入了巅峰时期。

〔2〕 哈尔迪亚：乌拉尔图王国的别称。乌拉尔图王国是公元前9世纪中叶～公元前6世纪初小亚细亚东部的奴隶制国家，因信仰名为哈尔迪的神明，又被称为哈尔迪亚。公元前714年，萨尔贡二世率军大败乌拉尔图王鲁萨斯一世，占领南部大片领土，乌拉尔图自此开始衰落。

〔3〕 安努·恩利勒之书：传说是最古老的占星术文献，记录了月神、太阳神、天候神、金星神的吉凶之兆，成书于巴比伦第一王朝时期。

〔4〕 马尔杜克，巴比伦的守护神，在理想的占星学系统中，自汉谟拉比时代起，马尔杜克就与木星建立了关联。天界的牧羊人，指猎户座俄里翁。

在古书上记录成文而存在。古代苏美尔人不知道马这种生物，也是因为他们的词汇中没有‘马’这个字。没有什么像这文字的精灵的能力一样可怕了。是你我使用文字来书写，如果这样想就大错特错了。我们才是被那些文字精灵毫不留情地使唤的仆人。但是，它们这些精灵带来的危害也十分严重。我现在正在研究这个，你现在对记录历史的文字抱有疑惑，也正是因为你与文字过于亲近，受了文字之灵的荼毒。”

年轻的历史学家若有所思地回去了。老博士一时还在为文字之灵毒害了那个有为的青年而悲伤。过分亲近文字，反而对文字抱有了疑惑，这并不矛盾。前些日子，博士对烤羊肉大快朵颐，几乎吃光了整整一只羊，之后一段时间，连活羊都不想看到。

青年历史学家回去了，过了一会儿，那布·阿赫·艾里巴博士按着自己头发变得稀疏的脑袋陷入了沉思。我该不会是向那个青年赞美了文字之灵的威力吧？“太可恶了，”他咂巴着嘴想，“连我也遭到了文字之灵的诓骗啊！”

其实，很久之前，文字之灵就把某种可怕的疾病加在了老博士身上。他为了确认文字之灵是否存在，好几日目不转睛地盯着一个字看，从那时起他就得病了。原先有一定的含义和声音的字，忽然分解开来，变成了单纯的直线的集合，从前曾发生过这样的情况，而从那之后，与此类似的现象也出现在了文字以外的事物上。他盯着一幢房屋看着看着，这间房子就在他眼中和脑海中，变幻为木材、石头、砖瓦和灰浆的毫无意义的集合。他开始困惑，这为什么会是人类居住的地方呢？看人的身体时，也是一样。他把人的身体剖析成了没有意义的形状怪异的一个又一个部分，他完全不能理解，为什么这种模样的东西就算作是人类呢？不仅是眼睛所见到的，人的日常生活，所有的习惯，都因为这不可思议的“分析病”而丧失了从前的意义，连人类生活的所有的根基看起来都很可疑。

那布·阿赫·艾里巴博士的神志开始变得古怪起来。他觉得再继续进行文字之灵的研究，最终一定会因文字之灵而送掉性命。他开始害怕，迅速地整理出了研究报告，将其呈献给了亚述巴尼拔大王。不过，他自然还在其中加入了若干政治性的意见，说崇尚武力的亚述国，如今因无形的文字精灵而深受侵蚀，并且几乎没有人察觉到这件事。事到如今，如果还不改掉对文字的盲目崇拜，之后或许会追悔莫及。

文字之灵不会对这个谗言毁谤之人置之不理。那布·阿赫·艾里巴的报告使得大王大为不悦。大王是纳布神热忱的崇拜者，是当时一流的有识文人，对这样的大王而言，这报告理所当然会使他心中不快。老博士被命令自即日起谨言慎行。若非那布·阿赫·艾里巴自大王幼年时起就是他的师父，恐怕会被处以活剥人皮的极刑。老博士没想到会触怒大王，十分惊愕，他立刻明白过来，这是奸诈的文字之灵的复仇。

然而，还不仅仅如此。许多天后，大地震袭击了尼尼微地区和阿尔贝拉地区，那时，博士刚好在自己家的书房里。由于他家房犀年久失修，墙壁坍塌，书架也倒下了。数不清的书籍——那数百枚沉重的黏土板，和文字们骇人的诅咒声一起，砸向了这个诽谤者的身上，他被凄惨地压死了。

附灵[1]

人们说，奈乌里部落的夏克被什么东西附体了。据说有许许多多的东西上了这个男人的身。鹰、狼、水獭的灵识附在了可怜的夏克身上，让他吐出些不可思议的话语来。

在后来被希腊人称为斯奇提亚人的土著之中，这个种族最为与众不同。他们为了躲避野兽的袭击，在湖上筑屋而居。数千根圆木打进湖水较浅的部分，上面铺设着木板，他们的家园就建在这里。地板上随处都造有吊窗，他们打开窗，将笼子吊下去，捕捞湖中之鱼，还驾着独木舟，捕捉水狸和水獭。他们通晓麻布的织造之法，既穿兽皮，也穿麻布衣服。他们吃马肉、羊肉、木莓和菱角，好饮马奶和马奶酒。奈乌里部落的人使用一种自古流传的奇法，他们以兽骨为管，插入母马的腹中，命一些奴隶吹这种骨管，而另一些人在另一头挤奶。

奈乌里部落的夏克，就是这湖上的住民中十分普通的一员。

夏克是从去年春天弟弟迪克死后开始变得奇怪的。当时，剽悍的游牧民族乌古里族的一队人马自北方而来，他们骑着高头大马，挥舞

[1] 收录于1942年7月筑摩书房刊发的单行本《光，风，梦》，与《山月记》《文字祸》《木乃伊》为同一系列作品，并称“古谭”。

着偃月刀，如疾风一般向这个部落袭来。湖上的住民拼死抵御。起先，他们迎上湖畔抗击侵略者，但难敌这支著名的北方草原的骑兵队伍，不得不退守湖上的栖息之处。他们撤去连接湖岸的栈桥，家家户户以窗为枪眼，投掷石器，发射箭矢，以抵御敌人。游牧民不擅驾驭独木舟，便放弃了歼灭湖上村庄的打算，只掠夺了留在湖畔的家畜，便又如疾风般回北方而去了。

战事过后，湖畔的土地被血水浸染，上面只剩几具没有了头和手的尸体。头颅和右手，被侵略者砍下带了回去。他们给头盖骨的外侧镀上金，做成骷髅杯，又将右手的皮连指甲一起剥下，做成手套。夏克的弟弟迪克的尸首，也是这样饱受凌辱之后被丢弃在那里。虽然没有了头颅容貌难辨，只能通过服装和所持物件识别死者，但夏克还是通过皮带的记号和钺纹的饰物确凿无疑地找出了弟弟的尸首。他恍恍惚惚的，良久地注视着那惨不忍睹的躯体。后来有人说，当时夏克的样子，看起来多少有点不大像是在哀悼弟弟的死。

这之后不久，夏克就开始说些奇怪的呓语了。起初，人们不知道是什么附到了这个男人的身上，让他口吐这些奇怪的话语。从措辞上来看，有可能是被活剥了皮的野兽的灵魂。但商讨之后，他们形成了结论，一定是被蛮人砍掉了脑袋的他的弟弟迪克的右手在讲话。四五天后，夏克又开始吐出其他灵物的话语。这次，人们马上就判断出了那是什么东西的灵识。他哀怨地叙述着自己是如何武艺不精而战死沙场，此后，又被虚空中的强大灵物撅住脖颈丢向了漆黑一片的远方——明显，这就是弟弟迪克。人们认为，夏克茫然地站在弟弟的尸体旁边的时候，迪克的魂魄悄悄潜入了哥哥的身体。

夏克的骨肉兄弟，以及他的右手附在了夏克身上，这也并没什么不可思议的。但在这之后，当一时恢复如初的夏克再度开始口吐呓语的时候，人们大吃一惊。这一次，说话的几乎都是和夏克毫无关系的动物和人。

从前，也有男人、女人被灵物附体，但还从未有过这样种类繁多的东西附在一个人身上的先例。有时，是这个部落脚下的湖泊中游来游去的鲤鱼，假借夏克之口，娓娓道来鱼族生活的哀愁与快乐；有时，是托罗斯山的鹰隼，述说着极目远眺下的湖泊、草原、山脉，以及山脉另一侧如明镜一般的湖泊；有时，又是草原上的母狼，讲述自己如何艰辛地在那苍白的冬天的月光下，忍饥挨饿，整夜徘徊在冰冻的土地上。

人们觉得稀奇，都跑来听夏克胡言乱语。有趣的是，夏克，或者说寄身在夏克身上的灵物，也开始期待大量的听众。夏克的听众逐渐越变越多，一次，其中一人这样说道："夏克说的话，不像是附身的灵物讲出来的啊，该不会是夏克编造出来的吧？"

的确，这么说来，被附了身的人，一般都会在一种更加恍惚忘我的状态下讲话。夏克的态度既没有那么癫狂，讲话条理也过于清晰。更多的人开始觉得，是有些奇怪。

夏克并不清楚自己最近的所作所为是怎么一回事。当然，他也察觉到了，他的情况和一般的灵物附体似乎有所不同。但是，为什么自己会接连数月做出这些奇妙的举动，而且还不知疲倦？他自己也不知道，因而只好仍旧将这些当作被附了身。最初，他的确是为弟弟的死而悲伤，愤愤不平地在脑海中勾绘弟弟的头和手的下落，无意中说出了不可思议的话语。可以说，这并不算他有意为之。但是，这种经历让原本就喜欢空想的夏克，体会到了用自己的想象驾驭自己以外的事物的乐趣。听众逐渐增加，随着自己讲的故事一张一弛，他们的面容上也浮现出真心实意的或是安心或是恐惧的神色，看到这些，他的乐趣就变得无法抑制了。虚构故事的情节一天比一天巧妙，想象出的情景描写也越来越多姿多彩。各种场景鲜明细腻到连自己都难以置信的地步，从想象中浮现了出来。他虽然惊讶，但依然只觉得是什么东西附在了自己身上。只不过，他还没有想到，可以用文字这种工具将这些源源不断的自然而然生出的话语流传后世。当然，他也不知道自己正在扮演的角色，会以怎样的名字被后世称呼。

夏克的故事怎么看都像是他自己编出来的，但就算人们这么想，听众也丝毫不会减少，反而向他要求再继续创作新的故事。即便那是夏克编出的故事，但那个天生平庸的夏克能创作出那样精彩的故事，一定是被灵物附身了——他们和作者一样，都是这么想的。因为没有被灵物附体的他们，完全想不到对于实际未曾见过的事物，怎么能够描述得那样详尽。湖畔的岩石后面，附近森林的枞树之下，或者是挂着山羊皮的夏克家的门口，他们在夏克身边围坐成一个半圆，津津有味地听他讲故事——北方的山地住着三十个强盗，森林的夜晚有怪物出没，草原上有一头年轻的公牛……

看到年轻人因为沉迷夏克的故事而怠慢了劳作，部落的长老们露出了不悦的神色。其中一人说，像夏克这样的人出现，是不吉之兆。若是被灵物附体，那么像这样奇妙的附身是闻所未闻的；若不是灵物附身，那么没完没了地编出乱七八糟的荒唐话来，这样的癫狂之举也是见所未见。不管哪种情况，突然冒出这样的家伙来，都是有违常理的不祥之事。这位长老还正巧是以豹爪为家纹的、最有名望的家族中的一人，他的说法得到了全体长老的支持。他们暗暗谋划着除掉夏克。

听众们不再满足于千篇一律的鹰和公牛，因此，夏克从周围的人类社会中取材的故事逐渐变多了。夏克开始讲述美丽的年轻男女、吝啬善妒的老妇的故事，讲述一位在别人面前趾高气扬却独独在老伴面前抬不起头的酋长的故事。一个老头子脑袋像脱毛期的秃鹰一样，还跟年轻人争夺美娇娘，最终惨不忍睹地失败了——当他讲到这个故事时，听众们齐声大笑。问他们为什么笑成这样，原来是提议抵制夏克的那位长老最近有和这一模一样的惨痛经历。

长老越发生气了。他绞尽白蛇般的奸邪智慧，想出了一条计策。一个最近妻子和别人私通的男人也参与了他的谋划，因为他认为夏克的故事是在讥讽自己。两人千方百计想让大家注意到，夏克一直都没有尽到作为部落民的义务。夏克不钓鱼。夏克不喂马。夏克不砍伐林中的树木。夏克不剥水獭的皮。凌厉的大风从北方的群山运来鹅毛般的雪片，自那遥远的从前直到现在，可有一人见过夏克从事村庄里的劳作?

人们想想，似乎的确如此。实际上，夏克确实什么都没干。特别是在分发越冬的必需品的时候，人们清楚地感到了这一点。就连最最热心的听众也不例外。虽然如此，但人们迷恋夏克讲的那些有趣的故事，还是勉勉强强给没有参与劳作的夏克分发了过冬的食物。

在厚实的毛皮下躲避北风，在燃着兽粪、枯木的石炉旁喝着马奶酒，他们就这样度过了寒冬。岸上的芦苇萌出了新芽，他们再度走向外面开始劳作。

夏克也走到了田地上，却目光迟缓，看上去呆头呆脑的。人们发现，他再也不讲故事了。硬要他讲，他也只是拿从前说过的故事来炒旧饭。不，就连旧饭也炒不出味道来。他的措辞完全失去了活灵活现的光彩。人们都说，附在夏克身上的灵物，那让夏克讲出许许多多故事的附体之灵，已经退散了，明明白白地退散了。

附体灵物退去了，可是从前勤勤恳恳的习惯却没有回来。夏克不去劳作，但也不讲故事，每日呆滞地眺望着湖面过日子。每当看到他这个样子，从前听故事的人们都会想到，自己把宝贵的越冬的食物，分给了这个呆头呆脑的懒汉，着实是怒上心来。对夏克怀恨在心的长老们暗自偷笑。被一致认为对部落有害无用的人，经过协议就可以对其处刑。

脖子上戴着翡翠辉石、一脸浓密胡须的当权者们，屡屡在一起商议如何处置夏克。而没有一个人，打算为无亲无故的夏克申辩。

正逢雷雨季来临。他们最为忌讳雷鸣，认为那是上天化作的独眼巨人发出的愤怒的诅咒之声。只要一听到雷声轰鸣，他们就必须停下手头的一切工作，恭恭敬敬地祛除恶气。诡诈的长老用两盏牛角杯买通了占卜者，成功地将夏克这个不祥之人与最近频繁的雷鸣联系在一起。人们做出了如下决定。如果有一天，太阳自湖心正上方经过，到挂在西岸山毛榉的大树树梢上，这一段时间内，雷鸣三次以上，夏克就要在次日依照祖先传下来的规矩接受处决。

当天午后，有人说听到了四次雷鸣，有人说听到了五次。

第二天傍晚，人们围着湖畔的篝火，召开了盛大的酒宴。大锅之中，混杂在羊肉、马肉之中咕嘟咕嘟地烹煮的，是那可怜的夏克的肉。对于食物并不充盈的这个地方的住民来说，除去因病而死之人，其他所有新鲜的尸体都理所当然地要拿来食用。一个卷发青年，曾经是夏克最为忠实的听众，此刻篝火照耀着他的脸庞，而他正对着夏克肩上的肉大嚼特嚼。那位长老，右手抓着可恨的仇敌的大腿骨，正香喷喷地咂巴着骨头上面的肉，肉啃干净了，便把骨头远远地一抛，只听到一声水声，骨头就在湖中沉了下去。

没有人知道，早在那位叫荷马的盲眼诗人吟唱出那样美丽的诗篇之前，曾有一位诗人，就这样被吃掉了。

木乃伊[1]

居鲁士大帝和妻子卡桑达涅之子、波斯王冈比西斯攻入埃及的时候，他的麾下有一名叫帕里斯卡斯的武将。据说帕里斯卡斯的先祖是来自遥远东方巴克特利亚的乡下人，一直无法习惯城里的习俗，郁郁寡欢。帕里斯卡斯喜欢幻想，因此，虽然身居高位，也时常遭到人们的嘲笑。

波斯军队穿过阿拉伯半岛，终于进入埃及境内之后，帕里斯卡斯异常的举动开始引起同僚和部下的注意。帕里斯卡斯用一种不可思议的眼神眺望着周围陌生的风物，脸上挂着隐隐约约不安的神情，陷入了深思。那焦躁不安的样子，明显是想要回忆起什么，但又怎么都想不起来。

埃及军的俘虏被抓来阵营中时，其中一人所说的话传入了他的耳中。他露出不可思议的表情听了一阵之后，对身旁的人说，觉得自己似乎能够听懂他们的语言。自己虽然不会讲他们的语言，但仿佛能够明白他们所说的词汇的意思。帕里斯卡斯差遣部下询问那俘虏是不是

〔1〕 收录于1942年7月筑摩书房刊发的单行本《光，风，梦》，与《山月记》《文字祸》《附灵》为同一系列作品，并称“古谭”。

埃及人。因为埃及军大部分都曾是希腊或者其他地方的雇佣兵。那战俘回答说，他的确是埃及人。帕里斯卡斯又带着不安的神情沉思了起来。迄今为止，他一次都未曾踏足过埃及，也从未和埃及人打过交道。战事正酣，他却恍恍惚惚地陷入深思之中。

当追赶着战败的埃及军队，进入古老的白壁之都孟菲斯城时，帕里斯卡斯更为明显地陷入了一种沉郁的兴奋状态，屡屡让人想到癫痫病人发病前的样子。从前笑话他的同僚们也开始觉得有点毛骨悚然。在孟菲斯城郊的一座方尖塔[1]前，他小声地读着碑面雕刻的象形文字，又低声向同僚们说明了建造这座石碑的国王的名字，以及他的功绩。诸位将领都察觉到了怪异，面面相觑。帕里斯卡斯自己也满脸诧异。至今，包括帕里斯卡斯本人在内，没有人听说过他精通埃及历史，通晓埃及文字。

从那时起，帕里斯卡斯的主人，冈比西斯王也开始狂暴疯癫起来。他让埃及王普萨美提克饮下牛血，将其杀死[2]。光这样还不解恨，还打算将半年前驾崩的先王阿玛西斯的尸体也羞辱一通。其实，更让他怀恨在心的，是阿玛西斯王[3]。他亲自率领一支军队赶往供奉阿玛西斯的神庙所在地塞易斯城，一到塞易斯，他就下令全军找出已故的阿玛西斯王的墓地，挖坟掘尸，将尸首带到自己面前来。

埃及人对这样的事情事先早有预期，所以阿玛西斯王的墓地被费尽心机地造在了隐蔽之处。波斯军的将士不得不将塞易斯城内外为数

〔1〕 方尖塔：古代埃及象征太阳神的石柱，向上方变细，顶端为棱锥形一块巨石的四棱柱，各面刻有象形文字的碑文、图像，建于寺院、宫殿的入口两侧。

〔2〕 据传牛血凝结后可将饮牛血之人噎死。

〔3〕 据希罗多德《历史》第三卷记载，冈比西斯曾想求娶阿玛西斯的女儿，而阿玛西斯将先王阿普里埃斯的女儿装作自己的女儿送去。事情败露后，冈比西斯大怒，率军进攻埃及。

众多的墓地一处一处挖开查验。

帕里斯卡斯也是搜索墓地的队伍中的一员。他的同伴们沉迷于掠夺和埃及贵族的木乃伊一同陪葬于墓地中的无数宝石、首饰、器皿，唯有帕里斯卡斯不流连于此，依旧面色沉郁，在一座座墓穴之间徘徊。他阴森森的表情时而舒展开来，像阴晦的天空中漏出的疏淡的阳光，这抹亮色随即又消失殆尽，恢复了原先黯然失神的模样。他的心中，似乎被一个欲解未解的谜团羁绊着。

搜索开始几日之后的一个午后，帕里斯卡斯独自一人站在一个十分古老的地下墓室之中。他完全不清楚自己是什么时候和同僚、部下们走散的，也不知道这座墓室位于城中的哪个方向。总之，当他从一直以来梦游一般的状态中清醒过来，定睛一看，自己已经孤身一人身处这座古老而昏暗的墓室之中。

视线习惯了黑暗之后，墓室中散乱的雕像、器具，周围的浮雕、壁画，朦朦胧胧地浮现在了眼前。掀开了盖子的棺椁被丢置在地上，几个巫沙布提俑[1]的脑袋滚落在一旁。一看便知，此处已经遭受过波斯兵的一番掠夺。陈旧的尘埃的味道冷冷地扑鼻而来。黑暗深处，一座巨大的鹰头神的立像面色僵硬地窥视着这边。附近的壁画上，以豺狼、鳄鱼、苍鹭等奇异的动物为头的神明，排列成队，看上去十分忧郁。一只巨大的眼睛也在这个队列之中，没有脸和身体，生着细长的脚和手。

帕里斯卡斯不由自主地向墓室深处走去。走了五六步，他绊了一跤。一看，脚下躺着一具木乃伊。他又几乎下意识地抱起这具木乃伊，立在了神像的台子上。这是一具连日来司空见惯的普通的木乃伊，就

〔1〕 巫沙布提俑：古埃及用于陪葬的一种小型雕塑，目的是让它们在冥界代替死者从事各种劳动。

在他打算继续往前走的时候，却突然瞥到了木乃伊的脸。就在那一瞬间，一种说不清是冰冷还是滚烫的感觉，窜过了他的脊背。投向木乃伊脸上的视线，挪也挪不开了。他像是被磁石紧紧吸引住了，一动不动地凝视着这张脸。

他站在那里，不知站了多久。

这段时间里，他身上似乎发生了非同寻常的变化。构成他身体的元素，在他的皮肤之下沸腾着、翻涌着，当这沸腾暂且平息下来之后，他和从前完完全全发生了本质性的变化。

他变得十分平和。进入埃及以来，有些事一直萦绕心头，就如同早晨回忆起前夜的梦，似乎有印象，却又怎么想都想不起来，而现在，他终于清清楚楚地知道这是什么了。是这样，原来是这么一回事啊。他情不自禁地说出声来："我原本就是这个木乃伊啊，千真万确。"

帕里斯卡斯说出此话的时候，木乃伊的唇角似乎微不可察地歪了一下。不知从哪里落下一束光线，木乃伊的脸浮现在微光之中，清晰可见。

就在这时，一闪即逝的雷电劈开了黑暗，遥远的前世的记忆，一瞬之间苏醒过来。是他的灵魂曾寄居在这具木乃伊身上时的种种记忆。灼烧着沙地的太阳的直射，树荫间微风的摇曳，河川泛滥后的泥土的味道，繁华街市上来来往往的身着白衣的行人，沐浴之后香油的香气，跪在昏暗的神殿深处时冷冰冰的石头的触感……这些栩栩如生的记忆从遗忘的深渊中成群结队地苏醒，一时间蜂拥而至。

那时，他也许曾是卜塔[1]的神殿的祭司。之所以说"也许"，是

〔1〕 卜塔：埃及神话中孟菲斯的地方守护神、锻冶之神，被认为是宇宙的创造者，手艺人、艺术家的守护神。

因为此刻在他眼前复苏的，只是他曾经见过、摸过、经历过的事物，而那时他自己的模样，却全然未曾浮现出来。

突然，他看到了一双满含悲伤的眼睛，那是自己曾供奉在神前作为祭品的一头公牛的眼睛。他觉得这眼神像是某个自己所熟悉的人。对，就是那个女人。一个女人的眼睛，她淡淡施着孔雀石粉的容颜，她纤细的身体，忽然间出现在他的面前，伴随着他所熟悉的一举一动，甚至带着让他眷恋的体味。啊，这令人怀念的感觉。而这女人又如同一只黄昏的湖水中的红鹤，是那么寂寞。毫无疑问，这便是他曾经的妻子。

不可思议的是，他连一个人名、一处地名都全然回想不起来。只有无名的形状、颜色、气味和动作，在距离和时间观念离奇倒错的异常的静谧中，在他的面前忽而出现，又忽而消失不见。

他已经不再看木乃伊，或许他的灵魂已经从身体中抽离出来，与木乃伊融为了一体。

又一个情景出现在了眼前。自己仿佛正发着高烧躺在床上，旁边的妻子担心地望着他。妻子身后似乎还有一些老人和孩子。他觉得喉咙十分干渴，动了动手，妻子立刻上前来喂水给他喝。之后，他半睡半醒地迷糊了一阵。醒来后，烧已经完全退了。他微微睁开眼，看到妻子正在一旁哭泣。她身后的老人们好像也在哭泣。突然之间，苍蓝色的巨大的阴影从上面笼罩下来，犹如眼看着暴雨降临前的重重黑云将湖面上空浸染得越来越昏暗。他在头晕目眩的下坠感中不由自主地闭上了眼睛。

就在此处，他往世的记忆戛然而止。自此之后，他的意识在朦朦胧胧中沉沦了数百年，再次清醒之后，也就是现在，他已经是一名以波斯人的身份生活了数十年的波斯军人了。他正站在木乃伊面前——

这具木乃伊止是从前的自己的躯体。

这奇异而神秘的景象令他惊颤不已，此刻，他的灵魂如同北国冬日的湖泊，极度澄澈，极度辽阔。他的灵魂继续凝视着被湮没的前世的记忆的深处。在那里，他如同一条在幽深的海底兀自发光的盲鱼，过往的种种经历无声地沉寂于此。

就在那时，那黑暗的深处，他的灵魂看到了一个奇怪的前世的自己的模样。

前世的自己，在一间昏暗狭小的房间中，和一具木乃伊相对而立。前世的自己战栗着，确认这具木乃伊是不是前前世的自己。在和现在一样的昏暗、寒冷和扑鼻的尘埃之中，前世的自己忽然想起了前前世的自己的生活。

他吓得一个激灵。究竟是怎么回事，这毛骨悚然的相似的一幕幕。若是鼓起勇气再仔细观望，那么在前世唤起的前前世的记忆之中，恐怕还会看到前前前世的自己的模样吧？就像对照的镜子一样，一连串恐怖的记忆在其中无限堆叠下去，无限地——让人目眩神迷地无限持续着。

帕里斯卡斯起了一身鸡皮疙瘩，想要逃出去。可是，他的脚完全挪不动步子。他无法将目光从木乃伊的脸上挪开，好像被冻住了一样，站立在这具琥珀色的干瘪的身躯面前。

第二天，当其他部队的波斯兵发现帕里斯卡斯的时候，他正僵硬地抱着木乃伊，倒在一座古墓的地下室中。经过一番救助，他终于苏醒过来，但已经明显状若疯癫，口吐胡话。就连满口的呓语，都不再是波斯语，而全是埃及话了。

光，风，梦[1]

一

一八八四年五月的一个深夜，三十五岁的罗伯特·路易斯·史蒂文森[2]在法国南部城市耶尔的一家旅店，突然开始猛烈地咯血。他用铅笔在纸条上写下这样的字句，给急忙赶来的妻子看：“别害怕。如果这就是死，那么死并不痛苦。”他满口是血，说不出话来。

从那之后，他不得不辗转各地寻找一处对健康有益的地方。在英国南部的疗养地伯恩茅斯待了三年之后，医生建议他试试科罗拉多，他遵从医嘱，来到了大西洋的另一端。而美国也不尽如人意，于是这一次他尝试了南洋之行。重达七十吨的纵帆船，经由马克萨斯群岛、波莫图群岛、塔希提岛、夏威夷岛、吉尔伯特群岛，历时一年半的巡航之后，在一八八九年末抵达了萨摩亚[3]的阿皮亚港。海上的生活

〔1〕 原稿题为“茨西塔拉之死”，“茨西塔拉”是萨摩亚语“讲故事的人”的意思，后依出版方要求改为现在的题目。本文是第十五届芥川奖入围作品。

〔2〕 罗伯特·路易斯·史蒂文森：苏格兰小说家、诗人、游记作家，英国文学新浪漫主义代表之一。著有《金银岛》《化身博士》等。

〔3〕 萨摩亚：南太平洋岛国，位于夏威夷与新西兰之间，美属萨摩亚的西方，属热带雨林气候。

十分舒适，群岛的气候也无可挑剔。史蒂文森自称是“只剩咳嗽和一副骨架”的身体，状况也稍稍有了好转。他动了想在这里居住的念头，购置了阿皮亚市郊四百英亩[1]土地。当然，他还并未打算一生终老于此。实际上，在次年二月，他就将买下的土地暂且委托他人，处理开垦和修建等事宜，自己则动身去了悉尼，在悉尼等候班船，打算回一趟英国。

不过，他还是在给英国一位友人的信上这样写道：“说实话，我觉得我可能只会回英国一次了，这一次应该就是在我死的时候。只有身处热带，我才能勉强维持健康。就连在亚热带的此处（新喀里多尼亚），我都很容易感冒。在悉尼，我终究还是咯了血。回到浓雾弥漫的英国，现在连想都不会想。……我难过吗？再也无法和英国的七八个朋友、美国的一两个朋友见面，这的确很痛苦。如果不提这个，我倒是更中意萨摩亚。大海、群岛、土著，还有岛屿的生活和气候，都令我感到幸福。我决不认为流落此地是不幸的。”

那年十一月，他身体逐渐恢复健康，回到了萨摩亚。在他购置的土地上，土著的木工搭建起了一间临时居住的小屋，正式的主体修建需要靠白人工匠。在这之前，史蒂文森和他的妻子芬妮在简易小屋中生活起居，亲自监督土著开荒垦地。这块土地位于阿皮亚市以南三英里[2]处，处在休眠火山瓦埃尔火山的半山腰，是一块包含五条溪流、三条瀑布，以及几处峡谷悬崖的高地，海拔从六百英尺跨越到一千三百英尺[3]。土著把这片地方称作瓦伊利马，是五条河流的意思。这片

〔1〕 一英亩等于4046.86平方米。

〔2〕 一英里等于1.61千米。

〔3〕 一英尺等于0.3米。

土地上可以远眺郁郁葱葱的热带丛林和浩瀚无边的南太平洋，在这里凭借自己的力量一点一点筑起生活的基石，这对史蒂文森来说，是一种像儿时的盆景游戏[1]一样纯粹的快乐。在这方土地上，他自己打桩建造房屋，然后住在这房子里；自己拿着锯子帮忙制作椅子，然后坐在这椅子上面；自己挥动铁锹耕田，然后享用这田地长出的蔬菜水果——那种用自己的双手亲自支撑起自己的生活的感觉，唤醒了幼年时第一次望着摆在桌上的亲手做出的小手工的时候那种新鲜的自豪感。组成这间小屋的圆木、木板，还有每日的食物，都是天然的——那些木材都是从自己的山上砍伐下来，在自己眼前刨出来的；那些食材从哪里来，比如这个橙子是从这棵树上摘下来的，这挂香蕉来自这片农田，这些都一清二楚。这使得幼年时不是母亲做的饭就难以安心下咽的史蒂文森感到愉快和自在。

他现在正体验着鲁滨逊·克鲁索[2]或沃尔特·惠特曼[3]的生活。

> 热爱太阳、大地与生命，
>
> 轻视财富，
>
> 施舍乞者，
>
> 将白人文明当作一大偏见，
>
> 与那些蒙昧的、洋溢着活力的人们一同阔步前行，

---

〔1〕 盆景游戏：日本江户时代到昭和初期盛行的一种儿童游戏，在箱子中放入沙子、石头和模型，模拟山水、庭园。

〔2〕 鲁滨逊·克鲁索：欧洲“小说之父”丹尼尔·笛福的小说《鲁滨逊漂流记》主人公。《鲁滨逊漂流记》讲述了鲁滨逊在一次航海中不幸遭遇到暴风雨的袭击，漂流到一个荒无人烟的孤岛上，他在废船上找到一些工具，依靠自己的力量在荒地上修建住所，种植麦谷，饲养动物，满足自己的生活所需。

〔3〕 沃尔特·惠特曼：美国著名诗人、散文家及人文主义者，有“自由诗之父”的美誉。著有诗集《草叶集》。

在明媚的风与光之间，
体会辛勤劳作而汗流浃背的皮肤下热血奔涌的快感，
勿要忧虑被他人嘲笑，
只说真心所想的话，
只做真心想做的事。

这就是他的新生活。

二

一八九〇年十二月 × 日[1]

五点起床。美丽的鸽子灰的拂晓时分，天色就要渐渐变为明亮的金色。遥远的北方，森林与街市的另一边，大海如同镜子般闪闪发光。然而，环礁之外，似乎依旧波涛汹涌，白浪四起。侧耳倾听，那声音犹如大地的轰鸣一般传入耳中。

快到六点的时候吃早餐。一只橙子，两颗鸡蛋。吃东西时无意间向阳台下看去，正下方的田野里，两三株玉米晃动得很厉害，正觉得奇怪，一株玉米秆倒下了，瞬间隐没在茂盛的叶子中。我立刻下去到了田地里，两头小猪仔慌慌张张地逃走了。

猪的恶作剧实在让人伤脑筋。欧洲的猪已经臣服于人类文明的驯化，而这里的猪完全不同。它们充满野性和活力，甚至或许称得上强健漂亮。我以前一直以为猪不会游泳，然而南太平洋的猪竟然游得有

---

〔1〕 此为史蒂文森的日记。后同。

模有样，我确实见过一头大个头的黑母猪游了有五百码之远。它们十分机灵，懂得把椰子在向阳处晒干后再敲碎。一些凶猛的家伙，有时会袭击小羊羔，将它们咬死。芬妮这一阵子好像每天都在为管束这些猪而忙得焦头烂额。

六点到九点工作。写完前天动笔的《南洋书简》一章，马上去割草。一批土著青年分为四组，做农活，开拓道路。斧头的声音。烟雾的味道。在亨利·西梅莱的监工下，工程进展得十分顺利。亨利原本是萨瓦伊岛的酋长的儿子，就算在欧洲也是一个拿得出手的出色青年。

找到篱笆中丛生的“咬咬草”，或者叫“粘粘草”，动手消灭它们。这种草就是我们最大的敌人。这是一种极度敏感的植物，有着狡猾的知觉——碰到风中摇摆的其他草的叶子时毫无反应，但只要人稍稍一碰，立刻就会闭合叶片。这种植物收紧后就像黄鼠狼一样紧紧咬住，它的根须顽固地缠绕着土地与其他植物的根，就像牡蛎黏附在岩石上一样。收拾完“咬咬草”，开始处理野酸橙。徒手上阵，手被棘刺和带有弹性的吸盘弄得伤痕累累。

十点半，阳台传来螺号声。午饭是冷肉、牛油果、饼干和红葡萄酒。

饭后，打算作诗，但写得不顺利。吹了一会儿银笛，又到外面去忙活开拓通往瓦伊特林加河岸的道路。手中拿着斧头，独自在密林中穿行。头顶上是一棵又一棵交错在一起的参天大树。叶片的缝隙间时而可以看到白色的，如同银色斑点般闪耀的天空。地上也到处都是倒下的大树，阻拦着去路。藤蔓泛滥，或向上攀爬，或朝下低垂，或纠缠在一起，或围绕成环。成串的兰花繁茂地盛开。蕨类植物伸展出妖冶的触手。白星海芋大朵绽放。小树的枝干柔嫩多汁，斧子一挥就能利索地砍断，而坚韧的老枝条很难顺利地砍断。

万籁俱寂。除了我挥舞斧头的声音，什么都听不到。这繁华的绿色的世界，是多么寂寞！这白昼中的庞大的沉默，是多么不同寻常！

突然，远处传来一阵低沉的声响，接着又听到一阵短促而尖厉的笑声。毛骨悚然。一开始的声音，是什么东西的回声吧？笑声似乎是鸟鸣？这里的鸟儿，叫声奇特，像人类一样。日落时的瓦埃阿山，充斥着如同孩子的呼声似的尖锐的鸟鸣声。但是，刚才的声音，总还是有些不一样。最终，还是没法断定那究竟是什么声音。

回去的路上，脑海中突然浮现出一个作品的构思，是以这个密林为舞台的情感故事。这个念头，以及其中的一个情景，像子弹一样贯穿了我。不知道能不能如愿完成，总之，我先把这个构思暂时安放在脑海的一隅孵化着，就像母鸡孵蛋那样。

五点钟吃晚餐。牛肉炖菜、烤香蕉、加了菠萝的波尔多红葡萄酒。

饭后教亨利英语。其实说技能交换更合适，他也教我萨摩亚语。今天学英语，明天要学初等数学。日复一日的沉闷的傍晚时分的学习，亨利怎么能够忍受呢？真是不可思议。在享乐派的波利尼西亚人中，最活泼开朗的就是他们萨摩亚人。萨摩亚人不爱强迫自己。他们喜欢唱歌、跳舞和华美的服饰，是南太平洋海上的摩登一族，他们还喜欢冷水浴和卡瓦酒，以及谈笑、言说和玛兰加——这是指年轻人成群结队从一个村落到另一个村落持续数日的玩乐。到访的村子一定会以卡瓦酒和舞蹈盛情款待他们。

萨摩亚人最为潇洒的是，他们的母语中没有“借钱”或是“借”这种词汇。近来使用的，是取自塔希提语中的词。萨摩亚人原本就不会做借东西这种麻烦的事，都是直接拿走的，因此，也就没有“借”这个词。“拿”“讨”“勒索”——要是这类词，那倒是有很多。各种各样的东西——鱼啊、芋头啊、乌龟啊、草席啊，根据这些拿走的东西的种类，“拿”也会区分出好几个不同的词。

还能举出一个别具闲情的例子。身穿奇特的囚服的土著犯人们，被派去修筑道路，而囚犯们的家人穿着礼拜日的漂亮衣服，带着吃喝去囚犯所在的地方玩耍。工程尚在进展之中，而他们就在道路的中央摆开宴席，和囚犯们整日欢歌痛饮。这傻乎乎的无忧无虑啊！

不过，我们这里的亨利·西梅莱和他的同族人有些不太一样。这个青年有种倾向，他追求非即兴的东西、有组织的东西。他是波利尼西亚人中的异数。与他相比，厨师保尔虽然是白人，但在知识储备上远远逊色于他。说到负责照管家畜的拉法埃莱，他则又是典型的萨摩亚人。萨摩亚人天生体格强健，拉法埃莱也有六英尺四英寸[1]高。他光是个头大，却毫无气魄，慢吞吞的，是一个性格懦弱的家伙。这个形同赫拉克勒斯[2]和阿喀琉斯[3]的彪形大汉，用撒娇一样的口气叫我“爸爸、爸爸”，真是让人受不了。他非常害怕幽灵，傍晚不敢一个人去香蕉田里（平时，波利尼西亚人说“他是人”的时候，意思就是“他不是幽灵，而是活着的人”）。两三天前，拉法埃莱讲了一段有趣的故事。他的一个朋友，看到了死去的父亲的幽灵。傍晚时分，这个人伫立在去世了二十来天的父亲的坟墓前，突然发现，不知什么时候，在珊瑚砂堆起的坟冢上站立着一只雪白的仙鹤。这仙鹤就是父亲的亡魂吧，他一边想一边看着，仙鹤的数量越来越多，也有黑色的仙鹤混杂其中。不知不觉间，它们的身影消失了，取而代之的是一只白猫，停驻在坟冢之上。紧接着，白猫的周围，灰猫、花猫、黑猫……

〔1〕 一英寸等于 2.54 厘米。

〔2〕 赫拉克勒斯：古希腊神话中最伟大的英雄，神勇无比，力大无穷。

〔3〕 阿喀琉斯：古希腊神话和文学中的英雄人物，参与了特洛伊战争，被称为“希腊第一勇士”。

各种各样花色的猫，如幻象一般悄无声息地靠近，而它们的身影又渐渐隐没在四周昏暗的暮色中。这个男人坚信，自己的确看到了变成仙鹤的模样的父亲……

十二月 ×× 日

上午，借来棱镜罗盘仪，开始工作。这个仪器我从一八七一年开始就没碰过，连想都没想起过，但不管怎样，我还是用它画出了五个三角形。这让我重新产生了作为爱丁堡大学工科毕业生的自豪感。可我真是一个懒惰的学生！我不由得想起了布拉奇教授和笛特教授。

下午，又同植物们旺盛的生命力进行了无声的斗争。这样挥动着斧头和镰刀干活，只要能挣出六便士，我的内心就充满了满足感，然而坐在家中的桌前工作，就算赚二十镑，我愚钝的良心还是遗憾自己的懒惰，痛惜自己虚掷了时光。这究竟是为什么呢？

干活的时候，无意间想到，我幸福吗？但是，幸福这种东西深奥难解，存在于自我意识产生之前；而说到快乐是什么，此刻就很清楚。快乐的形态各异，数目繁多——虽然它们都称不上是完美无缺的。在这些快乐之中，我最珍视的是“在热带雨林的静寂中独自一人挥动斧头”这种伐木工作。这项“美好如歌，热情洋溢”的工作的的确确吸引着我。现在的生活，不管用怎样的环境，我都不愿意交换。

但另一方面，说实话，一种强烈的厌恶之情也令我不住地打冷战。也许是硬把自己扔在了和本质并不相符的环境中，所以身体上不由自主地感到了不快吧。那种触碰到神经的粗暴的残酷，总是压抑着我的心。蠢蠢欲动、纠缠不休的不快感。弥漫在周遭的空寂与神秘中的神神道道的恐怖感。我自己身上的颓废感。源源不绝的杀戮的残酷感。我感觉到植物们的生命从我的指尖穿过，它们苦苦挣扎着，就像在哀求一般。我觉得自己仿佛浑身是血。

芬妮得了中耳炎，耳朵好像还在疼。

木匠的马踩碎了十四个鸡蛋。听说昨天傍晚，家里的马逃了出去，在相邻的农田里刨出一个大坑。说是相邻，其实也隔着好一段距离。

身体状态相当好，但体力劳动似乎有点太多了。晚上躺在蚊帐下的床上，后背很疼，像牙疼时那样。近来，每天晚上，我闭着眼睛，眼前还是会出现无穷无尽、生机勃勃的茂密的野草，一株一株清晰可见。也就是说，我筋疲力尽地躺倒的几个小时，也还在精神上重复白天的劳动。即使在梦里，我也在继续撕扯顽固的植物的藤蔓，为荨麻的棘刺伤脑筋，被枸橼的针戳到，还被蜜蜂火辣辣地蜇咬。脚下黏糊糊的黏土，怎么拔都拔不出来的根须，可怕的暑热，突然吹起的微风，附近森林传来的鸟鸣声，有谁捉弄我叫我名字的声音，笑声，打暗号的口哨声……白天的生活，几乎又在梦里重现了一遍。

十二月 ×× 日

昨晚三头小猪被偷了。

今天早上，大个头的拉法埃莱出现在我们面前时一副提心吊胆的样子，于是就对小猪失窃的事套了套他的话，用的都是一些哄小孩的花招。不过，这是芬妮干的，我不太喜欢做这种事。

芬妮先让拉法埃莱坐在她前面，她自己走远一点站在他面前，伸出双臂，用两手的食指指着拉法埃莱的双眼，慢慢靠近，拉法埃莱看到她像煞有介事的样子，脸上已经浮现出恐惧的神色，手指一靠近，就闭上了眼睛。这时，芬妮伸出左手的食指和拇指戳到他两眼的眼皮，右手绕到拉法埃莱的背后，轻轻敲打他的头和背。拉法埃莱以为碰到自己双眼的是左右两手的食指。芬妮收回右手恢复了原先的姿势，让拉法埃莱睁开眼睛。拉法埃莱一脸怪异的表情，问刚才敲打自己后脑勺的是什么。“是附在我身上的妖怪啊。”芬妮说道，“我唤醒了我的妖精哦。已经没事了，偷盗小猪的家伙，妖精会帮我抓起来的。”

三十分钟后，拉法埃莱一副忧心忡忡的样子，又来到了我这里，再三确认刚才讲的关于妖精的话是不是真的。

“是真的哦。小偷今晚睡觉后，妖精也会睡到他那里去哦。这个家伙马上就会生病了吧，这是他偷盗小猪的报应。”

这个笃信幽灵的存在的彪形大汉渐渐露出不安的神色。我并不觉得他就是犯人，但毫无疑问他肯定知道犯人是谁。而且说不定今晚他还要去赴宴，一品小猪的味道。不过对拉法埃莱来说，这顿饭估计不会吃得开心了。

前段时间在森林中产生灵感的那个故事，似乎在脑海中丰满了起来。想将题目取作“乌路法努阿的高原林”。“乌路”就是森林，“法努阿”是土地。这美丽的萨摩亚语。我打算给作品中的岛屿起这个名字。作品还没动笔，但其中各种各样的场景像连环画剧[1]一样接二连三地涌现了出来。也许会成为一篇非常好的叙事诗。其实也有可能会沦落为蹩脚又甜腻的爱情故事。我感觉脑海中灵感的电流蓄势待发，现在正在创作中的《南洋书简》这样的游记什么的，都无法从容地写下去了。在写随笔和诗的时候，我绝不会因为状态这样亢奋而伤脑筋——

〔1〕 连环画剧：一种把故事情节等绘成多幅画面装入相框，依次让人观看，同时念对白解说的曲艺形式。

不过我写的诗是为了喘口气而写的凑趣助兴的诗，不值一提。

傍晚，在参天大树的枝杈间，在群山的背后，晚霞壮阔地燃烧。不久，低地和大海的尽头，一轮满月露出了脸，天冷了起来，这块土地上少有这样的寒冷。没有一个人睡得着，大家都起来找被子盖。这是几点了呢？——外面如同白昼一样明亮。月亮正挂在瓦埃阿山的山巅，恰是正西方向。连鸟儿们都悄无声息，安静得出奇。屋子后面的森林似乎也因寒冷而阵阵作痛。

温度肯定降到了六十度[1]以下。

三

新年伊始，一八九一年正月的时候，劳埃德从伯恩茅斯的旧宅斯凯里沃尔庄园带着所有家财物什来到了这里。劳埃德是芬妮的儿子，已经二十五岁了。

十五年前，史蒂文森在枫丹白露的森林初次遇见芬妮的时候，她已经是一个年近二十的女孩和一个九岁的男孩的母亲了。女孩名叫伊莎贝尔，男孩叫劳埃德。当时，芬妮在户籍上仍是美国人奥斯本的妻子，但早已离开丈夫远渡欧洲，一边从事杂志撰稿人的工作，一边独自抚养两个孩子。

三年之后，芬妮已经回到了加利福尼亚，而史蒂文森为了追随她，来到了大西洋的另一端。父亲几乎与他断绝了关系，朋友们因担心他

〔1〕 华氏温度六十度，约为十六摄氏度。

的身体对他苦口婆心的劝告也被史蒂文森抛诸脑后，他就在极其恶劣的健康状况和糟糕得不能再糟糕的经济条件下出发了。当终于到达加州时，他几乎已经濒临死亡的边缘。但是，好歹保住性命的他，第二年，终于在芬妮和前夫离婚之后，和芬妮结成了眷属。比史蒂文森大十一岁的芬妮那时是四十二岁。前一年，女儿伊莎贝尔成了斯特朗夫人，生下长子，芬妮已经做了祖母。

一个是饱尝世间辛酸的美国中年熟女，一个是娇生惯养我行我素的苏格兰天才青年，两人的婚姻生活就这样开始了。不过，由于丈夫体弱多病，而妻子年长成熟，不久之后，两人的关系就从夫妻变得更像艺术家和他的经纪人。芬妮具备了史蒂文森所欠缺的实际生活的才能，作为他的经纪人，确实是优秀的。但有时优秀过了头，也难免令人不快。特别是有时候她不仅充当经纪人，还试图插手作品的评论。

实际上，史蒂文森的原稿，芬妮一定要经手校阅一遍。将史蒂文森花了三个通宵写成的《化身博士》[1]的初稿投入炉火中的，就是芬妮。将结婚以前的爱情诗歌扣下坚决不让拿去出版的，也是她。在伯恩茅斯，以丈夫身体状况不佳为由，死活不肯放所有老朋友进病房的，还是她。对此，史蒂文森的朋友们也十分不满。心直口快的威廉·欧内斯特·亨利[2]——就是把加里波第将军视作诗人的那个人，他第一个表示了愤慨，说那个肤色偏黑、眼如鹰隼的美国女人为什么非要多管闲事，还说因为那个女人，史蒂文森完全变了一个人。这位豪爽的红胡子诗人，如果是在自己的作品之中，可以充分冷静地旁观友情

〔1〕《化身博士》(Strange Case of Dr Jekyll and Mr Hyde)：罗伯特·路易斯·史蒂文森的名作，讲述了体面绅士亨利·杰基尔博士喝了自己配制的药剂分裂出邪恶的海德先生人格的故事。

〔2〕 威廉·欧内斯特·亨利(William Ernest Henley)：英格兰诗人、文学评论家。

因家庭或是妻子而遭受的影响，可在实际生活中，他最有魅力的朋友就在他眼前被一个妇人夺走，这令他难以忍受。

史蒂文森自己也的确对芬妮的才能有一些判断错误的地方。但凡是有点聪明劲儿的女人都本能地具备的对男性心理的敏锐的洞察力，以及新闻工作者特有的才能，史蒂文森把这些高估为艺术方面的品鉴能力。之后，他也意识到自己失误了，有时会因妻子那难以接受的评论而大伤脑筋——说是评论，其实过于强硬，算得上是干涉了。在一首谐趣诗中，他无可奈何地描写芬妮是“像钢铁一样认真、像刀刃一样强硬的妻子”。

劳埃德在和继父共同生活期间，不知不觉产生了自己也要写小说的念头。这个青年也像他的母亲一样，似乎拥有许多新闻撰稿人所拥有的才能。儿子写的东西由父亲加以润色，再由母亲点评，一家人呈现出这样奇妙的景象。父子俩以前合作过一部作品，这次在瓦伊利马一起生活之后，又计划共同创作一部新的作品《退潮》。

到了四月，宅地终于建好了。房屋被草坪和木槿花包围，是一栋暗绿色的有红屋顶的木质二层小楼，让土著大开眼界。史蒂布朗先生，或者史特莱文先生（他们中很少有人能正确地读出史蒂文森的姓氏），又或者茨西塔拉（这在土语里是“讲故事的人”的意思），毫无疑问，他们已经把他当作富豪、大酋长，很快，他的豪华（？）宅邸的传闻，就乘着独木舟，远远地流传到了斐济、汤加诸岛。

不久，史蒂文森的老母亲从苏格兰来到这里，开始和他们一同生活。与此同时，劳埃德的姐姐斯特朗·伊莎贝尔夫人带着大儿子奥斯汀也来到了瓦伊利马与他们会合。

史蒂文森的健康状况难得地处在巅峰状态下，连伐木和骑马都不怎么觉得累。每天早上一定会进行五个小时左右的写作。修筑房子花掉了三千英镑的他，就算不情愿也不得不奋笔疾书。

四

一八九一年五月 × 日

在自己的领地以及周边地区探险。瓦伊特林加河流域前几天去过了，所以今天去探一探瓦埃阿河的上游。

在丛林中大致估摸着方向向东行进。终于来到了河边。最初的一段河床是干涸的。带了我的马杰克来，但河床上的树木低矮茂密，马无法通过，所以暂且把杰克拴在了丛林间的树上。追溯着干涸的河道向上，走着走着，山谷逐渐狭窄，到处都是洞窟，还有横倒的树木，不用弯腰就可以从下面穿过去。

河道急转向北。传来了水声。走了不一会儿，面前竖着一座高耸的岩壁，水像一面垂着的帘子一样顺着石壁浅浅地流下来，立刻潜入地下，消失了踪迹。岩壁看起来不好攀登，于是便顺着树木爬上了旁边的堤岸。青草的气息弥散开来，闷热闷热的。含羞草的花朵。蕨类植物的触手。身体中的脉搏强烈地律动着。突然，好像有什么声音，侧耳细听，好像是水车转动发出的声响，而且像是巨大的水车就在脚下发出轰隆隆的鸣响，又或者像遥远的雷声一样。声音响了两三回。每当这声音变强，寂静的大山似乎整个儿都晃动了起来。是地震。

继续沿着水道行进。这一次，走到了水量丰沛的河段。河水澄澈，冰冷刺骨。夹竹桃、枸橼树、露兜树、橘子树……各种树木形成了一片遮天蔽日的天井，在下面走了一会儿，水又消失了，渗入了地下溶洞的长廊中，而我走在长廊的上面。犹如身处被树木掩埋的井底，怎么走也走不出去。走了好一阵子，繁茂的绿意终于渐渐淡去，透过树叶的缝隙可以看到天空。

突然，传来了牛的叫声。应该是我们的牛，但牛未必认得我是它的主人，所以很是危险。我停下脚步，小心地审视着情况，妥当地避开冲突。走了一会儿，面前出现了层层叠叠的熔岩的山崖，山崖上垂下一道浅浅的美丽的瀑布。下面的小水洼中，指头大小的鱼儿的身影灵活地游弋着。参天大树枯朽倾倒下来，一半浸泡在水中，露出树洞。溪流底部，一枚岩石红得像红宝石一样，十分不可思议。

很快，河床又干涸了，终于走上了瓦埃阿山陡峭的山坡。河床的痕迹消失了，我登上了山顶附近的高地。彷徨了片刻，发现在高地临近东侧大峡谷的边缘，有一棵壮观的大树。那是一棵榕树，约有两百英尺高。巨大的树干和它麾下数不清的气根，如同肩负着地球的阿特拉斯[1]一样，支撑着那些如怪鸟张开羽翼一般庞大的丛丛簇簇的枝条。而在高耸如山的枝条之中，蕨类植物和兰科植物又各自成片地繁茂地生长着，如同一片森林。茂密成群的枝条，形成了一个大得惊人的圆形顶篷。重叠交错，生机勃勃，高高地迎向临近傍晚的明亮的西方的天空，影子从东边数英里的山谷蜿蜒着伸展开来，一直覆盖到田野。这是多么豪迈、壮阔的景象啊！

天色已晚，我急急忙忙踏上了归途。来到拴马的地方一看，杰克已经快疯掉了，大概是因为被丢在森林里孤零零地待了半日，它害怕

〔1〕 阿特拉斯：古希腊神话中的巨人神，提坦族神之一，在与奥林匹斯众神的战斗中被打败，受到惩罚，支撑天空。

极了。土著说瓦埃阿山有一个名叫阿依特·法菲奈的女妖出没，说不定杰克看到了她。好几次差点被杰克踢到，这才把它哄好，带了回去。

五月 × 日

下午，和着贝尔（伊莎贝尔）的钢琴吹银笛。克拉克斯通神父来访，想把《瓶中精灵》翻译成萨摩亚语，刊登在《欧·雷·萨尔·欧·萨摩亚》杂志上。我欣然答应了他。在自己的短篇中，很早以前写的《丑陋的珍妮特》，以及这篇寓言，是我最喜欢的。因为是以南洋为舞台的故事，所以说不定土著会喜欢，我从而也越发会被他们称作茨西塔拉——讲故事的人。

晚上，入睡后听到下雨的声音。遥远的海上隐约划过闪电的影子。

五月 ×× 日

下山进城去。几乎整整一天都在为汇兑的事焦头烂额。银价的涨落，在这个地方是一个巨大的问题。

下午，港内停泊的船只们挂起了挽旗。是娶了土著的女儿为妻的、被岛民亲切地叫萨梅索尼的船长哈密尔顿去世了。

傍晚，向美国领事馆的方向走了走。美丽的满月之夜。转过马塔乌托的拐角，前方传来了赞美诗的合唱声。逝者家的阳台上，许多土著女人正在歌唱。成了未亡人的梅艾丽坐在家门口的椅子上。（她和唱歌的人一样也是萨摩亚人。）她认得我，叫我进去在她旁边坐下。在屋里的桌子上，横陈着用床单包裹着的故人的遗骸。赞美诗终了后，土著牧师站起来开始讲话。是一段很长的讲话。供奉神明的灯火的光芒从门和窗子流泻出去。许多褐色皮肤的少女坐在我附近。闷热得要命。牧师的讲话结束了，梅艾丽领我进了里面。已故的船长手指交叉平放在胸前，面容安详，似乎现在仍可以开口说些什么。这样鲜活而美丽的蜡雕面孔，我还从没有见过。

我施了一个礼，走到外面。月色明亮，不知哪里飘浮着柑橘的香气，我的故人已经终结了这一世的纷纷扰扰，在这美丽的热带的夜晚，在少女们歌声的包围中，静静地安眠。我对他产生了一种甜美的羡慕之情。

五月 ×× 日

听说编辑和读者对《南洋书简》不满，说："南洋研究的资料集锦，或者学术性的观察，别人也能写。读者对罗伯特·路易斯·史蒂文森先生所期望的，本来就是他那华丽的文笔所描绘出的南太平洋奇特的冒险诗篇。"别开玩笑了。我在写那个底稿时，脑中浮现的范本是十八世纪风格的游记文，是一种控制作者的主观情绪、坚持就事论事的行文方法。《金银岛》的作者只要一直去写海贼和埋藏的宝物就行了吗？没有资格研究南太平洋的殖民状况、土著的人口减少现象和布教情况吗？让我受不了的是，连芬妮都和美国的编辑意见相同，说"比起精准的考察，还是写写华丽有趣的故事更好"。

说起来，我最近渐渐开始厌倦自己一直以来那种文采绚丽的描写方式。最近我的文风，有如下两个目标：一、彻底消灭没有用处的形容词；二、挑战视觉性的描写。不管是《纽约太阳报》的编辑还是芬妮或者劳埃德，都不明白这些。

《沉船打捞队》的写作顺利地进行着。除了劳埃德，还多了伊莎贝尔这位更加细致的笔录者，对我大有帮助。

向统管家畜的拉法埃莱询问了现在家畜的数目，他回答说有乳牛三头，小牛犊公母各有一头，八匹马——到这为止是我不问也清楚的。还有三十几头猪，家鸭和鸡跑得到处都是，几乎数不清，此外还有很多为所欲为的野猫。野猫也算作家畜吗?

五月 ×× 日

城里来了环岛巡演的马戏团，于是全家出动去观看。晌午，在巨大的天篷下，土著男女喧哗着，我们一边沐浴着和煦的微风，一边观看了杂技。对我们来说，这就是唯一的剧场。我们的普洛斯彼罗就是踩着球的黑熊，米兰达则在马背上狂舞着钻过了火圈[1]。

傍晚，回家。不知为何心情有些低落。

六月 × 日

昨晚八点半左右，正和劳埃德待在房间里的时候，一个十一二岁的少年仆人米塔伊埃莱来了，说和他住在一起的帕塔利瑟突然开口说些奇怪的东西，非常可怕。帕塔利瑟是一个十五六岁的少年，最近由户外劳动晋升到室内差遣，他是瓦里斯岛人，完全不会英语，萨摩亚语也只懂五个词。米塔伊埃莱说他嘴里念叨着“我现在就要去见森林里的家人”，完全听不进去别人的话。我问他:“那个孩子的家在森林里吗?”“怎么会呢?”米塔伊埃莱答道。

我马上和劳埃德去了他们的卧房。帕塔利瑟看起来像是睡着了，但在说着什么胡话。时不时发出受到惊吓的老鼠的声音。摸了摸他的

〔1〕 普洛斯彼罗和米兰达都是莎士比亚戏剧《暴风雨》中的人物。该剧讲述了米兰公爵普洛斯彼罗被弟弟安东尼奥篡夺了爵位，只身携带襁褓中的独生女米兰达逃到一个荒岛，并依靠魔法成了岛的主人。后来，他制造了一场暴风雨，把经过附近的那不勒斯国王和王子斐迪南及陪同的安东尼奥等人的船只弄到荒岛，又用魔法促成了王子与米兰达的婚姻。最终，普洛斯彼罗恢复了爵位，宽恕了敌人，返回家园。

身体，是冰凉的。脉搏并不快。一呼吸，肚子就大幅度地一上一下。突然，他坐起来，低垂着脑袋，用一种好像要向前栽倒似的姿势，向门口走去。不过他的动作并不快，慢悠悠的，像是发条松了的机械玩具，非常奇怪。劳埃德和我抓住了他，让他平躺在床上，但过了一会儿他又要逃出去，这次他来势凶猛，大家只好用床单和绳子什么的把他捆在了床上。帕塔利瑟就这样被束缚着，嘴里仍念念叨叨的，有时还像发脾气的孩子一样哭泣。他除了反复说着“法阿莫雷莫雷”——意思是“请一定如何如何”，好像还在说“家里人在叫我”。不久，少年埃里克和拉法埃莱、萨维亚赶来了。萨维亚和帕塔利瑟来自同一个岛，能和他自由地交谈。我们交由他们来善后，然后回了房间。

突然，埃里克喊我。急忙赶了过去，发现帕塔利瑟完全挣脱了捆绑，被大个头的拉法埃莱抓住了，正在玩命地反抗。五个人合力想要制服他，但处在癫狂状态的帕塔利瑟力大无比。劳埃德和我各自压在他的一条腿上，结果两个人都被甩出去两英尺高。直到凌晨一点左右，才好不容易制住了他，把他的手腕、脚腕绑在了铁制的床脚上。我们也不愿意这么干，实在是事出无奈。这之后，他发作起来也是一次比一次激烈。不过不碍事了。这简直就像是赖德·哈格德[1]笔下的世界。说起哈格德，他的弟弟现在担任土地管理委员一职，住在阿皮亚城里。

拉法埃莱说：“这疯子的情形太糟糕了，我去把家里祖传的秘药拿来。”说着便出去了。过了一会儿，他拿来几片并不常见的树叶，嚼了嚼，贴在中了邪的少年的眼睛上，又往他的耳朵里滴了这叶子的汁水——这似乎是《哈姆雷特》里的场面？还有鼻孔也被塞住了。两点

〔1〕 赖德·哈格德：英国小说家，作品以浪漫爱情和冒险故事为题材。著有《所罗门王的宝藏》。赖德·哈格德常年住在非洲，担任过南非纳塔尔省省长秘书。

左右，疯了的帕塔利瑟陷入了梦乡，一直到早上都没有再发作。

今天早上，我询问拉法埃莱，他说："那药若是用得不妥，轻轻松松就可以将人全家灭门，是剧毒药，我有点担心昨晚是不是有点用过头了。除了我，在这个岛上还有一个人知道这个秘方。是一个女人，那个女人还曾用它干过坏事。"

我请入港的军舰上的医生今天早上过来，给帕塔利瑟看了看，说没什么异常。少年执意说今天要工作，早饭的时候，来到大家跟前，亲吻房间里的每一个人，大概是要为昨晚的所作所为谢罪。这疯狂的接吻让大家都有点受不了。但是，土著都相信帕塔利瑟说的那些胡话。有人说帕塔利瑟家死去的族人全都从森林中来到了卧房，召唤这个少年去幽冥之界；有人说一定是最近去世的帕塔利瑟的哥哥那天下午在丛林中碰见了少年，敲打了他的额头；还有人说我们昨晚和死者的幽灵战斗了一晚上，亡灵们终于败退，不得不逃往他们居住的昏暗的夜色中去。

六月 × 日

柯文[1]寄来了照片。不常多愁善感的芬妮不知不觉潸然泪下。

朋友！现在的我，是多么缺少朋友啊！在各种意义上可以对等交谈的伙伴。拥有共同经历的过去的伙伴。不需要在谈话中解释来解释去的伙伴。口头上无拘无束，而内心十分尊敬的伙伴。这样舒适的气候，这样生机勃勃的日子里，唯一美中不足的，就是这点了。柯文、巴克斯特、威廉·欧内斯特·亨利、戈斯[2]，还有稍晚一些结识的亨

〔1〕 柯文：即西德尼·柯文（Sidney Colvin），史蒂文森的传记的作者和经纪人。

〔2〕 戈斯：即埃德蒙·威廉·戈斯（Sir Edmund William Gosse），英国诗人、作家、文学史家、文学评论家。

利·詹姆斯[1]，想一想，我的青春时代得到了丰沛的友谊的眷顾，朋友们都是一些比我出色的家伙。和亨利闹僵了，是我现在最为悔恨不迭的事情。从道理上讲，我完全不觉得自己错了，但这不是讲道理的问题。那个卷头发红脸膛、只有一只脚的高大的男人，和苍白瘦削的我，曾一起在秋日的苏格兰旅行，想想那时，我们二十来岁，精力充沛，欢声笑语。那个男人的笑声——“不只是脸和横膈膜的笑容，而是从头到脚遍及全身的笑容”，现在都似乎还能听到。那可真是一个不可思议的家伙。和他说话的时候，会觉得世界上不存在不可能的事情，说着说着，好像连我也成了富豪、天才、王者，成了手握神灯的阿拉丁……

从前那些熟悉的老面孔不由得一一浮现在我眼前。为了逃避无用的感伤，我躲进了工作之中，写前些天开始动笔在写的萨摩亚纷争史，或者说是萨摩亚的白人暴行史。

但是，离开英国和苏格兰，已经整整四个年头了。

五

在萨摩亚，地方自治的制度自古以来相当根深蒂固。名义上是国王，但国王几乎没有政治上的实权。实际的政治全都是由各地方的“佛诺”，也就是会议来决定。国王不是世袭的，也不是常设的。自古以来，这片群岛上，有五个荣誉称号，用来

〔1〕 亨利·詹姆斯（Henry James）：美国小说家、文学批评家、剧作家、散文家。

赋予王位的继承者。各个地方的大酋长，凭借名望或是功绩，获得了全部的五个称号，或是超过半数，就会被推举坐上王位。而且，通常情况下，一个人兼得五个称号的情况极为罕见，大多数时候除了国王之外，还有其他人拥有一个或两个称号。因此，国王的位置不断地受到其他拥有王位请求权的人的威胁。可以说，这种状况中必然包藏着内乱纷争的隐患。

——J·B·斯特阿《萨摩亚地方志》

一八八一年，五个称号之中，拥有“马里艾特阿”“纳特爱特雷”“塔玛索阿里”这三个称号的大酋长拉乌佩帕被推举登上了王位。拥有“茨依阿纳”称号的塔玛瑟瑟，和拥有另一个称号“茨依阿托阿”的玛塔法，会轮流登上副王[1]的位置，首先从塔玛瑟瑟开始当副王。

正是从这个时候起，白人开始强烈地干涉内政。以前，是“佛诺”（会议）以及其实际掌权者“茨拉法来”（大地主）在控制国王，而现在，则由住在阿皮亚城中的极少数的白人取而代之了。一直以来，在阿皮亚，英、美、德三国各自设有领事。但最有权力的并不是领事，而是德国人经营的南海拓殖商会。在岛上的白人贸易商中间，这个商会简直就是小人国里的格列佛。从前，掌管商会的经理人曾兼任过德国领事，后来，德国的另一位领事是一个年轻的人道主义者，反对商会对土著劳动者的虐待行径，这位经理人与他发生了冲突，迫使其辞职。自阿皮亚西郊的穆里努海角到其附近一带广阔的土地，是德国商会的农场，那里栽培有咖啡树、可可、菠萝等作物。近千名劳工主要来自比萨摩亚更偏远的未接受文明开化的岛屿，或是作为奴隶从遥远的非

〔1〕 副王：设置于欧洲一些国家的领土或殖民地代行国王之职的高位行政官。

洲被带来的。

黑人和棕色皮肤的劳工们被强制进行超负荷的劳动，遭受白人监工的笞打，日日都能听到他们的悲鸣。不断有人出逃，但大部分被抓了回来，或是被杀死了。另一方面，早在很久以前就不再有吃人的陋习的这片岛屿，流传开来一个奇怪的谣言，说外地来的黑皮肤的家伙会抓岛民的孩子来吃。萨摩亚人的肤色是浅黑甚至是棕色的，所以非洲的黑人在他们眼里应该很可怕吧。

岛民对商会的反感情绪逐渐高涨。在土著眼中，整修得漂漂亮亮的商会的农场，就像公园一样，但商会不允许他们自由进入这里，对生性喜好玩乐的土著而言，这是一种不讲道理的侮辱。他们辛辛苦苦种出的大片的菠萝，自己不能吃，全都装到船上运去了别处，对大多数土著来说，这简直既愚蠢又荒谬。

晚上潜入农场破坏农田的行为风行一时。这种行为被看作是罗宾汉[1]式的侠义之举，博得了岛民们的喝彩。当然，商会方面也不会听之任之。抓到犯人之后，马上投进商会内私设的监狱里。不仅如此，商会反而还利用这一事件，伙同德国领事逼迫拉乌佩帕王，不仅索要赔偿，甚至威胁他在私自拟定的对白人，特别是德国人有利的税法上签字。从国王到岛民，都不堪忍受这样的压迫。他们计划找英国做靠山，于是，国王、副王以及下至各大酋长做出了决议，要求“将萨摩亚的支配权委托给英国”，实在是荒唐之至。这个决议无异于饮鸩止渴。消息立刻传到了德国方面，暴怒的德国商会和德国领事，立刻将拉乌佩帕从穆里努的王宫赶了出去，并打算扶持从前的副王塔玛瑟瑟

〔1〕 罗宾汉：英国传说中的侠盗，12 世纪左右住在诺丁汉郡夏伍德的森林里，以其拿手的箭术惩罚坏官吏，救济穷人。他是英国人民十分喜爱的一个人物。

代替他继任。也有传闻说，塔玛瑟瑟勾结德国人，背叛了国王。总之，英美两国反对德国的方针。

纷争持续不休，最终，按照俾斯麦的行事作风，德国将五艘军舰驶进阿皮亚港，在其武力震慑下断然发动了政变。塔玛瑟瑟成为国王，拉乌佩帕逃往了南方的山地深处。岛民不服从新任国王，但各地的暴动都不得不沉寂在德国军舰的炮火之下。

前任国王拉乌佩帕摆脱了德军的追踪，从一片森林辗转到另一片森林，四处藏身。一天夜里，从他的一个心腹酋长那里来了一个使者，说："如果明天早晨您不在德国军营前现身，这个岛上将会发生更大的灾祸。"拉乌佩帕这个人虽然意志薄弱，但没有丧失作为这个岛上的贵族所具备的一片道义之心，他立刻做好了牺牲自己的心理准备。那天夜里，他来到阿皮亚城里，悄悄会见了从前的副王候补者玛塔法，向他托付了后事。玛塔法知道德国对拉乌佩帕提出的要求，据说拉乌佩帕会被德国军舰带往某处，短暂地待一阵子。不过玛塔法还补充说，德军船长保证，在船上他们会尽可能厚待前任国王。拉乌佩帕并不相信。他心中意识到，自己再也不会踏上萨摩亚的土地了。他给全萨摩亚人民写下了一封诀别信，交给了玛塔法。二人挥泪告别，拉乌佩帕前往德国领事馆。当天下午，他被带上德国军舰俾斯麦号，不知去向。他在诀别信中满目悲凉：

"我深爱我的岛屿，深爱我全体萨摩亚人民，因而我向德国政府交出自己。随他们怎样处置我吧。我不愿看到，高贵的萨摩亚之血，因我之故再度流淌。但是，我仍旧不知，我究竟所犯何罪，使他们这些白皮肤之人，对我、对我的国土如此愤怒……"最后，他伤感地呼唤着萨摩亚每个地方的名字，"马诺诺啊，永别了。茨茨伊拉啊，永别了。阿阿纳啊，萨法拉依啊……"岛民读后，无不落泪。

这些事发生在史蒂文森定居这个岛的三年之前。

岛民们对于新王塔玛瑟瑟十分反感。众望所归的是玛塔法。暴动此起彼伏，在玛塔法自己还没意识到的时候，他已经自然而然地受到了拥戴，成为叛军的首领。拥立了新王的德国，和与之对立的英美，双方矛盾日渐激化——英美倒也并非对玛塔法抱有什么善意，只是为了对抗德国，事事都要和新王做对。从一八八八年秋天起，玛塔法公然招募士兵，盘踞在山岳密林地带。德国军舰在沿岸来回巡航，向叛军部落投掷大炮。英美对此发出抗议，三国的关系已经踏入了极其危险的境地。玛塔法屡次攻破新王的军队，将其驱逐出穆里努，围困在阿皮亚东面一处叫拉乌利伊的地方。为救援塔玛瑟瑟王而登陆作战的德国军舰的陆战队，在方加利峡谷惨败给了玛塔法的军队。许多德国兵战死了，岛民们要说高兴，倒不如说自己都吃了一惊。因为从前被视作半人半神的白人，被他们的棕色皮肤的英雄打倒了。塔玛瑟瑟王逃亡到了海上，德国支持的政府彻底崩溃了。

大发雷霆的德国领事，企图用军舰向整个岛施加过激手段。英美，特别是美国，再次直接表明了反对，各国紧急调派军舰驶到阿皮亚港，事态更加紧迫了。一八八九年三月，阿皮亚湾内，两艘美国军舰、一艘英国军舰和三艘德国军舰对峙，阿皮亚城后的森林里，玛塔法率领的叛军正虎视眈眈地窥视着情况。正是战事一触即发的时刻，老天挥动着绝妙的剧作家的手腕，震惊了人们。历史性的惨剧，一八八九年的大飓风袭来了。无法想象的大暴风雨持续了几乎一个昼夜之后，到前一天傍晚为止还停泊在那里的六艘军舰当中，遭受了巨大的损毁，还勉强浮在水面上的，只剩一艘。已经无暇顾及是敌是友，白人和土著为灾后重建工作忙作一团。就连潜伏在阿皮亚城后密林中的叛军们，也来到了城里和海岸上，收容尸首，看护伤者。这种时候，德国人也不打算抓捕他们了。这场惨祸意外地缓和了双方对立的感情。

这一年，远在柏林，关于萨摩亚的三国协定确立了。依照协定，萨摩亚依然拥有名义上的国王，由英、美、德三国人组成的政务委员会对其进行辅佐。凌驾于这个委员会之上的政务长官，和掌握全萨摩亚司法权的大法官（法院院长），这两位最高官吏要从欧洲派遣过来，并且从今往后选定国王时必须获得政务委员会的赞成。

同一年，即一八八九年末，两年前登上德国军舰消失之后音信全无的前前任国王拉乌佩帕，突然形容憔悴地回来了。他在监押护送之下辗转颠簸于各地，从萨摩亚到了澳大利亚，又从澳洲去往德国占领下的非洲西南部，再从非洲到达德国本土，从德国辗转至密克罗尼西亚。不过，他的回归，是因为要作为傀儡国王再度被推上王位。

如果有必要选出一位国王，那么不管是按即位顺序，还是按人品声望，都理所当然应该选玛塔法。但是他的剑上沾满了方加利峡谷的德国水兵的鲜血，德国人坚决反对玛塔法当选。玛塔法自己也并没有那么急迫地想坐上王位。他乐观地认为，早晚会轮到自己当国王的，而且他对两年前含泪作别、如今落魄而归的老前辈怀着同情。但拉乌佩帕这边，起初是打算把王位让给实力最强的玛塔法的。他本来就是一个意志薄弱的人，长达两年的流放中，在源源不断的不安和恐怖的折磨下，已经彻底失去了称霸的心气。

硬生生地扭曲了这两个人的友情的，是白人们的谋划和岛民们汹涌的党派意识。政务委员会不由分说地指派拉乌佩帕即位，之后不到一个月，让当时关系尚好的两人大为震惊的是，出现了传言，说国王和玛塔法不和。两人心中有了隔阂，这之后，又实际经历了一系列不可思议的令人痛心的事情，两人的关系就真的出现了裂痕。

从刚来到这个岛的时候，史蒂文森就对这里的白人对待土著的方式愤愤不平。他们这些白人，从政务长官到走街串岛的小贩，人人来这里都一心只想着赚钱，这对萨摩亚而言就是灾难。在这一点上，英、美、德三国是没什么区别的。除了极少数的牧师，他们中没有一个人是因为热爱这个岛和岛上的人民而留在这里的。史蒂文森起初是惊讶，之后是愤怒。按照殖民地的常识来考虑的话，也许他对此惊讶才显得十分荒谬，但他动了真格，投稿给远在伦敦的《泰晤士报》，控诉了岛上这种种现状——白人的横暴、傲慢、无耻，土著的凄惨……但是，人们对这封公开信只报以了冷笑，说这位伟大的小说家对政治的无知简直令人惊讶。

史蒂文森一贯看不起那些“唐宁街的俗人们”，就连以前听说首相格莱斯顿淘遍旧书店寻找《金银岛》[1]的初版，都没能勾起他的虚荣心，反而心中不快，总觉得这件事有些荒唐。他不熟悉政治是事实，但他认为殖民政策也要从关爱土著开始，他绝不认为自己的这个观点是错误的。他对于这个岛上的白人的生活和政策的指责，在他和阿皮亚的包括英国人在内的白人们之间，筑起了一道鸿沟。

史蒂文森十分留恋故乡苏格兰的高地人的氏族制度。这种制度和萨摩亚的族长制度有相似之处。他第一次见到玛塔法时，就从他堂堂的体态和威严的仪表中看出了属于真正的族长的魅力。

玛塔法住在阿皮亚以西七英里的地方。他虽然不是形式上的国王，但同官方承认的国王拉乌佩帕相比，拥有更多的声望、更多的部下和

〔1〕《金银岛》：史蒂文森代表作之一，讲述的是18世纪中期英国少年吉姆从垂危水手彭斯手中得到传说中的藏宝图，在当地乡绅支援下组织探险队前往金银岛，并与冈恩众人智斗海盗，最终平息叛变并成功取得宝藏的故事。

更多的王者风范。他对白人委员会拥立的现在的政府，从没有过任何反抗态度。连白人官员自己都耽误纳税的时候，只有他规规矩矩地纳税；如果有部下犯罪，他也随时听从大法官的召唤。尽管这样，不知从什么时候起，他还是被当作现在的政府的一大敌人，他们畏惧他、忌惮他、憎恶他。还有人告密说他在秘密收集弹药。岛民要求改选国王的呼声已经威胁到了政府，这虽然是事实，但玛塔法本人一次都没提过这样的要求。他是一位虔诚的基督徒，独身，现在已年近六十，但他自己常说，二十年来，他发誓在男女关系上要以主在这个世上的生活方式来生活，并且也践行了这个誓言。每天晚上，来自岛上各个地方的讲故事的人围坐在灯下，玛塔法听他们讲述古老的传说和史诗，这是他唯一的乐趣。

六

一八九一年九月 × 日

最近，岛上流传着一些稀奇古怪的传闻。“瓦依辛佳诺的河水染成了红色。”“在阿皮亚湾捕捞起的怪鱼肚子里写着不祥的文字。”“酋长会议时，没有头的蜥蜴在墙壁上乱跑。”“一到晚上，阿波利马河道上空的云层中就会传来毛骨悚然的叫喊声，那是乌波鲁岛的众神和萨瓦伊岛的众神在打仗。”土著们一本正经地把这当作即将到来的战争的前兆。他们期待着玛塔法什么时候起来举事，推倒拉乌佩帕和白人们的政府。这也是应该的。现在的政府的所作所为实在太过分了。这群公职人员贪享着巨额俸禄——至少在波利尼西亚算得上一笔巨款，但游手好闲，没有——完全没有一丝一毫建树。大法官切达尔克兰茨，就个人而言不算讨厌，但作为官员一无是处。说到政务长官冯·皮尔扎哈，他总是在伤害岛民的感情，只管收税，却一条路也不修。上任以来，一次都没有委任过土著做官。不管是对阿皮亚市，还是对国王，或是对这个岛，他都一毛不拔。他们根本就忘记了自己身在萨摩亚，忘记了还有萨摩亚人的存在，萨摩亚人也是有眼睛、有耳朵和有一些智慧的。政务长官做的唯一一件事，就是提议给自己修建富丽堂皇的官邸，而且已经开工了。但是，拉乌佩帕王的住所就在这座官邸的正对面，是一幢在岛上也只算中流以下、上不了台面的建筑物，或者还不如说是个小破茅屋？

看看上个月政府的人事费用的明细吧。

大法官的俸禄	500 美元
政务长官的俸禄	415 美元
警察署长（瑞典人）的俸禄	140 美元
大法官秘书官的俸禄	100 美元
萨摩亚王拉乌佩帕的俸禄	95 美元

窥一斑而知全豹。这就是新政府治下的萨摩亚。

罗伯特·路易斯·史蒂文森这个对殖民政策一无所知的文人，多管闲事，对愚昧的土著寄予廉价的同情，看上去就像堂吉诃德。——这是阿皮亚的一个英国人说的。先谢谢他，拿我的所作所为和那个奇特的义士的博爱做比较，这是我的光荣。事实上，我确实对政治一无所知，并且以不知道为傲。我也不知道在殖民地或是半殖民地，所谓常识是什么。即便我知道，但作为文学家，只要我没有发自内心地认同它，我就不会以这种常识作为行为准则。

只有真实、直接、使我铭感于心的东西，才会让我或是艺术家们付诸实践。说起来，对现在的我来说，那个“能直接感受到的东西”，就是“我已经不再是用旅行者好奇的目光，而是用一个居民的依恋之情，开始热爱这个岛，和岛上的人们”。

总之，内乱迫在眉睫，一定要想办法阻止其发生，还要阻止可能诱发内乱的白人的压迫。但是，在这些事情上我是多么无能为力！我连选举权都还没有。见了阿皮亚的要人们，试着谈了我的想法，但我觉得他们并没有认真对待我。勉强听我讲话，也不过是看在我是文学家的分上。我走之后，他们肯定少不了对我嘲讽。

我痛感自己的无能为力。眼看着这些恶劣、不公、贪欲日复一日变本加厉，却对此束手无策！

九月 ×× 日

马诺诺又发生了新的争端。简直了，再没有一个地方像这个岛一样净是骚动。虽然是一个小岛，但整个萨摩亚七成的纷争，都是从这里发生的。马诺诺岛上站在玛塔法这边的青年们，袭击了拉乌佩帕的支持者的家，还烧毁了他们的房子。岛上陷入了巨大的混乱。大法官刚好去了斐济，正在进行奢豪的公款旅游，于是政务长官皮尔扎哈亲自赶赴马诺诺，独自上岛劝说暴徒——可见这个人倒是勇气可嘉，他还命令犯人们自己去阿皮亚自首。犯人们也很有男子汉的样子，自己来到了阿皮亚。他们受到了六个月监禁的宣判，马上被关进牢房。陪他们一起来的其他剽悍的马诺诺人，在犯人们经过城中押送到牢狱的途中，大声呼喊道：“一定会想办法救出你们的！”在三十名荷枪实弹的士兵的包围中前进的犯人们回答道：“不用了。不要紧的。”

按理说，对话到此就为止了，但是大家都坚信，最近会有劫狱行动。监狱布下了严密的警戒。守卫长，一个瑞典年轻人，忍受不了日日夜夜提心吊胆，竟然想出了一个极其凶残的举措，要把炸药埋在牢房下面，如果受到袭击，暴徒和犯人就都会被炸死。他向政务长官报告了这个想法，得到了赞同。于是，他去了停泊在码头的美国军舰那里，想跟他们要炸药，但遭到了拒绝，好不容易才从沉船打捞工程队那里把炸药搞到手（美国把前两年大飓风的时候沉没在湾内的两艘军舰送给了萨摩亚政府，工程队是为了打捞沉船而来到阿皮亚的）。

这件事被大家知道了，最近两三个礼拜，流言满天飞。眼看要引发巨大的骚乱，害怕了的政府突然将犯人们装上帆船，转移到托克劳斯岛去了。企图将老老实实服刑的犯人炸死，简直岂有此理；擅自把禁锢的刑罚改为流放，更是荒谬之至。这样的卑劣、怯懦、不顾廉耻，就是文明面对野蛮时的典型姿态。不能让土著以为，白人全都赞成这样的事情。

我立刻向政务长官递交了关于这一事件的质问书，但还没有得到回复。

十月 × 日

政务长官的回信总算来了。满篇都是孩子气的傲慢和狡猾的搪塞之词，不得要领。我立刻寄去了再质问书。我非常讨厌这样的扯皮，但无法坐视土著被炸弹炸飞而无动于衷。

岛民们仍旧很平静。但我不知道这平静能持续到什么时候。白人不得民心的状况似乎日渐严重。连我们那位生性温和的亨利·西梅莱今天也说：“海边（阿皮亚）的白人很讨厌，他们也太嚣张了。”听说一个飞扬跋扈的白人醉汉对着亨利挥舞砍刀，恐吓他说：“我要砍了你小子的脑袋！”这是文明人做出的事情吗？萨摩亚人虽然算不上高雅，但总体来说都谦恭有礼、性情温和，他们有自己的荣誉观（偷盗的恶习抛开不算），而且至少文明程度赶得上那位炸药长官。

在《斯克里布纳》杂志连载中的《沉船打捞队》，第二十三章完稿。

十一月 ×× 日

东奔西走，简直成了一名政客。这是一出喜剧吗？秘密集会、密函、暗夜急行。在暗夜里穿行于这个岛的森林之中，青白色的磷光星星点点，散落遍地，十分美丽。听说那是一种菌类在发光。

给政务长官的质问书，有一个人拒绝署名。我跑到那人的家里去劝说他。成功了。我也变得这么皮糙肉厚、这么顽强了！

昨天，拜访了拉乌佩帕国王。他住的房子低矮寒酸。就算是在穷乡僻壤，像这样的房子也要多少有多少。他家对面，刚好耸立着政务长官即将竣工的官邸，国王每天都不得不仰视这栋建筑物。他顾虑白人官员，所以好像不太愿意和我们见面。会谈没谈成什么名堂。但是，这个老人的萨摩亚语的发音，特别是双元音的发音很美。非常美。

十一月 ×× 日

《沉船打捞队》终于完稿。《萨摩亚史脚注》也在进行中。感到了写作现代史的艰难。特别是当登场的人物都是自己的熟人时，会倍加困难。

前几天拜访拉乌佩帕国王一事果然引起了巨大的骚动。新的布告张贴了出来，任何人如果没有领事的许可，或是没有政府认可的翻译陪同，就不允许和国王见面。简直是神圣的傀儡。

政务长官要求进行会谈，应该是想采取怀柔之术。拒绝了。

就这样，我几乎公然成了德意志帝国的敌人。常来我这里做客的德国士官们也递话来说，正值出航之时，不能前来问候了。

有趣的是，政府也不受城里的白人们拥戴——因为政府一味地刺激岛民的感情，白人的生命财产也置于危险的境地中。白人比土著更加不肯纳税。

流感很猖獗。城里的舞厅也关闭了。听说瓦依雷雷农场一下死了七十个劳工。

十二月 ×× 日

前天上午，一千五百份可可种子到了，接着下午又到了七百份。从前天中午到昨天傍晚，我们全家出动，一心忙活播种。大家都弄得一身泥，阳台像爱尔兰的泥炭沼泽似的。可可首先要种进可可树叶编成的笼子里。十个土著在后面森林里的小屋中编织这种笼子，四个少年挖土装箱运到阳台，劳埃德、贝尔（伊莎贝尔）和我筛掉石头和黏土块后，将土装进笼子里，少年奥斯汀和女仆法阿乌玛把这笼子拿到芬妮那里，芬妮在每个笼子里埋进一粒种子，将其摆放在阳台上。大家都累得精疲力竭，浑身软得像棉花一样。

今早还没缓过劲儿来，但邮船出航的日子快到了，所以奋笔疾书写完了《萨摩亚史脚注》的第五章。这不是艺术品，就需要抓紧写、抓紧让读者读，不然就没有意义了。

有政务长官辞任的传闻。消息不可靠。大概是和领事们发生了冲突，从而产生了这样的流言。

一八九二年一月 × 日

雨。有暴风雨的气息。关上窗点亮灯。感冒总是好不了。风湿病也发作了。想起了一个老人说的话：“所有主义中，最糟糕的是风湿主义。”[1]

作为放松调剂，最近开始写自曾祖父时期起的史蒂文森家的历史。非常快乐。曾祖父，祖父，他的包括我父亲在内的三个儿子，一代接一代默默地在浓雾弥漫的北苏格兰的海上修筑灯塔，想起他们那值得尊敬的身影，我到现在也充满了自豪。题目定什么呢?《史蒂文森家的人们》《苏格兰人的家》《工程师一家》《北方的灯塔》《家族史》《灯塔工程师的家》?

祖父和难以想象的困难做斗争，建起了贝尔·洛克暗礁岬的灯塔，那时的详细记录保留了下来。在阅读这记录的过程中，总感觉自己，或者前世的自己，真的经历过那些事情。我不是平时自己认为的那个样子，而是真切地感觉到自己曾在八十五年前的北海的风波和海雾中，历尽艰辛，和这个只有退潮时才会现身的魔鬼海岬做斗争。狂风猎猎。海水刺骨。舢板在摇晃。海鸟在嘶鸣。连这些都能真真切切地感受到。突然间，胸口像被烫了一下。峥嵘的苏格兰的群山，石楠花繁茂盛开。湖泊。早晚听惯了的爱丁堡的号角声。彭特兰，巴拉赫德，卡库沃尔，拉斯海角。啊!

我现在所在的地方，是南纬十三度、西经一百七十一度。相对苏格兰来说，正好是地球的另一端。

〔1〕 这里是谐音梗。“××主义”在英文中以“ism”结尾，如唯物主义是materialism。而“风湿病”的英文是rheumatism，也是以“ism”结尾，故此处说“所有主义中，最糟糕的是风湿主义”。

七

折腾《灯塔工程师的家》的材料时，史蒂文森想起了一万英里之外的美丽城市爱丁堡。一座座山丘从晨雾和暮霭中露出了面孔；从山上屹然耸立着的古老的城郭一直到遥远的圣杰易尔斯教堂的钟楼，那剪影起伏不平——这一切都清晰地浮现在眼前。

少年史蒂文森自幼气管状态很脆弱，每到冬天的黎明时分，总是被剧烈发作的咳嗽折磨得难以安睡。他只得起身，在乳母卡米伊的搀扶下，裹着毯子在窗边的椅子上坐下。卡米伊也坐在少年身旁，一直到咳嗽平息下来，两人就这样互不讲话，静静凝视着窗外。透过玻璃窗，看到赫里欧特大街仍沉浸在夜色之中，街灯晕染出一片朦胧的光芒。不久，响起车子嘎吱作响的声音，去往市集的运菜车的马，一边呵出白汽，一边擦着窗跟前走了过去。……这是留在史蒂文森记忆中的对这座城市最初的印象。

爱丁堡的史蒂文森家，世代都以灯塔工程师闻名。小说家的曾祖父托马斯·史密斯·史蒂文森是北英灯塔委员会的第一任工程师长，他的儿子罗伯特也继承了这个职业，建筑设计了著名的贝尔·洛克灯塔[1]。罗伯特的三个儿子，艾伦、戴维、托马斯，也分别先后承袭了这一职业。小说家的父亲托马斯作为回转灯和全反射透镜的集大成者，是当时灯塔光学界的泰斗。他和他的兄弟合作兴建了斯克里沃阿、奇肯斯等多座灯塔，修缮了多处港湾。他是能干且务实的科学家，是大

〔1〕 贝尔·洛克灯塔：现存最古老的离岸灯塔，位于苏格兰东海岸的贝尔礁石（又名英开普礁石）之上，距离苏格兰安格斯海岸约 18 千米。

英帝国忠实的工程师，是虔诚的苏格兰教会的信徒，是有“基督教西塞罗[1]”之称的拉克唐修[2]的热心读者，还是古董和向日葵的爱好者。依照他儿子的记述，托马斯·史蒂文森常对自身价值抱有强烈的否定态度，他有着凯尔特[3]式的忧郁，感到世事无常，总是想到死亡。

青年时期的罗伯特·路易斯·史蒂文森非常厌恶爱丁堡这座高贵的古都和住在那里的包括他的家人在内的笃信宗教的人们。作为基督教长老会的中心的这座城市，在他看来完全是一座伪善之都。十八世纪后半叶，这座城中有个叫迪肯·布罗蒂的男人，白天做木工活、当市议员，晚上摇身一变成了赌鬼和凶恶的强盗。直到很久很久之后才最终露出马脚，被处以死刑。二十岁的史蒂文森觉得，这个男人正是爱丁堡上流人士的象征。他不再去常去的教会，转而流连于平民区的小酒馆。他的父亲最初希望将儿子也培养成工程师，但儿子立志要当文学家，父亲对此勉强点了头，但背弃宗教这点是万万不能允许的。在父亲的绝望、母亲的泪水和儿子的激愤中，亲子冲突反复上演。儿子仍旧是一个幼稚的孩童，陷入自我毁灭的深渊中执迷不悟；但他又已经长大成人，连将父亲拯救他的话听进耳朵里的意思都没有——看到这样的儿子，父亲绝望了。

几次争执之后，他已经放弃了责怪儿子，只是一个劲地谴责自己。他一个人跪着，哭着祈祷，痛斥自己对儿子教导不周而使其沦为神的罪人，并向神明忏悔。而儿子这边，无论如何都无法理解身为科学家的父亲怎么会做出如此愚蠢的举动。

---

〔1〕 西塞罗：古罗马政治家、雄辩家、哲学家。著作文体明晰、逻辑性强，被认为是古典拉丁语散文的典范。

〔2〕 拉克唐修：生于北非的神学家，古罗马杰出的基督教护教士。著有《神圣原理》。

〔3〕 凯尔特：发祥于古代欧洲阿尔卑斯山脉北部，属印欧语系的民族。公元前散布于欧洲，公元前 5 世纪 ~ 公元 1 世纪活跃一时，后由于日耳曼人、罗马人的发展而衰落。

而且在和父亲争论之后，他的心中总是感到不快，为什么在父母面前就只会一些孩子气的论调呢？和朋友说话的时候，自己明明可以出色地讲出一番神采飞扬，至少是成熟的言论。这究竟是为什么？最原始的《教义问答》[1]，幼稚的奇迹反驳论，必须用哄小孩的拙劣事例证明的无神论。自己的思想明明不该这么幼稚，但面对父亲的时候，最后总是让事情走到了这一步。

绝对不是因为父亲的辩论方式优秀，所以自己输了。反驳对教义从没有细致思考过的父亲，这极其容易，可就在做这种轻而易举的事情的时候，不知不觉中，自己的态度变得像小孩一样歇斯底里的别扭，到了自己都厌恶的地步。就连讨论的内容本身，都变得荒谬可笑。自己身上还存留着对父亲的依恋——这意味着自己还没有真正长大成人，而另一种想法是“父亲还把我当孩子看”，也许是因为二者交互作用，带来了这样的结果吧？又或者自己的思想本就是一种一文不值的不成熟的模仿，撞上父亲朴素的信仰，被剥去了无关紧要的虚饰，就会被打回原形？

那时，史蒂文森和父亲发生冲突之后，脑中总是不由自主地萦绕着这些令人不快的疑问。

当史蒂文森表明和芬妮结婚的意愿时，父子关系再度陷入了紧张的局面。芬妮是美国人，带着孩子，年纪比自己的儿子大，但对托马斯·史蒂文森而言，和这些相比，不管怎么说，她在户籍上仍然是奥斯本夫人——这是最棘手的问题。这个我行我素的独生子，到三十岁才决心自立门户——而且还要养活芬妮和她的孩子，他急匆匆地离开

〔1〕《教义问答》：向初入教的教徒传授基督教教义的问答形式的解说书。

了英国。父子之间断了音信。一年后，托马斯·史蒂文森从别人口中听说，在远隔几千英里的海洋与陆地的另一端，儿子连五十美分的午餐都吃不起，正和疾病做着斗争，他实在无法坐视不理，伸出了援手。芬妮从美国给未见过面的公公寄了自己的照片，并附言说："照片拍得比本人好看多了，请一定不要以此为准。"

史蒂文森带着妻子和继子回到英国。没想到托马斯·史蒂文森竟然对儿子的妻子非常满意。他一直觉得，儿子虽然有才能，但他身上总有些地方从通俗意义上讲让人难以安心。这种不安，不管儿子年岁如何增长都不曾消失。而他现在觉得，虽然最初他反对儿子和芬妮的婚姻，但有了芬妮，儿子获得了实际生活中坚实可靠的支柱——支撑着那花一般美好而脆弱的精神的、生机勃勃的坚强支柱。

长久的不和之后，一家人——父母亲、妻子、劳埃德，都聚在布雷依玛的山庄，他们在这里度过的一八八一年的夏天，史蒂文森至今都能愉快地回忆起来。那是一个阴沉沉的八月，阿伯丁地区特有的东北风裹挟着大雨和冰雹连日肆虐。史蒂文森的身体状况一如既往地糟糕。

一天，埃德蒙·戈斯来访。这个长史蒂文森一岁的博学敦厚的年轻人，和父亲托马斯·史蒂文森也很有共同语言。每天早上戈斯吃过早饭，就去往二楼的病房，史蒂文森在床上坐起身等待着他，两个人下国际象棋。医生禁止病人上午跟人聊天，于是他们下棋时默不作声。中途觉得累了，史蒂文森就敲敲棋盘边缘示意。这样，戈斯或芬妮就会让他卧床休息，并且巧妙地调适好被子的位置，使他无论何时想写作时躺在床上就可以写。一直到晚饭时间，史蒂文森都一个人躺在那里，休息一会儿写一会儿，写一会儿再休息一会儿。他从少年劳埃德画的一幅地图联想到了海贼冒险传奇，一直在写。晚饭时，史蒂文森下楼来，上午的禁令已经解除了，这次他话很多。晚上，他把这天的码字成果读给大家听。外面风雨大作，烛台的灯光被门缝里窜进来的风吹得摇摇晃晃，闪烁不定。大家各自若有所思，兴致勃勃地听着。史蒂文森读完之后，他们畅所欲言，提出各种各样的要求和评论。一夜又一夜，他们兴致越发浓厚，连父亲都说“让我来负责构思比尔·彭斯的箱子里装了什么”。而戈斯呢，他一边另有所思，一边心绪黯然地观望着这看起来很幸福的团圆，心想：“这个青年才俊饱受病魔摧残的身体，究竟能撑到什么时候呢？这位脸上洋溢着幸福的父亲，能不能不要面对白发人送黑发人的不幸？”

不过，托马斯·史蒂文森的确不用去经历这种不幸。在儿子最后一次离开英国的三个月前，他就在爱丁堡去世了。

八

一八九二年四月 × 日

拉乌佩帕国王带着护卫意外来访，在我这里吃饭。老人今天十分平易近人，问我为什么不去看他。我回答说和国王会面需要得到领事们的认同，而他说这些事无关紧要，又说还想和我共进午餐，让我指定一个时间。我们约好这个星期四一起吃饭。

国王回去没多久，一个佩戴着像巡警一样徽章的人来了。他不是阿皮亚市的巡警，而是所谓的叛军方的人——阿皮亚政府的官吏称呼玛塔法那边的人为叛军。他说自己是从马里埃一路走过来的，带来了玛塔法的信。我现在虽然不会说萨摩亚语，但是看得懂。前几天我写信请他多保重，这是他的回信，信上还说想见一面，下周一会来马里埃见我。我借助土著语的《圣经》作为唯一的参考，用磕磕绊绊的萨摩亚语回复说知道了。这封“我实实在在地告诉你”[1]风格的信，估计会让对方大吃一惊。一周之内，我既要见国王又要见他的敌对者。但愿斡旋可以取得成效。

四月 × 日

身体状况不太好。

如约去穆里努的那座寒酸的王宫赴宴。正对面的政务长官的官邸还是一如既往地碍眼。今天拉乌佩帕的谈话内容很有趣，他讲述了五年前怀着悲壮的决心挺身而出奔赴德军阵营，又被带上军舰载往陌生的土地的故事。朴实的叙述方式十分动人心弦。

“他们说白天不允许到甲板上去，不过晚上可以。漫长的海上航行之后，到达了一个港口。上岸后，看到在那片热得要命的土地上，犯人们正在劳动，他们脚踝上挂着铁链，被两个两个拴在一起。那里的黑人多得像沙滩上的沙子。……之后又坐船走了很久，在说是快到德国的时候，看到了一片奇异的海岸。目之所及，洁白的悬崖在太阳下闪闪发光。过了足有三个小时，这片悬崖消失在了天际，我更加惊讶了。……在德国上岸之后，穿过一座玻璃房顶的巨大建筑，里面有许多叫火车的东西。然后坐了像房子一样有窗户和地板的马车，住了有五百个房间的房子。……离开德国航行了许久之后，船缓缓驶入一片像河流一样狭窄的海域。他们告诉我这就是《圣经》中听到过的红海，我又欣喜又好奇地眺望着。再然后，当夕阳的色泽变为一片炫目的红，流淌在海面之上时，我被转移到了别的军舰上……”

〔1〕《圣经》中多次出现“我实实在在地告诉你”的句式。如《约翰福音》：“我实实在在地告诉你们：人进羊圈，不从门进去，倒从别处爬进去，那人就是贼，就是强盗。”

用古老而美丽的萨摩亚语不疾不徐地讲出的这番话，实在是美妙极了。

国王似乎很担心从我口中说出玛塔法的名字。他是一位健谈而善良的老人，只是对现在自己的位置没有清楚地认识。他说要我后天再来看他。马上就要和玛塔法见面了，我的身体状况还不太好，但仍然答应了下来。以后翻译的事情就打算拜托给牧师惠特密，决定后天在他家中和国王会面。

四月 × 日

早晨骑马进城，八点左右去往惠特密家。因为和国王约好了要见面。等到十点，国王还是没有来。有人来传信说，国王现在正和政务长官议事，不能来了，晚上七点左右的话可以过来。我回了一趟家，傍晚时分又来到惠特密家，等到八点，国王还是没来。徒劳地折腾了一番，我累得筋疲力尽。胆怯的拉乌佩帕，连躲过长官的监视偷偷过来一趟都做不到。

五月 × 日

早晨五点半出发，芬妮和贝尔同行。带了厨师塔洛洛去，让他负责翻译和划船。七点钟将船划出了礁湖。身体还是不太舒服。到了马里埃，受到了玛塔法的盛情欢迎。但是，他似乎把芬妮和贝尔都当成了我的妻子。塔洛洛这个翻译当得完全失职。玛塔法说了一长串内容，可是这个翻译除了“我非常震惊”之外什么都翻译不出来。不管说什么都是一句“我震惊”。把我的话传达给对方的时候，应该也是这种情况。谈话无法进行下去。

喝卡宾酒，吃葛根做的料理。饭后，和玛塔法散步。通过我掌握的为数不多的萨摩亚语进行交谈。因为带着女伴，所以在家门前跳了舞。

天黑之后踏上了返程。这一带礁湖非常浅，小船的船底时不时发生碰撞。新月散发着幽淡的光芒。船划进水中一段距离之后，从萨瓦伊岛回来的几艘捕鲸船超过了我们。船上亮着灯，是十二桨四十人座的大型汽艇。每艘船上人们都在一边划桨一边齐声歌唱。

时间太晚了，回不了家。住在阿皮亚的宾馆。

五月 ×× 日

早上，在雨中骑马去阿皮亚。和今天的翻译萨雷 · 泰拉碰面，下午又前往马里埃。今天走陆路。走了七英里，其间一直大雨倾盆。道路泥泞。杂草有马脖子那么高。跨过了八处猪圈的栅栏。抵达马里埃的时候，已经是薄暮时分。马里埃的村庄里气派的民宅相当之多。这些房屋有高高的圆形茅草屋顶，地下铺着小石头，四面的墙都是敞开的。玛塔法的家果然也是有模有样。家中已经暗了下来，屋子中间点着椰子壳做的灯。四名仆人出来说，玛塔法现在正在礼拜堂。那个方向有歌声传来。

没多久，主人进来了，我们换掉打湿的衣物之后，进行了正式的问候。侍从端上了卡瓦酒。玛塔法向在座的各位酋长介绍了我："这位先生顶着政府的反对，为了帮助我而冒雨赶来。你们今后要同茨西塔拉交好，无论何时都应不遗余力地帮助他。"

晚餐、政论、欢笑、卡瓦酒——持续到半夜。由于我的身体支撑不下去了，家中空出一块地方为我搭设了床铺。我在五十张上好的床垫上独自就寝。全副武装的护卫兵和另外几个夜哨，通宵把守在家的周围。从天黑之后到天亮之前，他们都不换岗。

黎明时分四点左右，我醒了。从外面传来纤细而柔和的笛声，令人心旷神怡。那笛声平和、甜美，而又若即若离……

后来我听说，这笛声每天早上一定会在这个时刻响起，给家中睡着的人们送去好梦。多么优雅、多么奢侈的享受！据说玛塔法的父亲喜欢小鸟们的叫声，被称作“小鸟之王”，这天性也遗传给了玛塔法。

早饭后和泰拉一起骑着马踏上回程。马靴打湿不能穿了，于是赤着脚。清晨美丽而晴朗，但道路依旧泥泞。一直到腰部都被野草弄湿了。马赶得太急的缘故，在猪圈栅栏的地方，泰拉被马甩飞了两次。黑色的沼泽。绿色的红树林。红色的螃蟹，螃蟹，还是螃蟹。进入城中，听到帕特（木制的小太鼓）的声响，身着艳丽服饰的土著女孩们去往教堂。今天是礼拜日。在城中吃过饭后回家。

越过十六个栅栏长达二十英里的骑行——更不用说前半程还冒着暴雨。六个小时的政论。曾经的我在斯克里沃阿时，就像饼干里的谷象虫一样蜷缩不动，如今的我和那时相比是多么天差地别！

玛塔法是一位出类拔萃的长者。昨天晚上，我们在感情上产生了完全的共鸣。

五月 ×× 日

雨，雨，雨。雨一直在下，好像要弥补之前雨季的降水不足。可可的芽吸饱了充足的水分。雨滴敲打屋顶的声音停下来了，又听到了急流的水声。

《萨摩亚史脚注》完成。当然，这不是文学创作，但毫无疑问是公正且明确的记录。

阿皮亚的白人们拒绝纳税，原因是政府的会计报告是一笔糊涂账。

政务委员会也无法传唤他们。

最近，我们家的大个头拉法埃莱被妻子法阿乌玛抛弃了。他十分沮丧，一个一个怀疑有哪个朋友是共犯，不过现在放弃了，开始重新寻找新的妻子。

《萨摩亚史》完稿，就终于该专注写作《戴维·巴尔福》了。这是《绑架》的续篇。几次动笔都半途放弃了，但这次预计能坚持写到最后。《沉船打捞队》写得太过平庸——没想到非常受读者欢迎，让我很是意外。《戴维·巴尔福》有望成为继《巴伦特雷的少爷》之后的佳作。作者对年轻人戴维的感情，别人丝毫都不了解。

五月 ×× 日

大法官切达尔克兰茨来访。不知是什么风把他吹来的。和我的家里人若无其事地聊了聊家常话，然后回去了。他应该看到了最近的《泰晤士报》上我写的公开信，信上劈头盖脸痛骂了他。他来这里是安的什么心思？

六月 × 日

受邀参加玛塔法的盛宴，所以一早就出发了。同行者是母亲、贝尔和塔乌伊洛。塔乌伊洛是家里厨师的母亲，附近部落的酋长夫人，体格十分庞大，比母亲、我和贝尔三人加起来还要大上一圈。除此之外，还有担任翻译的混血儿萨雷·泰拉，另外还有两个少年。

我们分别乘坐木船和汽艇。途中，汽艇在礁湖的浅滩中搁浅了。没办法，我们赤脚往岸上走，在浅滩中徒步走了大约一英里。头顶是火辣辣的暴晒，脚下是滑溜溜的泥沙。我刚从悉尼寄来的衣服，还有伊莎贝尔镶着花边的白色长裙，全部弄得狼狈不堪。下午，浑身是泥的我们终于到达了马里埃。乘坐小木船的母亲一行人已经到了。战斗舞已经结束了，我们只能从食物献纳仪式的中途开始看——不过就算这样，也花了整整两个小时。

屋子前面的绿地周围，排列着椰子叶和黑海带围起来的简易亭子，土著们按部落聚集在巨大的矩形桌案旁。他们的服装真是五彩缤纷。有人穿着塔帕布料的衣服，有人的衣服是拼花图案，有人将洒了粉的白檀别在头上，有人满头都装饰着紫色的花卉……

在中间的空地上，食物堆积成的小山变得越来越大。这是来自大小酋长的献礼，要送给真正的王者，这王者是他们发自内心推服的人，而非白人扶植的傀儡。负责人和劳力们排起队，一边唱歌一边将礼物源源不断地搬进来。他们将礼物一件一件地高高举起示众，负责收礼的人一副郑重其事、像模像样的夸张姿态，高声报出礼物的名目和献礼者的姓名。这个人体格强健，全身上下好像涂满了油，闪闪发亮。他一边把烤全猪举过头顶，一边汗流如注地大声呼喊，样子实在壮观。我听到他报出我们带来的献礼是一桶饼干，并介绍我是"阿里 · 茨西塔拉 · 欧 · 雷 · 马洛 · 泰泰雷"（写故事的酋长，大政府的酋长）。

在为我们特设的座席前，坐着一位头戴绿叶的老人。他的侧脸看起来有些沉郁冷峻，和但丁几乎一模一样。他是这个岛上特有的职业说书人之一，并且是其中权威最高的一位，名叫波波。他旁边坐着他的儿子和同行们。玛塔法坐在我右边离我很远的地方，不时看到他的嘴唇一张一合，手腕上的串珠也在晃动。

一起喝了卡瓦酒。王喝了一口，波波父子就发出非常奇特的吼叫声以示祝福，令我惊讶无比。这样不可思议的声音，我从来没有听到过，听起来像是狼的嘶吼声，但意思是"茨依阿托阿万岁"。不一会儿，开始吃饭。玛塔法吃完之后，他们又发出奇怪的吼叫声。我看到这个非公认的王的脸上，瞬间露出了一抹蓬勃的骄傲和野心，随即又消失了。因为这是和拉乌佩帕划分阵营以来，波波父子第一次来到玛塔法身边赞美他的“茨依阿托阿”之名。

进献的食物已经搬运完毕。赠礼被小心翼翼地依次清点和记录。说书人故作玩笑，怪声怪气地一个一个喊出赠礼的名目和数量，逗得观众哄堂大笑。“芋头六千个”“烧猪三百一十九头”“大海龟三只”……

之后，出现了前所未见的不可思议的情景。波波父子突然间站起身，手握长棒，飞奔向堆满食物的庭院，跳起了奇异的舞蹈。父亲伸展胳膊一边转动着棒子一边跳舞，儿子蹲在地上，用一种难以描述的姿势跳来跳去，这个舞蹈画出的圈子越来越大。只要是他们跃过去的东西，就属于他们了。中世纪的但丁突然变成了怪异而贪婪的家伙。这个古老的具有地方色彩的仪式，使得萨摩亚人爆发出了笑声。我送的饼干和一头活的牛犊都被波波跃了过去，不过大部分食物都会在他宣布归他所有之后，再度贡献给玛塔法。

接下来，就该轮到“写故事的酋长”了。我没有跳舞，但得到了五只活鸡、四个装着油的葫芦、四张草席、一百个芋头、两头烤猪、一头鲨鱼以及一只大海龟。这是“王送给大酋长的赠礼”。几个把拉瓦拉瓦[1]穿得像肚兜一样短的年轻人，依照示意，将这些东西从成堆的食物中搬了出去。他们在堆积成山的食物前弯下腰，以无懈可击的神速将指定的物品如数挑选出来，又飞快且整整齐齐地堆放在另一个地方。这精湛的手法！像是麦田上觅食的鸟群。

突然，九十来个缠着紫色腰带的壮汉出现了，他们在我们面前停

〔1〕 拉瓦拉瓦：在萨摩亚语中，长约 1.7 米、宽约 1 米的长方形布料称作拉瓦拉瓦。用法多种多样，类似披肩，可披在身上、围在脖子上或系在腰间。

下脚步，随即各自将手中的活鸡用尽全力高高抛向空中。近百只鸡扑棱着翅膀掉落下来，被他们接住，又再次扔回空中。反反复复折腾了好几遍。喧闹声，欢叫声，鸡的悲鸣声。挥舞着的、高高扬起的强健的古铜色的手臂、手臂、手臂……看起来倒是有趣，可到底死了多少只鸡啊！

在屋里和玛塔法结束了会谈，来到水边，看到获赠的食物已经装好了船。正要上船，来了一阵疾风骤雨，于是返回屋中，休息了半小时之后，在五点钟出发了。依旧是分乘汽艇和木船。夜色降临在水面之上，岸上的灯火十分美丽。大家唱起了歌。体格庞大如山的塔乌伊洛夫人歌声美妙绝伦，让我们大吃一惊。途中又遭遇疾风暴雨，不管是母亲、贝尔、塔乌伊洛和我，还是海龟、猪、芋头、鲨鱼和葫芦，都被淋了个透。我们泡在船底温乎乎的积水中，快到九点时，终于抵达了阿皮亚。住在宾馆里。

六月 ×× 日

仆人们说在后山的树丛中发现了尸骨，慌乱不安，于是我带着大家去看了看。果真是有骸骨，不过丢在这里应该好长一段时间了。要说是这个岛上的成年人，好像总感觉太小了点。估计是在丛林深处阴暗潮湿的地方，一直没有被人发现。在那一带翻找了一圈，又发现了另外的头盖骨，这次只有一个脑袋。头盖骨上有个我的食指两指大小的弹孔。把两个头盖骨摆在一起时，仆人们想到了一个带点浪漫色彩的解释：这位可怜的勇士在战场上取了敌人的首级（这是萨摩亚战士的最高荣誉），但他自己也身负重伤，无法让同伴们看到，他爬到了这里，遗憾地抱着敌人的首级死去了（这样说来，这应该是发生在十五年前乌拉佩帕和塔拉博开战时的事情吧？）。拉法埃莱他们马上动手把骸骨埋葬了。

傍晚六点左右，骑着马要从后山下去的时候，看到前面的森林的上方出现了一团巨大的云朵，清晰地呈现出一个前额似独角仙的长鼻子男人的侧脸。脸庞的部分是绝妙的桃色、帽子（巨大的卡拉马库人的帽子）、胡须、眉毛是泛青的灰色。这稚气的图案、鲜明的色彩，以及巨大无比的轮廓，使我一阵茫然。看着看着，这张脸上的表情发生了变化，闭上了一只眼，收起了下颌。突然，铅色的肩膀向前耸去，这张面孔消失了。

我望向别处的云。云朵形成无数林立的巨柱，壮阔、明亮，让人不禁屏住了呼吸。云柱下踩地平线，上达距天顶三十度以内的高空。这一切何其壮丽！下方有如冰川的暗影，随着高度升高，色彩由深蓝变为朦胧的乳白，呈现出奇妙的渐变层次感。云层背后的天空，被即将降临的夜色染成一片丰富而深沉的蓝。蓝紫色的、妖娆的光泽与暗影在天空底部浓墨重彩地流淌着。落日的余晖已经洒满了山丘，而巨大的云层顶端依然亮如白昼，至为华美至为柔和的光明，如火焰，如宝石，将世界点亮。从凡间的夜色中举头仰望，那洁净无瑕而又辉煌华美的庄严，又何止是让人惊讶。

云朵附近，一钩窄窄的上弦月升了起来。月牙靠西那一侧钩尖的正上方，可以看到几乎和月亮一样明亮的闪烁的星星。大地上的森林逐渐陷入黑暗，鸟儿们在林中鸣响高昂的黄昏的合唱。

八点左右，月亮和刚才相比越发明亮，而星星转移到了月亮的下方，依旧和刚才一样亮闪闪的。

七月 ×× 日

《戴维 · 巴尔福》的写作终于渐入佳境。

丘拉索号入港。和船长吉普森先生会餐。

坊间传言，说是罗伯特 · 路易斯 · 史蒂文森可能会被驱逐出这个岛——英国领事已经向唐宁街请求批示。我的存在对岛内的治安产生了妨害吗？我也算不得什么伟大的政治人物。

八月 ×× 日

昨天又应玛塔法之邀赶往马里埃。翻译是亨利（西梅莱）。会谈中，玛塔法称呼我为“阿菲欧加”，吓了亨利一大跳。以前都是叫我“斯斯加”（大概相当于“阁下”的意思？），而“阿菲欧加”是对王族的称呼。在玛塔法家留宿了一夜。

今天早饭过后，观看了皇家灌奠式——将卡瓦酒浇洒在象征王位的古老的石块上。这是一种连这个岛上的人也快要遗忘的楔形文字的典礼。战士们头盔上装饰的穗子是集老人的白髯制作而成，在风里徐徐飘扬，脖子上挂着兽牙项链，身高六英尺五英寸，有着强健的体格和红褐色的皮肤，他们身着正装的姿态着实气势逼人。

九月 × 日

出席了阿皮亚市妇女会主办的舞会。同行的还有芬妮、贝尔、劳埃德以及哈格德——上文提到的赖德 · 哈格德的弟弟，一个豪爽的男人。舞会中途，大法官切达尔克兰茨出现了。自几个月前他莫名其妙地访问我之后，又见面了。小憩之后，和他一组跳四方舞[1]。这奇特

〔1〕 四方舞：18 世纪末、19 世纪初流行于法国的交际舞。每组男女 2～4 人，排成方形跳舞。

又可怕的四方舞！哈格德说这舞“就像奔马的跳跃一样”。我们这两个民众的公敌，各自被两位体格庞大的尊贵的夫人搂着，牵着手踢着腿，跳跃着旋转。不管是他这个大法官还是我这个大作家，都威严扫地。

一周前，大法官挑唆那位混血儿翻译，心急火燎地想掌握对我不利的证据，而我呢，也在今天早上给《泰晤士报》写去了猛烈抨击他的第七封公开信。

我们现在彼此笑脸相迎，除了“奔马的跳跃”，无暇顾及其他！

九月 ×× 日

《戴维·巴尔福》终于完稿。同时，我这个作者也筋疲力尽了。如果去看医生，必定要被灌输一番道理，说此地的热带气候特性会“伤害温带的人”。我无论如何都不信这种话。这一年在烦琐的政治动荡中持续不断地奔忙，像这样的生活，莫非在挪威就能受得了？总之，身体已经达到了疲劳的极限。对于《戴维·巴尔福》，基本满意。

昨天下午派去城里的少年阿里克，深夜缠着绷带神采奕奕地回来了。他说他和玛拉伊塔部落的少年们决斗，打伤了三四个人。今天早晨，他成了我们这里的英雄。他做了一把单弦的胡琴，自己弹奏着胜利的曲子，还跳起了舞。看他兴高采烈的，真是一位美少年。刚从新赫布里底来的那段时间，他曾说我们家的饭菜美味，吃得太多，结果肚子撑得圆鼓鼓的，痛苦极了。

十月 × 日

从早晨开始，胃剧烈地疼痛。服用了十五滴鸦片酊。这两三日都没工作。我的精神处在搁浅的状态。

曾经的我看起来也是一个光芒万丈的年轻人——那时，所有朋友比起我的作品来，都更欣赏我的性格和谈话中的绚烂姿态。但是，人不会永远都是爱丽儿[1]和浦克[2]。《致年轻人》[3]的思想和文风，现在成了我最讨厌的东西。其实，在耶尔那次咯血之后，我开始有种看破红尘的感觉。我已经对任何事情都不再抱有希望。就像死去的青蛙一样。我做所有事情时，都带着一种平静的绝望。就好像去往海边的时候，我总是确信我会淹死一样。但这么说，并非自暴自弃。岂止如此，我也许到死都不会丧失快乐。这深信不疑的绝望，甚至令人愉悦。那是一种以清醒的意识、勇气和快乐支撑人活下去的东西，一种近似于信念的东西。

不需要快乐。不需要灵感。我自信只靠义务感就一定能坚持下去。这是一种以蚂蚁的心态，像蝉一样歌唱的自信。

在集市里，在大街上，
我将太鼓咚咚鸣响，
我身着红衣去往远方，
头上的丝带翩翩飞扬。

寻找新的战士，
我将太鼓咚咚鸣响，
我与我的伙伴们约定，
要抓住生的希望，要拿出死的勇气。

〔1〕 爱丽尔：莎士比亚的作品《暴风雨》中精灵的名字。
〔2〕 浦克：莎士比亚的作品《仲夏夜之梦》中喜欢恶作剧的小精灵的名字。
〔3〕《致年轻人》：史蒂文森的随笔作品。

九

到十五岁之后，写作成了他生活的中心。自己生来就应该成为作家——他也不知道这个信念是什么时候，又是从哪里冒出来的，但到了十五六岁的年纪，他便已经无法想象将来会从事作家以外的职业。

从那时起，他外出的时候总是在口袋里装着一个笔记本，所有在路上看到的、听到的、想到的东西，都会练习着当场转化为文字。这个笔记本上还摘录了所有他在读到的书中觉得“贴切的表达”。他还热忱地领会诸位大家的文风。读到一篇文章，就试着把同一个主题以各个不同的作家的风格改写出来——或是黑兹利特[1]，或是罗斯金[2]，或是托马斯·布朗[3]。这样的练习，在少年时代的许多年里，被他孜孜不倦地重复着。刚刚脱离少年期的时候，尚未创作出小说，他在表达技巧上就已经具备了象棋高手对于象棋那样的自信；继承了工程师血脉的他，在自己选择的道路上，也早就抱有了作为技师的自豪。

他几乎本能地了解“自己并非自己所想的那样”，以及“即便头脑会出错，天性是不会出错的。即使乍看之下错了，但最终选择的依旧是对真正的自己最忠实、最明智的道路”，还知道“我们身上蕴藏的不为我们所知的东西，要比我们更加智慧”。就这样，在规划自己的生活时，他心无旁骛，最为忠实和勤奋地全力以赴走上那条唯一的道

〔1〕 黑兹利特：即威廉·黑兹利特（William Hazlitt），英国随笔作家。其文风清晰、直接、充满男子气概。

〔2〕 罗斯金：即约翰·罗斯金（John Ruskin），英国作家、美术评论家。他认为艺术不能脱离生活，作品密切关注社会实际。

〔3〕 托马斯·布朗（Thomas Browne）：英国医师、作家。其散文以文辞华丽著称。

路——比我们更智慧的东西引导我们去往的唯一的道路。世俗的嘲骂，父母的悲叹，都被他搁置在一旁，他将这种活法从少年时代坚持到了离世的一刻。

“肤浅的”“不诚实的”“好色的”“自以为是的”“不顾一切的利己主义者”“令人作呕的装腔作势者”——这样的一个他，只有在写作这条执着的道路上，始终如一，保持修行僧人一般虔诚精进的态度，丝毫不曾懈怠。他几乎没有一天不在写作，写作已经成了身体习惯的一部分。折磨了他的肉体长达二十年的肺结核、神经痛和胃痛，都没能改变这个习惯。肺炎、坐骨神经痛和结膜炎同时发作的时候，他眼睛上蒙着绷带，保持静养的仰卧姿势，用微弱的声音口述《炸药党员》，让妻子记录下来。

他离死亡一步之遥。剧烈咳嗽时用手绢按在嘴上，手绢上鲜有不出现红色东西的时候。唯有在对死亡的态度上，这个尚不成熟且矫情的青年，有着像大彻大悟的高僧一样的觉悟。平日，他把作为自己墓志铭的诗句悄悄藏在口袋里。“繁星璀璨，让我静静安眠于夜空之下。生亦欢乐，死亦怡然。”

比起自己的死，他更加害怕朋友的离世。对自己的死，他已经顺其自然地接受了，或者说，他想要向前一步，和死亡游戏，和死亡赌博。在冰冷的死亡之手将他攫住之前，他还能编织出多少美丽的“想象与语言的锦缎”？他把这当作一场奢豪的穷赌。他被像出发时间临近的旅人一样的情绪驱逐着，不停地写啊写。就这样，他的确留下了许多美丽的“想象与语言的锦缎”。比如《欧拉拉》，比如《丑陋的珍妮特》，比如《巴伦特雷的少爷》。许多人说：“这些作品的确文辞优美，富有魅力，但到头来都是一些没有深度的故事。史蒂文森说到底还是一个通俗作家啊。”但史蒂文森的忠实读者绝不会哑口无言。他们回应道:“指引史蒂文森走上作家这一人生道路的守护天使非常聪慧，知道他也许不会长寿，让他放弃以探究人性为特征的近代小说之路——因为四十岁之前在近代小说领域创造出杰作恐怕是不可能的，而让他致力于构造富有无穷魅力的奇妙故事、练习巧妙的叙述手法，这样的话，即便早逝，至少会留下一些名篇佳作传世。”他们还说:“这好比一年有大多数时间都处于冬季的北国植物，会在短暂的春夏时节迅速地开花结果。这是大自然的一种灵巧的安排。”

或许有人会说，俄罗斯和法国那些最为卓越、最为深刻的短篇作家，都和史蒂文森同岁，或者比他更早去世。但是，他们并没有像史蒂文森那样，不断被病痛折磨，一直生活在短命的阴影之下。

他说，传奇小说就是circumstance[1]之诗。比起某个事件，他更喜欢因这个事件而产生的若干场景效果。自认为是传奇小说家的他，无论自己是有意识地还是下意识地，都在试图将自己的一生塑造成为自己作品中最大的传奇，并且实际上在某种程度上可以说成功了。因而，作为主人公，他要求自己的生活氛围永远和他的小说中一样，充满诗情画意和浪漫效果。他是擅长氛围描写的大家，自己在现实中生活的各个场景，也都必须要匹配得上他精湛描写的手笔。他的那些在旁人眼中难以忍受的无用的矫情，或者说是虚荣，本质正在于此。

为什么非要疯疯癫癫地牵着驴子，在法国南部的山中来回游荡?为什么一个良家子弟，非要系着皱皱巴巴的领带、戴着有长长的红飘带的旧帽子，摆出一副浪子的架势?又是为什么非要扬扬得意地用令人倒牙的论调议论女性，说“洋娃娃虽漂亮，里面塞的却是锯屑”？二十岁的史蒂文森，是一个装腔作势的家伙、惹人嫌的无赖汉，深受爱

〔1〕 circumstance:英语。意为:事件、情节。

丁堡上流人士的排斥。

在严厉的宗教氛围中成长起来的白净文弱的小少爷，突然开始为自己的纯洁感到惭愧，半夜里溜出父亲的宅邸，徘徊在花街柳巷。但是，这个效法维庸[1]、卡萨诺瓦[2]的轻佻少年深知，除了选择唯一的一条道路，赌上自己羸弱的身体和短暂的生命之外，别无救赎之法。即使流连于灯红酒绿和莺莺燕燕间，他也会看到这条道路，永远光辉灿烂，就像雅各在沙漠中梦见的天梯一样高高伸向星空[3]。

十

一八九二年十一月 ×× 日

因为邮船出航的日子到了，从昨天起，贝尔和劳埃德就去了城里，之后，易欧普脚疼，法阿乌玛肩膀上肿起一块（法阿乌玛就是大个子的拉法埃莱的妻子，她又若无其事地回到了丈夫身边），芬妮皮肤上开始出现黄斑。法阿乌玛的症状怕是得了丹毒[4]，业余的治疗方法估计不管用。晚饭后骑马去了医生那里。月色朦胧的夜晚。无风。山那边雷声轰鸣。在森林中急急赶路，看到之前说过的菌类植物零零星星

〔1〕 维庸：即弗朗索瓦·维庸（Fran ois Villon），法国中世纪抒情诗人。维庸受过高等教育，取得文学学士学位，但当时正值英法百年战争，政局动荡不安，社会风气败坏，维庸结交了一帮狐朋狗友，染上了恶习，酗酒闹事，打架偷盗，无恶不作。

〔2〕 卡萨诺瓦：即贾科莫·卡萨诺瓦（Giacomo Girolamo Casanova），极富传奇色彩的意大利冒险家、作家，是一位追寻女色的风流才子，18 世纪时享誉欧洲。

〔3〕 雅各：《圣经》中的人物。《旧约·创世纪》第 28 章写道，雅各去往哈兰的途中，梦见一座天梯，得到了耶和华的指引。

〔4〕 丹毒：一种主要由溶血性链球菌引起的皮肤黏膜化脓性炎症，伴有发冷、发烧和疼痛，面部、手足有红肿。

地在地上发出幽蓝色的光芒。在医生那里约好请他明天前来问诊，然后喝啤酒喝到九点，谈论德国文学。

从昨天起开始构思新的作品。年代设定在一八一二年左右。地点位于拉姆玛姆阿的赫米斯顿附近以及爱丁堡。题目未定。《黑色地带》？《赫米斯顿的韦尔》？

十二月 ×× 日

扩建完工。

本年度的 year bill[1]到了。大约四千英镑。今年估计能做到收支平衡吧。

夜里听到炮声，是英国军舰入港。坊间传闻，说我最近要被逮捕押送到别处去。

卡斯尔出版社传来消息，打算把《瓶中精灵》和《法雷萨的海滩》合在一起，以《岛上夜话》为名出版。这两篇作品风格迥异，难道不别扭吗？我觉得将《声音之岛》和《放浪女》加进去是不是好一些？

芬妮说她不同意加进《放浪女》。

一八九三年一月 × 日

持续低烧不退。胃功能也衰弱得一塌糊涂。

《戴维 · 巴尔福》的校样还没有送来。是怎么回事呢？至少应该完成了一半。

天气十分糟糕。雨。飞溅的水滴。雾。寒冷。

原以为付得起的扩建费，只付得出一半。为什么我们家的花销这

---

〔1〕 year bill：英语。意为：年度账单。

么大呢？平时也没有穷奢极侈啊。每个月和劳埃德绞尽脑汁，可是堵了这个缺口，别处又冒出难题。好不容易要收支平衡的月份，肯定会遇上英国军舰入港而不得不设宴款待士官们。

有人说是因为仆人太多了。雇用的仆人虽然人数并不多，但到处都是他们的亲戚朋友，所以算不清究竟有多少人，不过就算这样，也不超过一百人吧。这也是没办法的事。我是族长，是瓦伊利马部落的酋长。大酋长不该对这种小事说长道短。再说，实际上，不管有多少土著，他们的伙食费都是有数的。

由于家中女佣比一般的岛民漂亮得多，就有蠢货将瓦伊利马同苏丹的后宫相比，说就是因为这个所以花销才大吧。这话明显是为了中伤我，但玩笑话也要有个分寸。我这个苏丹哪里谈得上精力绝伦，勉强不过是个苟延残喘的病痨子。这些家伙把我比作堂吉诃德，比作诃伦[1]，比作这个比作那个。现在，估计又成了圣人保罗[2]或是卡利古拉[3]了吧。

还有人说，我生日时邀请了一百多位客人，太过奢侈。我可不记得我邀请过那么多客人，是对方不请自来的。他们既然是对我，或者至少是对我家的饭菜怀有好意才来的，那我不是也没有办法吗?

说我在宴会时邀请土著，所以入不敷出，这更是荒谬之至。就算不请白人，我也想请土著来。这所有的费用都是一开始就计算在内的，而且本应该绰绰有余。

说到底，在这个岛上，想奢侈也奢侈不了。总之，我去年一年

〔1〕 诃伦：阿拔丝王朝第五代继承者，开创了王朝的黄金时代。《一千零一夜》中的著名人物。

〔2〕 保罗：著名的基督教传教士。

〔3〕 卡利古拉：即恺撒大帝。罗马帝国第三任皇帝。卡利古拉意为“小军靴”，是他自童年时起的外号。

铆足下劲写作挣了四千多英镑，这些钱还是不够花。我想到了瓦尔特·司各特爵士[1]。晚年的司各特突然破产，接着失去了妻子，不断受到讨债鬼的催逼，不得不机械地赶制出一堆拙劣的作品。对他而言，只有进了坟墓，才能得以喘息。

又有传言说要打仗了。真是暧昧不决的波利尼西亚式的纷争。感觉战火将燃，却又燃不起来；开始出现平息的迹象了，却又冒出苗头。这次也是茨茨伊拉西部的酋长之间的小摩擦，应该没什么大事。

一月××日

流感猖獗。家里人几乎全中招了。我的话，还额外伴随着咯血。

亨利（西梅莱）是一把干活的好手。本来，萨摩亚人即使是地位卑贱的人也不愿搬运污物，可是小酋长亨利每天晚上毫不犹豫地提着便桶钻出蚊帐去倒脏东西。在大家的流感都已经好转的现在，他却最后一个染上了病，正在发烧。最近开始戏称他为戴维（巴尔福）。

病中又开始创作新的作品。由贝尔记录下来。写的是被英国俘虏的法国贵族的经历。主人公的名字是安诺·德·桑特·伊瓦，英文读法是“森特·艾维斯”，打算以这个作为题目。拜托巴克斯特和柯文给我寄罗兰德森的《文章作法》，以及十九世纪一〇年代的法国和苏格兰的风俗习惯，特别是有关监狱情况的参考书籍。《赫米斯顿的韦尔》和《森特·艾维斯》两部作品都需要这些资料。没有图书馆，和书店交涉也太费事，这两点实在让人伤脑筋。不过，好在没有被记者追赶的烦恼。

〔1〕 瓦尔特·司各特爵士（Sir Walter Scott）：18世纪末苏格兰著名历史小说家、诗人。

政务长官和大法官要辞职的言论传播开来，而阿皮亚政府的不合理政策依然没有改变。他们为了强征税款，增强了军队，打算驱逐玛塔法。不论成功与否，白人的不受欢迎，人心的动荡，以及这个岛上经济方面的凋敝，都只会不断加码。

参与政务实在令人头疼。我甚至觉得在政治方面的成功，除了损毁人格以外，不会带来任何结果。……我对这个岛政治方面的关心并没有减少。只是长期卧病咯血，分配给写作的时间就自然受到了限制，再让政治问题占用贵重的时间，就有些令人厌烦。但是一想到可怜的玛塔法，觉得无法坐视不理。除了精神上的援助，什么都做不了，太不中用了！不过，如果你拥有政治权力，究竟想做什么？让玛塔法做国王吗？好吧。你觉得那样的话，萨摩亚就能千秋万代地存续下去吗？悲哀的文人啊，你真的那样相信吗？还是只不过是预想到了萨摩亚在不久的将来即将衰亡，对玛塔法倾注了伤感的同情？——那种最为白人式的同情。

柯文的来信说，我的信中总是在写“你的黑咖啡（黑人）和巧克力（棕色人）”。他担心对“黑咖啡和巧克力”的关心过多地占据我的写作时间，这种心情我不是不理解。但是他和其他在英国的朋友，始终还是不懂我对我的“黑咖啡和巧克力”怀有怎样亲如骨肉的感情。不仅是这件事，在其他寻常的事情上也一样，我们四年未见，置身于完全不同的环境中，他们和我之间是不是出现了一道难以逾越的鸿沟？这个念头太可怕了。亲近的朋友长久分离，这绝非好事。明明牵肠挂肚，一见面却出乎意料又无可奈何地意识到了彼此间的这道鸿沟。想来可怕，但或许这就是事实。人是变化的。时时刻刻。我们是什么奇怪的生物啊！

二月 ×× 日于悉尼

自己给自己放了个假，计划玩五周左右，从奥克兰到悉尼游览一圈。可是同行的伊莎贝尔牙疼，芬妮感冒了，自己也从感冒发展成了胸膜炎。真想不通我们是来干什么的。不过仍然在悉尼的长老会教会总会和艺术俱乐部做了两回演讲。人们给我照相，制作放着我照片的吊坠，我走在街上，人们还会回头指指点点，窃窃私语我的名字。名声？奇怪的东西。我什么时候成了自己曾经鄙视的跻身上流的所谓名士了？滑天下之大稽。在萨摩亚的土著眼中，我是住在豪华庄园里的白人酋长。对阿皮亚的白人们而言，我是政治上的敌人或伙伴，二者之中的某一个。那样的身心状态远比现在健康。和这种温带地区黯然无光的幽灵般的风景相比，我的瓦伊利马森林是多么美丽！我那清风吹拂的家园是多么辉煌！

见了隐居在此地的新西兰之父，乔治·格雷先生。讨厌政治家的我之所以想和他见面，是因为我相信他是一个有血有肉的人——一个对毛利族人倾注了最为广博的仁爱的人。见面之后，发现他果真是一位了不起的老人。他确实深深地了解土著——甚至知悉他们微妙的喜怒哀乐。他完全不同于历任殖民地总督。他赋予毛利人和英国人同等的政治权力，赞同选举土著议员，因而不受白人移民的欢迎，辞去了职务。但是，得益于他的这些努力，新西兰成了现在最为理想的殖民地。我和他谈了自己在萨摩亚做过的和想要做的事情，还说对于政治上的自由，虽然鞭长莫及，但今后也会为了土著将来的生活和幸福而竭尽全力。我所说的话在老人那里全都获得了共鸣，并激励我说：“一定不要绝望。无论在什么情况下，绝望都是没有用的，活到真正领悟了这个道理的岁数的人不多，我是其中之一。”我的精神状态好多了。识尽恶俗而不失高尚的人，令人不得不尊敬。

摘了一枚树叶，看到这里的树叶和萨摩亚的油光发亮的浓烈的绿色不同，看起来毫无生气，色泽黯淡。等胸膜炎一好转，就想赶快回到那个空中永远闪耀着金绿色微粒的光芒的海岛上去。文明世界的大都市之中简直令人窒息。噪音很讨厌！金属碰撞发出的硬邦邦的机械音，让人烦躁！

四月 × 日

我和芬妮自澳洲之行开始生的病终于好了。

神清气爽的早晨。天空美丽、深沉、生机勃勃。唯有远方的太平洋的呢喃，打破了此刻庞大的沉默。

短途旅行和之后生病的这段时间，岛上的政治局势骤然紧张起来。政府这一方对玛塔法或者说叛乱者一方的挑衅的态度越发明显。据说要将土著持有的武器全数收缴。现在政府方面无疑军备充实。同一年前相比，形势明显不利于玛塔法。令人震惊的是，与官员和酋长们会面，发现竟没有人认真考虑要避免战争。白人官吏只想着利用战争扩充自己的支配权，而土著，尤其是年轻人，只要听到要打仗就满心兴奋。玛塔法出乎意料地平静。他没有意识到形势对自己不利。不论是他还是他的部下，都将战争当作是不受自己意志左右的一种自然现象。

拉乌佩帕国王没有接受我在他和玛塔法之间试图进行的调停。面对面时十分和蔼可亲的人，一不见面，马上成了这样。很明显，这不是他自身的意志。

波利尼西亚式的优柔寡断也许会使他们不轻易点燃战火——除了把唯一的希望寄托于此、袖手旁观之外，别无他法了吧？拥有权力是好事——如果是在不滥用权力的理性支配之下的话。

在劳埃德的帮助下，《退潮》的写作正在缓慢地进行。

五月 × 日

苦思冥想，创作《退潮》。花了三周时间，总算写了二十四页。并且还需要全部重写一遍。想到司各特那快得吓人的写作速度，心里很是厌烦。首先，《退潮》从文学作品的角度来看，很是无趣。从前，我本来很高兴重读前一天写完的东西的。

玛塔法一方的代表因为要和政府交涉，每天都来往于马里埃和阿皮亚之间，我听闻这件事之后，让他们到我家来，从我这里出发，因为每天往返十四英里实在是太辛苦了。但是，因为这个，我现在被公认为叛乱方的一员。给我的每一封信，都必须要经过大法官的检查。

晚上，阅读勒南的《基督教起源史》。妙趣横生。

五月 ×× 日

听说邮船出航的日子到了，勉强寄走了十五页《退潮》。已经厌倦了写这部作品。要不继续写史蒂文森家的历史吧？或者写《赫米斯顿的韦尔》？我对《退潮》一点也不满意。就文章来说，语言过于云遮雾罩。我渴望更加坦诚、直接的笔法。

收税官催缴新房的税金。去邮局收取六册《岛上夜话》。看到插图大吃一惊。原来插画家没有见过南太平洋的风物。

六月 ×× 日

消化不良，加上吸烟过多，再加上徒劳无功的过度劳累，简直快死了。《退潮》总算进展到一百零一页。一个人物的性格把握不好，而且最近连遣词造句都费尽心力，简直不像话。写一个句子要花费半个钟头。各种各样相似的句式摆出一大堆，怎么都选不出一个中意的。费这样愚蠢的工夫，结果什么都没写出来。真是毫无价值的“蒸馏”。

今天从早晨开始就是西风、雨、飞溅的雨滴、寒冷的气温。站在阳台上，突然间，一种非同寻常的，或者说是不知缘由的感觉，传遍了我的全身。我不折不扣地打了个踉跄，然后终于想明白了。我领悟到，自己处在类似苏格兰的氛围之中，精神与肉体的状态也是苏格兰式的。与平时的萨摩亚不同的、这寒冷潮湿的灰蒙蒙的风景，不知不觉将我变回那样的状态。高地上的小屋。泥炭的烟。打湿的衣服。威士忌。小河中鳟鱼跳跃，漩涡打着转。连从这里可以听到的瓦伊特林加河的水声，都感觉好像高地的急流的水声。我为什么离开故乡，漂泊到这个地方啊？难道说怀着某种热切的向往来到这遥远的地方，仅仅是为了考虑这个问题的吗？突然间，与之无关的奇妙的疑问涌上心头——到现在为止，我在这片土地上留下什么有意义的事情了吗？这想法好奇怪。我又为什么期望知道那些东西呢？过不了多久，我、英国、英语，还有我们子孙的尸骨，都将从记忆中消失不见。然而——即便如此，人还是想要在旦夕之间把自己的模样留在别人的心中。没有意义的安慰罢了。……

被这样晦暗的情绪缠绕，也是过度劳累和苦苦创作《退潮》的结果。

六月 ×× 日

《退潮》触上暗礁，暂且搁浅在那里。写完了《工程师一家》中关于祖父的章节。

《退潮》莫非是我最糟糕的作品?

开始厌倦小说这种文学形式——至少是我采用的那种写作方式。

医生为我看诊，说要我稍做休养，暂停写作，只能进行一些轻松的户外运动。

十一

他并不信任医生。医生只能帮他抑制暂时的痛苦。医生能诊断出患者肉体上的毛病，也就是和一般人的普通生理状态相比有所异常的地方，但肉体上的问题和患者自身的精神生活的联系，以及肉体上的问题在患者人生进程中具有哪种程度的重要性，关于这些，他们一无所知。只根据医生所说的话就变更一生的规划，这实在是令人唾弃的物质主义和肉体万能主义!“不论如何，开始你的创作吧！纵使医生无法保证你的余生是一年或是一个月，也无畏地投身工作，然后看看一周内获得的成果吧。值得我们赞美的有意义的劳作，并不仅仅是完成的工作。”

但是，稍一过度操劳，立刻会导致他病倒或是咯血，他对此也无计可施。不管他想怎样无视医嘱，这一点都是无可改变的现实。不过奇怪的是，这个问题除了妨碍他的创作，造成了实际上的不便之外，他并未觉得自己的病弱有多么不幸。就连咯血，他都会从中体会出罗伯特·路易斯·史蒂文森式的东西，产生一丝满足(?)的感觉。如果是脸肿得十分难看的肾炎，他该有多么不乐意啊。

就这样，年纪轻轻就明白了自己也许寿命不长，脑海中自然而然会浮现出一条安逸的人生道路，那就是当一名文艺爱好者。放弃伤筋动骨的写作，从事一份轻松的生计，把智慧和教养全部用于鉴赏和享受（因为他的父亲相当富有）。这是多么美好而快乐的生活方式啊！事实上，他作为鉴赏家也有信心不会堕入二流。但是，最终，某种命中注定的东西，将他从这条快乐的人生道路上掳走了。好像是某个并非他自己的东西，这种东西寄宿在他身上的时候，他就像秋千上高高荡起的孩子一样，唯有恍恍惚惚地对这势头听之任之。他的状态就像全身积蓄着电能，只是写啊写啊。会损耗生命的忧虑，不知被他丢在了哪里。就算养生，又能活多久？如果活得久，不走这条人生道路，那又有什么好呢？

他就这样在这条人生道路上走了二十年。医生说他活不过四十岁，而他已经比这个岁数多活了三年。

史蒂文森总是想起他的堂兄鲍勃。这位长他三岁的堂兄，对二十岁前后的史蒂文森而言，是直接影响了他的思想和趣味的老师。他才华横溢，趣味高雅，学识渊博，是一位前途无量的才子。但是他做了什么？一事无成。他现在在巴黎，和二十年前一样，依然是懂很多道理但什么都不去做的一介文艺爱好者。不是说他没有功成名就，而是他的精神世界停留在原处，没有成长。

二十年前把史蒂文森从兴趣主义中拯救出来的精灵是值得赞颂的。

"一片无颜色，两片有颜色"的连环画剧是孩提时代最喜欢的玩具。从玩具店买来，在家组装起来，自己排演《阿拉丁》《罗宾汉》《三根手指的杰克》。也许是受此影响，史蒂文森的创作总是从一个个情景的构想开始。最初浮现出一个情景，接着便会浮现出匹配这个氛围的事件、人物性格。陆陆续续地，数十个连环画剧的舞台场景，伴随着与它们相关的故事呈现在脑海之中，将这些活灵活现地出现在眼前的场景一个个依次描写出来，他的故事就这样愉快地创作出来了——就是那些评论家所谓的“单薄的、没有特色的罗伯特·路易斯·史蒂文森的通俗小说”。其他创作方法，比如以例证一个哲学观念为目的而进行全篇的构想，或是为了说明一种性格而制造一个故事情节，这些他完全不会考虑。

对史蒂文森而言，在路旁看到的一个情景，就好像在对他讲述一个尚未被任何人记录的故事。一张面孔，一个神态，都同样可以看作是一个未知的故事的开端。《仲夏夜之梦》中说，将那些没有名字和位置的事物明确表现出来的，就是诗人——如果换成作家，那么史蒂文森的确是天生的故事作家。看到一个场景，就将与其相符的情节在脑中组合起来，这对他来说是从孩提时代起就和食欲一样强烈的本能。去科林顿的外祖父家的时候，他总是在构思适合那一带的森林、河川和水车的故事，让《威弗利》[1]中的各个人物在那里随心所欲地大展身手，比如盖·玛纳林、罗布·罗伊、安德鲁·菲尔萨维斯。那个苍白羸弱的少年的癖好仍然没有消失。或者说，可怜的大小说家罗伯特·路易斯·史蒂文森，除了这种幼稚的想象以外，并没有任何创作冲动。像云一般翻涌的虚幻情景，如同万花筒一样的叠影乱舞——他将这些所见的内容如实描绘出来（所以说，之后只是技巧的问题，而对于这个技巧他有充分的自信）。

这就是他独一无二的、快乐至极的创作方法。这方法并没有好坏之说。因为他并不知道其他方法。“无论别人说我什么，我都会执着于自己的道路，专心地写作我的故事。人生短暂。人说到底是 Pulvis et Umbra[2]，我何必要为了入张三和李四的眼，辛辛苦苦写一些枯燥无

〔1〕《威弗利》：司各特创作的小说。
〔2〕 Pulvis et Umbra：拉丁语。意为：尘埃与影子。

趣、故作深刻的没有灵魂的作品呢？我为我自己而写。即便一个读者也没有，只要我这个最大的忠实读者还在，我就会写。看看这位值得喜爱的罗伯特·路易斯·史蒂文森的独特见解吧！”

其实，作品一写完，他马上就不再是作者，而成了这部作品的热心读者，比任何人都更加热心的忠实读者。他发自心底地沉迷于作品的阅读之中，完全就像一个读者在读其他某位最喜欢的作家的作品，而且对这部作品的构思和结局毫不知情。但是只有这次写的《退潮》，耐着性子也难以读下去。文思枯竭了吗？还是由于身体的衰弱导致了自信的减退？他挣扎着，几乎只是在凭借惯性，拖着沉重的步子在创作之路上继续往前走。

十二

一八九三年六月二十四日

战争即将来临。

昨晚，拉乌佩帕国王遮着脸从我家门前的路上着急忙慌地经过，像是有什么要事。厨师说他的的确确看到了。

另一方面，玛塔法这边，据说每天早上一醒来，一定会看到周围堆满了前一天晚上还没有的新的白人的箱子——那是弹药箱。箱子是从哪里来的，他也不知道。

武装士兵的行进和各酋长间的来往，日渐频繁。

六月二十七日

去城里打听消息。众说纷纭。据说昨天深夜响起了太鼓声，人们拿起武器赶往穆里努，结果什么事都没发生。眼下，阿皮亚市也暂且太平无事。询问了市参事官，他回答说没有相关情报。

从城里去往西边的渡口，想看看玛塔法方面各村落的情况，于是骑了马，向瓦依姆斯走去，看到路旁家家户户都乱作一团，但没有武装起来。过了河，走了三百码，又是一条河。对岸的树荫下有七名扛着温彻斯特枪的步哨。走近之后，他们既不动也不和我说话，只是视线一直跟随着我。我饮了马，打招呼喊了一声“塔洛法”[1]，从他们那里走了过去。步哨队长也回了一声“塔洛法”。再往前的村子里挤满了武装士兵。有一栋住着中国商人的公馆。门口飘扬着中立旗。阳台上站着许多人在张望外面的情况，有很多女眷，还有人拿着枪。不仅是这些中国人，住在岛上的外国人都在一心一意地守护自己的财产。据说大法官和政务长官也离开了穆里努，去蒂宝利宾馆避难。

途中遇到一队实枪荷弹的土著民兵精神抖擞地走来。到了瓦依姆斯，村子的广场上挤满武装就绪的男人们。会议室中也挤满了人，一个演说者站在出口处面向外边，正在大声地讲话。每个人的脸上都流露着欢欣和兴奋。走到熟识的老酋长那里，他和上次见面时相比，简直判若两人，充满年轻与活力。休息了一会儿，一起抽丝路易烟。正打算回去要出门的时候，一个男人进来了，他面孔勾勒着黑色脸谱，腰巾后方卷起，露着臀部的刺青。他给我们跳神奇的舞蹈，将小刀高高抛向空中，又漂亮地接住了。这狂野的、梦幻的、洋溢着活力的表演。从前也曾见过少年做这样的事，这一定是像打仗时的仪式一样的东西吧。

回到家之后，他们那紧张而幸福的面孔，仍然在脑海中盘旋。我

〔1〕 塔洛法（Talofa）：萨摩亚语。意为你好。

们体内古老的野蛮人觉醒了，如同种马一般亢奋不已。但是，我不得不对骚乱置身事外，安分守己。事到如今，我也无计可施。我不插手，对他们这些可怜的人来说也许才更有益。因为我们多少有一点在战争的脓包破裂后，为善后提供援助的可能。

苍白无力的文人啊！我按捺住不平的心绪，怀着纳税一样的心情继续写稿子。脑海之中浮现出手持温彻斯特枪的战士的身影。战争的确是巨大的诱惑。

六月三十日

带着芬妮和贝尔到城里去。在国际俱乐部吃午餐。饭后朝马里埃方向走了走。和前些日子不同，今天完全风平浪静。无人的街道。空空的房间。也看不到枪支。回到阿皮亚，去公安委员会露了个面。晚饭后，顺路逛了一下舞会，之后疲惫地回家了。在舞会上听说，雷特努的酋长声称“是茨西塔拉造成了这次纷争，他和他的家人理应受到惩罚”。

一定要战胜到外面去投入战争这种幼稚的诱惑。首先必须守护自己的家园。

阿皮亚的白人中也接二连三地发生恐慌。说是一旦出事就去军舰上避难。眼下，有两艘德国军舰停在港口。奥兰多号也会在近期入港。

七月四日

这两三天，政府方面的土著民兵军队陆续在阿皮亚集结。成群结队的船只满载红铜色皮肤的战士，乘着风势驶入港口。船头上有人翻着跟头鼓劲助威。战士们从船上发出奇特的富有震慑性的呐喊。太鼓纷乱地作响。喇叭吹走了调。

阿皮亚全市上下的红手绢都卖光了。红手绢绑成的抹额，是马里艾特阿军，也就是乌拉佩帕的军队的统一服饰。勾着黑色脸谱绑着红色抹额的青年们，把全城折腾得乱哄哄的。撑着欧式阳伞的少女和装束奇特的战士们结伴前行的样子，实在是意趣盎然。

七月八日

战争终于拉开了帷幕。

晚饭后，有使者来报告说负伤者正被运往教会。和芬妮、劳埃德一起提着灯笼骑马赶过去。寒冷刺骨却星辰漫天的夜晚。在塔农伽马诺诺放下了灯笼，之后便在星光照耀下走下去。

无论是阿皮亚的街市还是我自己，都处在一种神奇的亢奋状态之中。我的亢奋，是忧郁而残忍的，其他人的亢奋则是茫然或者激愤的。

临时充当医院的是一座长长的空荡荡的建筑物，中间是手术台，十名伤员的身边都围着陪护人员，在房间的各个角落躺着。身材娇小、戴着眼镜的护士拉琼小姐，今天看上去让人十分有安全感。德国军舰上的看护兵也来了。

医生还没有来。病人中的一位身体开始变凉了。他其实是一个出色的萨摩亚人，肤色黝黑，有种阿拉伯人式的鹰鹫一样的风貌。七名亲人围着他，搓着他的手脚。他好像是被射穿了肺部。已经派人十万火急地去喊德国军舰的军医了。

我也有我的工作。负伤者一定会继续被送来，克拉科牧师说想借用公会堂收容伤员，我跑遍了全城，因为我就在最近加入了公安委员会，我把人们叫起来，召开紧急委员会，决意将公会堂提供出来。有一个人反对，但最后说服了他。关于这件事的费用问题也达成了决议。

半夜，回到了医院。医生已经来了。两名患者濒临死亡的边缘。

其中一人是腹部受了伤。他脸部扭曲着，却一声不吭，已经不省人事，简直惨不忍睹。

刚才那位被射穿了肺部的酋长，躺在一面墙旁边，仿佛在等待最后的天使降临。亲人们支撑着他的手脚。大家都沉默着。突然，一个女人抱住濒死的人的膝盖恸哭失声。哭声持续了有五秒钟吧。然后再次陷入悲哀的沉默。

两点多回家。综合城里的消息，战争似乎是对玛塔法不利。

七月九日

战争的结果终于明朗了。

昨天，从阿皮亚向西发起攻击的拉乌佩帕的军队，正午时分遭遇了玛塔法的军队。不过滑稽的是，据说一开始非但没有打仗，两军将士甚至相拥着喝起了卡瓦酒，推杯换盏，一片欢声笑语。突然，无意间走火的一声枪响，瞬间引发了混战，真枪实弹的战争开始了。傍晚时分，玛塔法军队撤退，据守马里埃郊外的石壁处，昨晚一整晚都在防御对方的进攻，直到今天早上，终于被击溃了。据说玛塔法烧了村子，走海路逃往了萨瓦伊岛。

长久以来，玛塔法是这个岛的精神领袖，对于他的没落，我不知道该说什么。如果在一年前，他大概能够轻而易举地扫平乌拉佩帕和白人政府。我许多棕色皮肤的朋友一定和玛塔法一起蒙受了灾祸。我为他们做了什么？今后又能做些什么？我真是一个可鄙的气象观测者！

午饭后到城里去。到了医院，看到那位被射穿肺部的酋长乌尔仍然不可思议地活着。那个腹部受伤的男人已经死了。

斩获的十一具首级被送到穆里努。令土著大为惊恐的是，其中有一具少女的头颅，而且是萨瓦伊的一个村子的塔乌珀（代表全村的美少女）的头颅。在以南海骑士自居的萨摩亚人中，这是无法原谅的暴行。听说唯独这具头颅包着最上等的丝绸，和一封恭恭敬敬的道歉信一起即刻被送回了马里埃。少女一定是在帮助父亲运送弹药时中弹的。人们说，她为了制作父亲头盔上的穗子，剪掉了自己的头发，发型剪成了男孩模样，所以被错砍了脑袋。不过她的生命以这样的方式终结，与她的美丽多么相衬啊！

只有玛塔法的外甥雷阿乌佩佩，头颅和身躯都被运了回来。拉乌佩帕在穆里努的大街上检阅了这些，发表演说感谢部下们的辛苦奋战。

第二次经过医院时，护士和看护兵都不在，只有伤员的家属。伤员和陪护者都枕着木枕在午睡。有一名受了轻伤的英俊的年轻人，两个陪护他的年轻女子一左一右枕在他的枕头上。另一个角落里，躺着一名神情坚毅的伤员，被丢在那里没有人照料。和刚才说的那位漂亮的青年相比，他的姿态高尚得多，不过容貌并不好看。长相上的细微差别造成的悬殊是多么巨大！

七月十日

今天疲惫得动弹不得。

听说又有更多的首级被送到穆里努。要让猎取头颅的风俗断绝并非易事。他们说："除此之外，还有什么方法可以证明人的勇武？"还说："大卫打败歌利亚[1]的时候，他难道没有带回巨人的首级吗？"但是，单说这次砍下少女的头颅一事，他们似乎十分愧疚不安。

有传闻说玛塔法平安无事地被迎上了萨瓦伊岛，还有传闻说他被拒绝上岛。哪种说法是真的，尚且不知道。如果萨瓦伊接纳了他，那

〔1〕 歌利亚：传说中的著名巨人。《圣经·旧约》中记载，牧羊人大卫战胜了歌利亚，并砍下了这个巨人的头颅。

么大规模的战争还会持续下去吧。

七月十二日

没有确切的消息。只有流言频频出现，说拉乌佩帕的军队向马诺诺进发了。

七月十三日

有了确报，玛塔法被驱逐出萨瓦伊，返回了马诺诺。

七月十七日

拜访了最近入港的卡托巴号的比克福德船长。他接到了镇压玛塔法的命令，明早拂晓时分出航向马诺诺进发。我请求船长答应我在力所能及的范围内善待玛塔法。

但玛塔法会老老实实地投降吗？他的队伍会甘心解除武装吗？

我连向马诺诺寄一封鼓励的信都没有办法做到。

十三

德、英、美三国对玛塔法一介残兵败将，局势的发展趋向已经相当明显。急赴马诺诺岛的比克福德船长敦促玛塔法在三小时之内投降。玛塔法投降了，与此同时，马诺诺遭到了追击而至的拉乌佩帕军队的焚烧和劫掠。玛塔法不仅被剥夺了称号，还被远远流放到亚鲁特岛，他手下的十三名酋长也分别被流放到不同的岛上。支持叛乱者的村庄被征收六千六百英镑的罚金。被投入穆里努监狱的大小酋长有二十七人。这就是这场战乱的最终结果。

史蒂文森为战后的处置积极奔走，可仍旧无济于事。流放者不允许携带家眷，并且禁止与任何人通信。能够探望他们的只有牧师。史蒂文森本想将给玛塔法的信和礼物拜托给天主教徒，但遭到了拒绝。玛塔法被切断了和所有亲友及熟悉的土地的联系，在北方低洼的珊瑚岛喝着咸水（萨摩亚有着众多的高山和溪流，萨摩亚人最受不了盐水）。

他犯了什么罪？按照萨摩亚自古以来的习惯，他理所当然该要求坐上王位，而他犯的罪只是谦虚礼让，耐心地等待了太久。因为这样而使敌人有机可乘，受到了挑衅，被扣上反叛者的名头。一直到最后都老老实实向阿皮亚政府缴纳税款的是他；采纳少数白人提出的禁绝猎取头颅的主张，率先让部下奉行的是他。史蒂文森认为，在包括白人在内的所有萨摩亚居民中，他是最不会撒谎的人。然而，对于救助这个不幸的男人，史蒂文森什么也没能做。玛塔法曾经那样信任着他。现在被切断了通信手段的玛塔法，该不会正在失望，觉得史蒂文森不过是一个和其他白人一样，嘴上说得好听，结果一件实事都不办的家伙吧？

阵亡者家中的女眷来到亲人战死的地方，在那里铺开花席。蝴蝶和其他昆虫飞来，停落在上面。驱赶一次，跑掉了，又赶一次，再跑掉。就这样，第三次停落在那里的时候，它们被当作战死在这里的人们的灵魂。女人们小心翼翼地捕捉起那些虫子，带回家里供奉起来。这样伤心的景象随处可见。

另一方面，有传言说被投入监狱的酋长们每天都遭到鞭打。每当看到听到这样的事，史蒂文森为自己是个一无用处的书生而感到自责。停了许久的给《泰晤士报》的公开信再次动笔。除了肉体的衰弱和创作的沉闷，对自己、对世界的难以名状的愤怒一天天支配着他。

十四

一八九三年十一月 × 日

烦闷的早晨，天空快要下雨的样子，布满巨大的云朵，云在海上落下庞大的蓝灰色影子。虽说是早上七点，但仍然要开着灯。

贝尔需要服用金鸡纳霜[1]，劳埃德在闹肚子，而我是姿态优雅地轻微咯血。

这个早晨总觉得有些不快。错综复杂的悲情哀思将我包围。事物本身所蕴藏的悲剧发生作用，将我笼罩在难以救赎的黑暗之中。

生活并不总是啤酒和九柱戏[2]。但我终究还是相信事物是公正的。即使某天早上醒来已堕身地狱，我的这个信念也不会改变。可尽管如此，人生之路依旧艰辛。我不得不承认我在生活方式上的失误，面对结果惨痛而严肃地磕头。……姑且如此吧，Il faut cultiver son jardin.[3]这便是可怜的人类智慧的底牌。我再度开始我那提不起兴致的创作。又一次拿起《赫米斯顿的韦尔》，又一次感到无从下手。《森特 · 艾维斯》也进展迟缓。

我知道自己正处于每个靠脑力劳动为生的人都会有的瓶颈期，所以并不绝望。但我的文学创作陷入了僵局，这是事实。对《森特 · 艾维斯》，毫无信心。感觉是一个没什么价值的传奇故事。

突然在想，年轻的时候为什么没有选择一个踏实、平凡的行业呢?

---

〔1〕 金鸡纳霜：又叫奎宁，用于治疗抗药性强的热带性疟疾。

〔2〕 九柱戏：现代保龄球运动的前身，主要流行于欧洲。

〔3〕 法语。来源于伏尔泰的《康迪德》。意为：人必须耕种好他的园地。

进入了那样的行业，那么像现在这样的低潮期，就能完美地支撑自己渡过难关了吧。

我觉得我的技巧抛弃了我，灵感也抛弃了我，甚至通过长期非凡的努力才形成的文风也丧失殆尽。而丧失了文风的作家是悲哀的。从前下意识地活动的不随意肌，如今不得不一一通过意志才能调动起来。

但是另一方面，据说《沉船打捞队》的销量相当不错。《卡特丽娜》(《戴维·巴尔福》改成的这个名字)评价不佳，而《沉船打捞队》那样的作品竟卖得好，真是讽刺。但总之还是不要绝望，等待再有新作萌芽吧——虽然今后我怎么都不可能恢复健康的身体和活跃的思维了。不过，文学这种东西，从某个角度想，多少是有点病态的。爱默生[1]说，人的智慧，是根据他有无希望、有多少希望来衡量的。我也不要丧失希望吧。

但是，我无论如何都不认为作为艺术家的自己是什么了不起的人物。我的能力太有限了。我只把自己当成老派的手艺人。那么现在手艺人的水平不佳是怎么回事？当下的我是一无是处的累赘。原因有两个：一是二十年间的艰苦劳作，二是生病，这两者已经从牛奶中把奶油榨取得一干二净。

雨声喧嚣，从森林的另一端渐渐靠近。刹那间，雨水敲打屋顶，发出猛烈的声响。大地散发出潮湿的气息。这神清气爽的感觉像置身高地一样。从窗户向外望去，骤雨是一道道水晶棒，敲击在万物之上，激荡起磅礴的飞沫。风。风运来一阵惬意的凉爽。骤雨过去，而雨侵袭附近的声音，还在浩浩荡荡传入耳中。雨水顺着屋檐落下，有一滴

〔1〕 爱默生：即拉尔夫·沃尔多·爱默生（Ralph Waldo Emerson），美国思想家、文学家。

穿过竹帘，溅到我的脸上。那檐上的雨水汇成小小的河流，从窗前落下。心旷神怡！这一切仿佛与我心中的什么东西相呼应。是什么呢？说不清楚。是一些古老的、关于沼泽地的雨水的记忆吗？

我走出阳台，听着雨水落下屋檐的声音。有种想要倾诉的冲动。说些什么？一些激昂壮阔的东西，一些挣脱自己身份桎梏的东西。比如，关于世界就是一个错误这件事。为什么是一个错误？没什么特别的缘由。因为我写不好作品。还因为听到了大大小小各种各样的无趣又烦琐的事情。不过，在这些烦琐的重负中，最要命的就是要肩负一个永远的重担——必须不停地挣钱。如果有一个地方能舒舒服服地躺着，两年不用写作那该多好！就算那是一个疯人院，我又怎么会不去？

十一月 ×× 日

我的生日会因腹泻的缘故推迟了一周，于今天举行。十五头焖烤乳猪。一百磅牛肉。同等分量的猪肉。水果。柠檬汁的味道。咖啡的香气。波尔多红酒、果仁糖。楼上楼下都是花、花、花。临时设置了场地，能拴六十四马。大约来了一百五十名客人。三点左右来，七点走。如同海啸来袭。大酋长赛乌玛努把自己的一个荣誉称号赠给了我。

十一月 ×× 日

下山到阿皮亚去，在街上雇了马车，和芬妮、贝尔、劳埃德一起风风火火地乘车赶往监狱，要给被囚禁的玛塔法的部下送去卡瓦酒和香烟。

在白铁栅栏的包围下，我们和我们的政治犯以及监狱长乌鲁姆布朗特共饮卡瓦酒。一名酋长在喝卡瓦酒时，首先伸出手臂将杯中的酒缓缓倒在地上，用祈祷的语调这样说道：

“愿神明也莅临这酒宴！这聚会如此美好！”

只是我们送去的是一种叫斯比特·阿瓦的卡瓦酒，大路货而已。

最近，仆人们有点消极怠工——虽然这么说，但比起一般的萨摩亚人，绝对算不上懒惰。有个白人说：“萨摩亚人一般不跑步，只有瓦伊利马的用人是例外。”我以此为傲。通过塔洛洛的翻译，训斥了仆人们，向他们宣告最懒惰的人工资减半。那个人老老实实地点头认罚，不好意思地笑了。我刚来这里的时候，倘若给哪个用人的工资减掉六先令，那人就会马上辞职。但现在，他们好像都视我为酋长了。

被减工资的是一个叫提亚的老人，他是一名给用人们做萨摩亚料理的厨师，但其实拥有堪称完美的堂堂仪表，体格和容貌看起来是典型的从前武名威震南洋的萨摩亚战士那样的。可是，这人竟然是一个难对付的投机取巧的家伙！

十二月×日

万里无云，天热得要命。受到监狱中的酋长们的邀请，下午，骑着马在炙热的大太阳下走了四英里半，赶赴狱中的宴会。是对前几天我探监的答谢吧？他们把自己的乌拉（将许多深红色的种子串在线上做成的颈饰）摘下来挂在我的脖子上，称我为“唯一的朋友”。

作为一场狱中的宴会，可以算得上相当自由、相当丰盛了。他们给了我花席十三张、团扇三十把、猪五头，还有堆积成山的鱼和更大的一堆芋头作为礼物。我推辞说实在拿不了这么多东西，他们说道：“不，请一定载着这些东西，回去时从拉乌佩帕国王的家门前经过。他一定会嫉妒的。”听说挂在我脖子上的乌拉，也是拉乌佩帕王一直想要的东西。嘲弄国王，就是被囚禁的酋长们的目的之一。

我把小山一样的礼物装上车，戴着红色的颈饰，跨上马，像马戏团的队伍一样，在阿皮亚城人群的惊叹中，不紧不慢地回去了。倒是也经过了国王的家门前，不过他嫉妒了没有呢?

十二月 × 日

《退潮》终于步履维艰地完稿了。一部拙劣的作品?

最近接着在读蒙田[1]的第二卷。过去，在二十岁之前，我出于学习文风的目的读过这本书，正因为如此，现在重读时十分惊讶。那个时候，我读懂了这本书中的什么呢?

读过这样伟大的著作，之后其他任何作家看上去都像小孩子一样，没有想要阅读他们的欲望。这是事实。但即便如此，我仍然深信不疑，小说是书籍中最了不起，或者说是最强有力的一种。凭附在读者身上，夺去其灵魂，化成其血肉，被其完全吸收殆尽的，除了小说别无他物。其他的书，总觉得没有充分燃烧，还有残留的东西。我现在于低潮中挣扎是一回事，我对这条道路充满无限自豪，又是另外一回事。

在土著和白人这两方中都不受拥戴，纷争也持续不休，政务长官冯·皮尔扎哈终于引咎辞职。大法官近期应该也会辞职。眼下，他的法庭已经关闭，只有他的口袋还敞开着接收俸禄。听说他的后任内定为伊伊达。总之，在新政务长官到任之前，像过去一样，仍是英、美、德领事的三头政治。

阿阿纳方面的形势看样子要发生暴动。

〔1〕 蒙田：法国文艺复兴时期最有标志性的哲学家，以《随笔集》三卷留名后世。

十五

玛塔法流落到亚鲁特之后，土著的起义仍然接连不断。

一八九三年末，曾经的萨摩亚王塔玛瑟瑟的遗孤，率托普阿族举兵造反。小塔玛瑟瑟起义时声称要将国王以及全体白人放逐到岛外或是歼灭，但最后被拉乌佩帕王麾下的萨瓦伊部攻破，在阿阿纳溃败。对叛军的惩罚仅是没收了五十杆枪，征收了未缴纳的税金，命令其修筑二十英里道路。和之前对玛塔法的严厉惩罚相比，极不公平。这是由于父亲塔玛瑟瑟过去曾是德国人拥立的傀儡，小塔玛瑟瑟拥有一部分德国人的支持。

史蒂文森又试图向各方发出徒劳无功的抗议。当然不是要给小塔玛瑟瑟施加重刑，而是要求给玛塔法减刑。人们已经到了史蒂文森一提玛塔法的名字就开始嘲笑的地步，即便如此，他还是郑重其事地反反复复向本国的报纸和杂志申诉萨摩亚的现状。

在这次动乱中，猎取人头的行为依旧大肆盛行。对此持反对态度的史蒂文森立刻要求惩处砍取头颅的人。就在这场动乱临爆发之前，新任的大法官伊伊达通过议会发布了猎取人头的禁令，所以施以处罚是理所应当的。但是这个处罚实际上并没有实施。对此，史蒂文森义愤填膺。岛上的宗教家们竟然对猎取人头一事漠不关心，这也让他怒火中烧。眼下，萨瓦伊族还在固执地坚持猎取人头的陋习，而茨阿玛桑加族有所收敛，以割耳朵取代了砍头。从前的玛塔法几乎禁绝了部下的砍头行为，他认为只要加以努力，一定能够根除这一恶习。

这一任大法官吸取了切达尔克兰茨倒台的教训，看样子在逐渐恢复政府在白人和土著之间的信用。但是，小规模的暴动、土著之间的纷争和对白人的恐吓，在一八九四年整整一年都没有中断过。

十六

一八九四年二月 × 日

昨晚，照例在别院里独自工作，拉法埃莱拿着灯笼和芬妮写的纸条来了。纸条上说，屋外的树林中聚集了许多暴民，希望我火速赶来。我赤着脚，带上手枪，和拉法埃莱下山去。途中遇到了上山来的芬妮。一起回到家中，一夜惶恐，通宵未眠。

整夜都从塔农伽马诺诺方向传来太鼓声和叫喊声。遥远的山下的街市，在迟升的月亮的照耀下，似乎演绎着一出狂乱的闹剧。我们家的树林中的确潜伏着土著，但意外地并无骚动。这种悄无声息反而更加恐怖。月亮升起之前，停泊在港口的德国军舰的探照灯在黑暗的夜空中来回旋转，射出苍白而广阔的光芒，美不胜收。

虽然躺在床上，但是风湿病发作，怎么都睡不着。在第九次试图入睡的时候，男仆的房间传来怪异的呻吟声。我捂着脖子，拿着手枪，去了男仆的房间。大家都还醒着，在玩斯威匹（纸牌赌博）。原来是密西佛罗这个笨蛋输了，发出了夸张的呻吟声。

今早八点，伴随着太鼓的声音，左侧的森林里出现了一队巡逻兵装扮的土著。通往瓦埃阿山的右侧的树林也出现了少数士兵。他们合并在一起，向我们家走来。最多也就五十人吧。我用饼干和卡瓦酒招待了他们之后，这些人就老老实实地朝阿皮亚街道的方向走去了。

荒唐的恐吓。即便是这样，领事们昨晚也彻夜难眠吧。

前几天上街的时候，有一个陌生的土著交给我一份装在蓝信封中的正式信函。其实是恐吓信。信上说白人不应和国王方面的人扯上关系，也不应收取他们的礼物……他们大概也以为我背叛了玛塔法吧？

三月 × 日

《森特 · 艾维斯》正在写作中，六个月之前订购的参考书终于到了。一八一四年时的囚犯竟然穿着这样奇特的制服，一周刮两次胡子！要彻头彻尾重写了。

收到梅瑞狄斯[1]郑重的来信。真是我的光荣。《比钦的一生》至今仍是在南洋时我喜欢读的书之一。

除了为少年奥斯汀准备历史讲义，最近还在做主日学校[2]的老师。是受人之邀，出于兴趣在做这份工作，结果现在用零食和奖品吸引孩子们，也不知道还能继续到什么时候。

查图温都斯书局传来消息，在巴克斯特和柯文的策划下，准备出版我的全集。说是和司各特的四十八卷《威弗利小说集》一样的红色装帧，全二十卷，一千部限量版，使用印有我的名字首字母的水印的特殊纸张。在世时就享有出版这样奢华的全集的待遇，我真的算得上大作家吗？虽然有些疑问，但朋友们的好意实在难能可贵。不过，看了一遍目录，我觉得年轻时写的那些令人汗颜的散文，说什么都要删掉。

〔1〕 梅瑞狄斯（George Meredith）：英国维多利亚时代诗人、小说家。

〔2〕 主日学校：又称安息日学校。以对儿童进行宗教教育为目的，每个星期天在基督教教堂等处授课的学校。

我不知道现在的人气（?）会持续到什么时候。我仍然不能相信大众。他们的判断是英明的还是愚蠢的？从远古的混沌之中选出《伊利亚特》[1]和《埃涅阿斯纪》[2]并存留下来的他们，不得不说是明智的。但是，现实中的他们，即便客套地说，恐怕也称不上睿智吧？说实话，我并不信任他们。可如果这样的话，我究竟是为谁而写作呢？说到底，还是为了他们，为了能被他们阅读。仅仅为了他们中少数出类拔萃的人写作，这种说法显然是错误的。如果只被少数评论家褒扬，而入不了大众的眼，那么我明显是不幸的。我轻视他们，但又完完全全依附于他们。就像是任性的儿子和他无知而宽容的父亲？

罗伯特·弗格森。罗伯特·伯恩斯[3]。罗伯特·路易斯·史蒂文森。弗格森为即将到来的伟大做了铺垫，伯恩斯完成了这个伟大，而我不过是拾人牙慧罢了。苏格兰的三位罗伯特中，暂且不提伟大的伯恩斯，弗格森和我实在太过相似了。在青年时某段时间，我曾经在深爱维庸的诗同时沉迷于弗格森的诗。他和我出生在同一个城市，同样体弱多病、作风浪荡、遭人嫌恶、苦恼万分，最后，唯一与我不同的是，他死在了疯人院。如今，他那些美丽的诗篇几乎被人们遗忘殆尽，而才华远不及他的路易斯·史蒂文森好歹依然活着，甚至要出版豪华的全集了。这样的对比真是令人痛心。

〔1〕《伊利亚特》：希腊最古老的的叙事诗。相传约公元前 8 世纪由诗人荷马所作，描述以希腊英雄阿喀琉斯为主人公的特洛伊战争波澜壮阔的场面。

〔2〕《埃涅阿斯纪》：诗人维吉尔于公元前 29 年 ~ 公元前 19 年创作的史诗，叙述了埃涅阿斯在特洛伊陷落之后辗转来到意大利，最终成为罗马人祖先的故事。

〔3〕 罗伯特·弗格森（Robert Bergusson）和罗伯特·伯恩斯（Robert Burns）都是苏格兰著名诗人。

五月 × 日

早上，剧烈地胃疼，服用了几滴鸦片酊。因此频频感到口渴，手脚麻痹。身体部分功能紊乱，整个人都昏昏沉沉的。

最近，阿皮亚的御用新闻周刊开始猛烈地攻击我。而且，措辞相当污秽。这段时间的我应该已经不是政府的敌人了，实际上，我与新任政务长官修米特，还有现在的大法官，都相处得相当和谐，所以唆使报纸攻击我的一定是领事们，因为我屡次攻击他们的越权行为。今天的报道着实卑劣。起初我很生气，可现在甚至引以为荣了。

“看吧！这就是我所处的地位。我不过是住在树林中的一介平民，他们竟然急得跳脚，视我为眼中钉！我的本事已经大到了他们必须每周反复宣称我没有本事的地步！”

对我的攻击不只来自阿皮亚市，还有远从大洋彼岸来的。身处这样偏僻的岛上，仍有评论家们的声音传来。说什么的都有！更何况，无论是赞扬者还是诋毁者，都是基于对我的作品的错误理解之上，这使我非常郁闷。姑且不论是褒是贬，总之能够充分理解我的作品的，只有亨利·詹姆斯了（不过他是一位小说家，并不是评论家）。

优秀的个人身处某种氛围之中，会导致他产生独处时无法想象的集团性的偏见——像我这样远离疯狂的群体时，其实会清楚地明白这一点。这里的生活带来的收获之一，是我学到了用不受外界禁锢的眼光去看待欧洲文明。据说高斯说过这样的话：“只有在查令十字街周围三英里之内，文学是存在的。萨摩亚或许是养生圣地，但似乎不适合创作。”就某些文学而言，可能的确如此。但这是一种多么狭隘的文学观啊！

粗略浏览了今天的邮船送来的杂志上的评论，对我的作品的非难大致出于两个立场：一部分人认为注重性格或心理描写的作品是最好的，一部分人喜欢极端的写实。

有的作品自称是性格小说或心理小说。我觉得这类作品实在太烦琐了。为什么要这样絮絮叨叨地说明性格、展示心理活动呢？性格和心理，难道不应该是只通过表面呈现的行动来描写吗？懂行的作家会这样来写吧。吃水浅的船会摇摇晃晃。就连冰山，也是隐没在水面下的部分远比上面的更庞大。如果作品像一眼能看到后台的舞台、没有拆除脚手架的建筑物，那么这样的作品无疑是平庸的。越精巧的仪器，越是一眼看去简单纯粹，不是吗？

话说，我还听说左拉[1]先生的烦琐的写实主义正横行于西欧的文坛。就是将看到的事物事无巨细地一一记录下来，以此描绘自然世界的真相。这种写实主义的浅陋实在令人发笑。所谓文学，就是选择。所谓作家的眼睛，是进行选择的眼睛。绝对地描写现实，这算什么？谁能够捕捉全部的现实？现实是皮革，作品是鞋子。虽然鞋是由皮革做成的，但并不单纯只是皮革。

“没有情节的小说”这种不可思议的东西，我怎么思考都想不明白。也许远离文坛太久了，我已经理解不了年轻人的语言了。在我个人来看，作品的“情节”乃至“故事”，就如同脊椎动物的脊椎。对于“小说中的事件”的轻视，难道不是小孩强装大人模样时故意做出的一种姿态吗？对比一下《克拉丽莎》[2]和《鲁滨逊漂流记》吧。大家一定会

〔1〕 左拉：即埃米尔·左拉（Émile Zola），19世纪法国重要的作家之一，自然主义文学代表人物。

〔2〕《克拉丽莎》：英国小说家塞缪尔·理查逊的书信体小说。

这么说："这个嘛，前者是艺术品，后者不就是通俗得不能再通俗的、用来解闷的幼稚故事吗？"好吧。这确实是事实。我也绝对支持这样的意见。只是说出这番言论的人，果真把《克拉丽莎》读过哪怕一遍吗？有没有把《鲁滨逊漂流记》读过五遍以上？这是有些令人怀疑的。

这是一个巨大的难题。但是可以说，真实性和趣味性兼具的东西，才是真正的叙事诗。听听莫扎特的音乐吧！

说到《鲁滨逊漂流记》，当然也要提及我的作品《金银岛》。暂且不论那部作品的价值，不可思议的是，人们几乎都不相信我对其倾注了全力。我写那本书时，和写之后的《绑架》与《巴伦特雷的少爷》时一样认真。很奇怪，我在写作的全程中，都好像完全忘记了那是写给少年读的。即便现在，我也并不讨厌那本少年读物——我的第一部长篇小说。世人并不理解，我就是一个孩子。可是，认同我怀有的孩子的心性的人，又无法理解我同时是一个大人。

说起大人和孩子，还有一件事。是关于英国拙劣的小说和法国精妙的小说（法国人为什么那么擅长写小说啊？）。《包法利夫人》毫无疑问是杰作，而《雾都孤儿》是多么孩子气的家庭小说！福楼拜写了给大人的小说，狄更斯留下了给孩了的故事，但我觉得比起福楼拜来，狄更斯更像成年人。不过这种想法也存在危险。这种意义上的大人，会不会最后什么都不写了？莎士比亚长大后成了威廉·皮特[1]，查塔姆伯爵长大后成了籍籍无名的一介平民（？）。

用相同的语言随心所欲地指称不同的事情，或是对同一件事用各

〔1〕 威廉·皮特（William Pitt，1st Earl of Chatham）：即下文的查塔姆伯爵，英国辉格党政治家，为区分他和他的儿子，坊间称其为"老威廉·皮特"。

不相同的一本正经的词汇表达出来——人们不知厌倦地反复争论。离开了现代文明之后，更加清楚这样的事是多么愚蠢。对于没有被心理学和认识论侵袭的这个偏远小岛上的茨西塔拉而言，无论现实主义还是浪漫主义，归根结底不过是技巧上的问题，是吸引读者的方式不同。说服读者的是现实主义，使读者入迷的是浪漫主义。

七月 × 日

自上个月以来的恶性感冒终于痊愈，这两三天接连去停泊在港口的丘拉索号上游玩。今天早上早早下山进城，和劳埃德一起受邀到政务长官埃米尔·修米特那里吃早餐。然后一起去丘拉索号上，午餐也在船上解决。晚上在冯克博士那里参加啤酒晚会。劳埃德早早回去了，我打算自己去住宾馆，于是交谈到很晚。话说，回家路上，发生了一段十分奇妙的经历。很有趣，所以记录下来。

感到啤酒之后喝的勃艮第酒劲上头了，便从冯克博士家告辞，这时已经酩酊大醉。想往宾馆走，走了四五十步的时候，多少还有意识警告自己“醉了哦，小心点”，不知不觉意识就松弛了，最后，什么是什么，完全不知道了。等回过神的时候，我正倒在散发着霉味的昏暗的地面上。带着泥土气息的风温和地抚摸着脸庞。这时，我稍稍清醒意识，被一个像远方而来的越变越大的火球一样的念头击中——这里是阿皮亚，不是爱丁堡。之后想来十分不可思议，但是我倒在地面上的时候，似乎一直以为自己身处爱丁堡的街道。

那火球一样的念头闪过我的脑海，一时间似乎豁然开朗，但没过多久意识又再次朦胧起来。在模模糊糊之中，浮现出一幅奇妙的光景。走在街上的我突然觉得肚子疼，急急忙忙钻进旁边一座高大的建筑物的大门，想借用厕所，这时，正在打扫庭院的看门老人尖刻地盘问我：

“你要干什么？”“没什么，只是想借用一下厕所。”“啊，那样的话，请您自便。”老人说着，将信将疑地又往我这边瞟了一眼，之后再次挥动起了扫帚。

“真是个讨厌的家伙啊。什么叫‘那样的话，请您自便’？”似乎在很久之前，在某个地方——并不是爱丁堡，大约是加利福尼亚的某个城镇，我实际经历过这样的事。

猛然恢复了神志。我倒在地上，鼻子前面耸立着一座又高又黑的墙壁。深夜的阿皮亚的街道，四处漆黑一片，但这座高墙从这里再走二十码就中断了，墙的尽头处似乎散发着淡黄色的光芒。我晃晃悠悠地站起来，拾起掉在一旁的遮阳帽。墙壁散发出难闻的霉味儿——唤起我对过去那奇怪的场景的记忆的，可能就是这个味道。我沿着墙壁，向发光的方向走去。墙壁很快就到头了，向对面望去，可以清楚地看到很远的地方有一盏街灯，非常小，小得像用望远镜看到的一样。这里是一条比较宽阔的街道，街道的一侧，刚才的墙壁继续延伸下去，茂密的树木从墙头上探出脑袋，迎着从下方照来的淡淡的微光，在风中沙沙作响。我莫名地觉得，沿着这条路稍走一程，再向左转，就能回到爱丁堡赫里奥特街的我的家中——我在那里度过了少年时代。我似乎再次忘记了自己身处阿皮亚，仿佛置身于故乡的街道上。向着光亮的地方走了一会儿，突然清醒了，这次的的确确清醒了。啊，这里是阿皮亚啊。——于是，我清楚地注意到了朦胧的光芒照耀下的道路上白色的尘埃，和自己鞋子上的污垢。这里是阿皮亚市，我正在离开冯克博士家走回宾馆的途中……我这才终于完全恢复了意识。

感觉大脑组织有哪里好像出现了空当，并不是只是因为醉酒而倒下的。

或许，将这么奇怪的事情细致地记录下来，这行为本身已经有几分病态了。

八月 × 日

医生禁止我写作。完全停笔是不可能的，但最近每天早上都在农田里待两三个小时。感觉这样会让我的身体状态更好。只要栽培可可一天能赚十英镑，那文学什么的交给别人做也未尝不可。

在家里的田地里收获的东西——卷心菜、西红柿、芦笋、豌豆、橙子、菠萝、醋栗、苤蓝、西番莲，等等。

并不觉得《森特 · 艾维斯》写得不好，但是进展困难。眼下在读欧姆的《印度斯坦史》，非常有趣。书里采取的是十八世纪风格的、忠实的非抒情式记述方式。

两三天前，停泊中的军舰突然收到命令出动作战，沿海岸巡航，炮击阿图阿的叛军。前天上午，洛图阿努的炮声震惊了我们。今天也能听到远处的炮声隆隆作响。

八月 × 日

瓦依雷雷农场举办野外赛马。我身体状况良好，所以参加了比赛。骑马驰骋了十四英里以上的距离。酣畅淋漓。这场赛马是对野蛮的本能的倾诉，是对昔日的欢欣的再现。仿佛回到了十七岁。"所谓活着，就是感受欲望，"我一边在草原上疾驰，一边在马背上意气风发地想，"就是在一切事物上感受到青春期时从女性身体上感受到的那种强有力的诱惑。"

但是，白天快乐的代价，是夜里极其严重的疲劳和肉体的痛苦。久违地度过了快乐的一天，但在这之后的反作用让我的心情彻底黯淡下来。

从前，我没有对自己做过的事情后悔过，只对没有做的事情，总是感到后悔。自己没有选择的职业，自己没有勇敢进行的（可是原本的确有机会可以做的）冒险，还有自己没有遇到的种种经历。想到这些，贪心的我会焦虑不安。但是，最近，像这样对行动的纯粹的渴望已经渐渐消失了。我想，像今天白天那样明朗的欢愉，是不是再也不会有了？晚上回到卧室后，因为太过疲劳，咳嗽的顽疾像哮喘一样剧烈地发作，再加上关节也阵阵作痛，我虽然不情愿，但也没法不这么想。

我活得太久了吗？以前也有一次想过死亡。那是我追随芬妮穿洋越海来到加利福尼亚，在极度的贫困和极度的衰弱中，断绝了和朋友、亲人的一切来往，寄身于旧金山的贫民窟苦苦创作的时候。那时，我屡屡想到死亡。但是，到那时为止，我还没有写出堪称我人生纪念碑的作品。在尚未写出这样的作品时，我无论如何不能死。如果死了，对一直以来鼓励自己、支持自己的可贵的朋友们也是忘恩负义（比起父母，我先想到了朋友）。因此，我在连饭都吃不饱的日子里，咬紧牙关写了《沙汀上的孤阁》。

但是现在怎样呢？我不是已经完成了自己能做的事情了吗？那是不是堪称纪念碑的优秀作品，暂且不论，总之我已经把我所能写的东西都写了。在这顽固的咳嗽、哮喘、关节痛、咯血和疲劳中勉强地延续生命的理由何在？自从疾病断绝了我对行动的渴望，人生对我而言就只有文学了。文学创作。文学既不是快乐也不是痛苦，文学就只能是文学。因此，我的生活既无幸福，也无不幸。我是蚕。蚕不管自己幸福与否都要结茧，我就像蚕一样，只是用语言的丝织结了故事的茧。可怜的病恹恹的蚕终于结完了那个茧。他的生存不是已经没有任何目的了吗？“不，有。”一个朋友说，“蜕变。变成蛾，咬破茧，飞出来。”

这真是一个完美的比喻。但问题是，我的精神上或是肉体上，还有没有存留着破茧而出的力气。

十七

一八九四年九月 × 日

昨天，厨师塔洛洛说："听说我的岳父和其他酋长们明天要一起来，和您商议什么事情。"他的岳父老波埃，是玛塔法一方的政治犯，也是在狱中设卡瓦酒宴款待我们的酋长之一。他们上个月末终于被释放了。波埃入狱期间，我给予了他许多关照：安排医生去狱中，办理因病暂时出狱的手续，再入狱后又为他支付保释金。

今天早上，波埃和其他八名酋长一起来了。他们进入吸烟室，依照萨摩亚的习惯围成一圈蹲下。他们的代表开口说道：

"我们身处监狱的时候，茨西塔拉格外同情我们。现在，我们总算被无条件释放了。出狱后，大家马上商量说想做些什么表达对茨西塔拉深情厚谊的感谢。比我们先出狱的其他酋长中，很多人仍在为政府修筑道路工程，那是他们的释放条件。看到这些，我们一致决定，为茨西塔拉家修一条路，作为我们发自内心的赠礼。请您一定要接受这份礼物。"

他们打算修一条连接公路和我家的道路。

熟悉土著的人，都不会拿这样的话当真，但我还是非常感激这个提议。不过说实话，修路的话，最后我不得不因为工具、伙食、薪酬而花掉一笔数目可观的费用（估计对方是不会收取薪酬的，但最后还是要以慰问老弱的方式给他们）。

但是，他们进一步说明了这个计划：他们这些酋长，马上回到自己的部落，召集本族的劳动力；一部分青年带着小船来住到阿皮亚市，负责沿着海岸给干活的伙伴供给食物；只有工具设法从瓦伊利马借来，但绝不会收受任何礼物……这实在是令人震惊的非萨摩亚式的勤劳。如果这真的付诸实际，恐怕会是这个岛上前所未闻的吧。

我对他们致以了深厚的谢意。我坐在他们的代表对面，这个人我不太熟悉。起初寒暄的时候，他的表情十分客气，进而说到茨西塔拉是他们在狱中唯一的朋友时，他突然流露出了热情洋溢的纯粹的感情。我并不是自夸。波利尼西亚人的假面，完全是白人无法破解的太平洋之谜，我还是第一次见到它被这样彻底地摘掉。

九月 × 日

晴朗无云的好天气。他们一早就来了。全是一些体格强健、面容纯朴的年轻人。他们立刻投入到我家的新道路的施工中。老波埃心情相当好，看上去好像因这个计划而重返青春了。他频频开着玩笑，四处走来走去，仿佛在向年轻人们夸耀自己是瓦伊利马家族的朋友。

他们的冲动能否持续到道路完工，这对我而言完全不是问题。他们制订了这个计划，并且已经着手进行这件萨摩亚史无前例的事——这就足够了。试着想想吧，那是道路施工——萨摩亚人最厌恶的东西，这片土地上仅次于征税的引起叛乱的原因，无论是金钱还是刑罚都无法轻易促使他们去做的道路施工。

通过这件事，我觉得自己也许可以感到骄傲——我在萨摩亚至少做成了一件事。我很高兴，真的，高兴得像孩子一样。

十八

进入十月，道路基本竣工。作为萨摩亚人，这样的勤劳和速度令人惊讶。这种情况下常常出现的部落间的纷争也几乎没有发生。

史蒂文森打算举办一场盛宴纪念工程竣工。不论白人还是土著，他给岛上所有主人无一遗漏地寄送了请柬。可令人惊讶的是，随着宴会日期的临近，白人以及一部分和白人交好的土著给他的回复都是拒绝。孩子般天真无邪的史蒂文森满怀喜悦举办的宴会，被他们当作了政治手段——他们认为他想要纠集叛军，对政府制造新的敌意。几个和他最为亲近的人，也毫无理由地表示不会出席。宴会几乎只有土著来了，即使这样，依然人数众多。

当天，史蒂文森用萨摩亚语发表了感谢的演说。几天前，他将英文底稿拿到一位牧师那里，请他翻译成了土语。

他首先对八位酋长致以深厚的谢意，接着对公众说明了这个美好的提议产生的经过。他说，自己一开始本想拒绝这一提议，因为他深知，这个国家正在遭受贫困和饥饿的威胁，而且现在酋长们的家和部落由于主人长期不在，正亟待整顿。但最后之所以接受了，是因为觉得这个工程带来的影响比一千棵面包树还要有效，而且接受这样美好而友善的心意，让自己感到无与伦比的喜悦。

“各位酋长，看到你们为我辛勤劳作，我的心中充满温暖。这不仅因为感谢，也因为某种希望。我从中读到了一种承诺，承诺为萨摩亚带来美好的前程。我想说的是，诸位作为勇敢的战士对抗外敌的时代已经结束了，如今，守护萨摩亚的方式只有一个，那就是修筑道路、开垦果园、种植林木，再亲手将这些成果好好推销出去。总的来说，就是用自己的双手开发自己的国土上的丰富资源。如果诸位不做这些，那么其他不同肤色的人就会来做。

“自己所有拥有的东西，诸位用它做了什么？在萨瓦伊，在乌波鲁，在茨茨伊拉，诸位任由它们遭受猪猡们的蹂躏，不是吗？猪猡们在烧毁房屋、砍掉果树，为所欲为，不是吗？他们不播种，却在收割；不播种，却在收获。可是，神是为了你们而在萨摩亚的土地上播撒种子，赐予你们富饶的土地、美丽的太阳和充足的雨水。

“抱歉，我要再重复一遍，诸位如果不保护、不开发，这些东西不久就会被他人掠夺。诸位和诸位的子孙，都会被驱赶到外面的黑暗之中，唯有哭泣，毫无他法。我并不是在信口开河，我亲眼见到过这样的实例。”

之后，史蒂文森讲述了自己在爱尔兰、苏格兰高地或夏威夷见过的土著的悲惨现状，还说为了不重蹈他们的覆辙，如今正当发愤图强。

“我热爱着萨摩亚和萨摩亚人民。我发自内心地喜爱这个岛，下定决心有生之年都要住在这里，死去后也要将墓地安置在此。所以，不要觉得我所说的只是随口一提的警告。

“当前正有巨大的危机逼近诸位。是选择刚才我所说的各民族那样的命运，还是摆脱这种命运，让诸位的子孙可以在这块世代相传的土地上回忆和赞美你们？最后的危机正在靠近。按照条约，土地委员会和大法官马上就要结束任期了。那时，土地归还给诸位，诸位想怎么使用都是自由的，奸恶的白人就会在那个时候伸出魔爪。手持土地测量器的家伙们，一定会来到诸位的村子。试炼诸位的火点燃了。诸位果真是金子吗？还是铅屑？

“真正的萨摩亚人必须闯过这个难关。该如何做？不是涂黑面孔去战斗；不是放火烧毁房屋；不是杀死猪猡，割下受伤的敌人的头颅。这些行为只会使诸位走入更加悲惨的境地。真正拯救萨摩亚的人，必须是开辟道路、种植果树、增加收获，也就是开发神赐予我们的丰富资源的人。这样的人是真正的勇者、真正的战士。

“各位酋长！你们为茨西塔拉而辛勤工作，茨西塔拉向你们致以衷心的感谢。并且我想，如果全体萨摩亚人都能以你们为典范，那就好了。也就是说，如果这个岛上所有的酋长、所有的岛民都倾注全力进行道路的开拓、农场的经营、子弟的教育和资源的开发——不是为了区区一个茨西塔拉，而是为了诸位的同胞、子弟，甚至尚未诞生的后代倾注这样的努力，那该有多么好啊。”

这个演说，说是感谢词，倒更像是警告乃至说教，获得了巨大的成功。并不像史蒂文森担忧的那样困难，他们中的大部分好像完全理解了，这使他非常安慰。他像少年一样高兴，在褐色的朋友们中手舞足蹈。

新道路的旁边，立着一块写有如下土语的标识牌：

感谢的道路

为了报答我们在狱中呻吟的日子里

茨西塔拉温暖的关心，

我们现在赠予他这条道路。

我们修筑的这条道路，

永远不泥泞，永远不坍塌。

十九

一八九四年十月 × 日

听说我仍在提起玛塔法的名字，白人们会露出奇怪的表情，就像听到有人谈论去年的戏剧。还有人暗暗发笑。卑劣的笑。无论怎样，玛塔法事件都不是一桩可笑的事情。仅凭一个作家的奔走，完全无济于事。似乎小说家在陈述事实的时候，也会被当成在讲故事。如果没有有权有势的人给予支援，就无法成事。

J · F · 霍根先生在英国下议院就萨摩亚问题提出了质问，我与他素未谋面，但写了信给他。报纸上说他一再对萨摩亚的内乱提出质问，看样子对这个问题相当关心；从质问的内容来看，好像对具体情形也相当了解。在给这位议员的书信中，我反复阐述了为什么说对玛塔法处刑失之过严，尤其是和最近发动叛乱的小塔马瑟瑟相比，量刑未免太过偏颇。找不出任何罪状的玛塔法（要说起来，只不过是受到了挑衅），被流放到千里之外的孤岛上，而扬言要歼灭岛内白人的小塔玛瑟瑟只被没收了五十杆枪就完事了。竟然有这样的荒唐事。现在，除了天主教会的牧师以外，谁都不被允许去探望身在亚鲁特的玛塔法。连通信也不可以。最近，他的独生女儿一意触犯禁令，去往亚鲁特，但如果被发现的话，还是会被遣送回来的吧。

为了救助相隔千里的玛塔法，不得不调动相隔万里的国家的舆论，这太荒诞了。

如果玛塔法能够回到萨摩亚，他一定会成为神职人员的吧。他受过这方面的教育，而且品行也与之相符。就算回萨摩亚无望，至少能到斐济岛，这样的话，饮食和故乡无异，甚至可以奢望他有时能和我们见见面。如果能这样，该有多好。

十月 × 日

《森特 · 艾维斯》即将完稿，但是突然想继续写《赫米斯顿的韦尔》，又把这篇捡了起来。从前年开始动笔之后，几次提笔，几次搁笔，这一次应该能有个交代。要说是自信，不如说有这种预感。

十月 ×× 日

在这世上活得越久，我就越发深深地觉得自己像个不知所措的孩子。我无法习惯。这个世上看到的、听到的，这样的繁衍方式，这样的成长过程，故作高雅的表面和藏在底部的卑劣疯狂——这些东西，无论年岁如何增长，都是我所无法习以为常的。我觉得，年纪越大，越是渐渐变得一无所有和愚昧无知。“长大以后就懂了。”小时候，人们总是对我这样说，但那毫无疑问是谎言。我对任何事物都更加迷惑不解了。……这实在令人不安。但另一方面，我因此而没有失去对活着的好奇心，这也是事实。

世上的确有很多老人摆出一副倚老卖老的姿态——“对我来说，这样的人生经历过多少次了。我已经没有什么要从人生中学习的了。”但究竟哪位老人能在世上活第二遍呢？无论多么年迈，他们今后的生活，对他们而言都必定是第一次经历，不是吗？我（我自己虽然不是所谓的老人，但若按照和死亡的距离长短来计算，我绝不年轻了）看不起那些一脸大彻大悟的老人们，并且厌恶他们。我厌恶他们那毫无好奇心的眼神，尤其是“现在的年轻人啊”这种扬扬自得的说话方式——只不过是在这颗行星上充其量早出生了二三十年，就要强迫对方尊重自己的意见。Quod curiositate cognoverunt superbia amiserunt. [1]——“他们因惊奇而获得的东西，因傲慢而失去了。”我很高兴，病痛并未怎么磨灭我的好奇心。

十一月 × 日

阳光正盛的午后，我独自在阿皮亚街道上漫步。路面上蒸腾起白色的热浪，晃得睁不开眼来。望向道路尽头，也没有看到一个人。道路右侧，甘蔗田一片缓缓起伏的绿色，一直延伸到北方。田野尽头，深蓝色的太平洋汹涌澎湃，一边堆叠出一层层云母粉一样晶莹的波纹，一边扬起圆弧状的巨浪。宽广的海面摇曳着蓝色的光焰，和琉璃色的天空相接，海天相接之处，水蒸气混杂着太阳金色的光斑，一片朦朦胧胧的白色。道路左侧，隔着一片巨大的蕨类植物的峡谷，满目耀眼而丰盛的绿色之上，是塔法山的山顶吗？在令人目眩的雾霭之中，露出一道高耸的绛紫色山脊。一片寂静。除了甘蔗叶沙沙的摩擦声，什么都听不到。

我一边看着自己短小的影子一边走着，走了很久，突然，奇妙的事情发生了。我问自己：你是谁？名字什么的，不过是符号。究竟，你是什么人？在这热带的白色街道上投下瘦弱的影子，步履沉重地前进的你，是什么人？如水一般来到世间，最终会如风一样离去的你，这个没有名字的你，是什么人？

仿佛演员的灵魂出了窍，在观众席上坐下，眺望着舞台上的自己。灵魂正在质问那个灵魂出窍的躯壳。你是谁？并且目不转睛地上上下下打量着他。我不禁打了个冷战，感到一阵眩晕，几乎要倒下去，勉

〔1〕 作者引用的法文。

强支撑着到了附近土著的家中，在那里休息了一会儿。

我没有经历过这样的瞬间虚脱。我小时候曾产生过对“自我意识”的疑问，这是曾使我困惑一时的永远的谜题，这疑问在长期潜伏之后突然发作，似乎要卷土重来，这是怎么一回事？

是生命力的衰退吗？可最近身体情况比两三个月前好多了。虽然时常有情绪的波动，但精神活力大大恢复。不管是谁在热带住三四年，都会觉得风景索然无味，而最近我在眺望风景时，从其浓墨重彩之中再度感受到了初次见到南太平洋时感受到的那份魅力。所以不应该是生命力衰退的缘故。但最近有点容易变得亢奋，这是事实。这种时候，某个多年前完全遗忘的情景，像烤墨纸[1]上的画一样，突然清清楚楚地在脑海中复苏，连颜色、气味和形状都十分鲜明，到了让人有些害怕的地步。

十一月 × 日

精神的异常振奋和异常抑郁，交替到来。严重的时候，一天反复多次。

昨天下午，骤雨过后的黄昏，在山坡上骑马的时候，突然觉得有什么东西恍惚间掠过心头。眼底是一望无际的森林、山谷、岩石，它们随着陡峭的山坡延伸到海边，就在这时，这整片风景眨眼间在雨后初晴的落日余晖中鲜明地浮现出来。就连极远处的屋顶、窗子、树木，都像铜版画一样，轮廓无一不清晰可见。不仅是视觉。我觉得所有感觉器官都在一瞬间紧张起来，某种超凡绝伦的东西占据了我的灵魂。

〔1〕 烤墨纸：一种日本游戏，用药液等在纸上写字或画画，干后在火上烤，字、画又会显现出来。

无论多么错杂的脉络细节，多么微妙的心理变化，现在都不会错过。我甚至产生了一种近乎幸福的感觉。

昨晚，我的《赫米斯顿的韦尔》大有进展。

但是，今天早上就遭到了严重的反扑。隐约觉得胃部十分压抑，提不起精神。接着昨晚的内容伏案写了四五页，我搁下了笔。托着腮为行文不畅而伤脑筋的时候，突然，一个悲惨的男人的一生，幻影般掠过我的脑海。这个男人患了严重的肺病，心高气傲，自恋得令人作呕，矫揉造作，爱慕虚荣，没有才华却装出一副艺术家的样子，残酷驱使着虚弱的身体，净写些只注重形式却无实际内容的拙作。在实际生活中，他因为幼稚的装腔作势每每招人嘲笑，在家庭里受到年长的妻子无休止地压迫，最后，在遥远的南太平洋，对故乡思念得几欲落泪，就这样凄惨地死去。

那一瞬间，这个男人的一生像一道光闪现出来。我感到胸口猛然遭到一记重击，瘫倒在椅子上，直冒冷汗。

片刻之后，我恢复了过来。大概是身体状况不佳的缘故吧，怎么会产生这样愚蠢的想法？

但是，在对自己一生做出评价的时候，这个影子竟好像怎么都挥之不去。

Ne suis-je pas un faux accord
Dans la divine symphonie?
在神指挥的交响乐中
我难道是那根跑调的弦吗？

晚上八点，又完全振作了起来。重读了《赫米斯顿的韦尔》已经写好的部分。不错。何止是不错！

今天早上一定是哪里出了问题，怎么会认为自己是个一无是处的作家？思想浅薄、毫无哲理——想这么说的人随便他们说吧。总之，文学是一种技巧。即使是凭借条条框框的概念而看不起我的家伙，实际读一读我的作品，也一定会毫无异议地被它的魅力所吸引。我是我的作品的忠实读者。在写作过程中，即使厌烦之至，觉得这些东西毫无价值可言，第二天试着重新阅读，我也一定会为自己的作品的魅力所俘获。就像裁缝对自己裁剪衣服的技术拥有自信一样，我应该相信自己描述事物的技巧。你是不会写出那样无趣的作品的，放心吧！罗伯特·路易斯·史蒂文森！

十一月 ×× 日

我在杂志上读到了这样的意见：真正的艺术，即便不是卢梭的那种，也必定是某种形式的自我告白。说什么的人都有。炫耀自己的恋人，吹嘘自己的孩子，还有一个讲述昨晚做的梦——对本人来说可能很有趣，但是对他人而言，还有比这更无聊、更愚蠢的东西吗？

追记——躺到床上，左思右想之后，决定稍微订正一下上面的想法。我觉得写不出自我告白，也许是我作为人的一个致命缺陷。这是否同时也是作为作家的缺陷呢？可能对某些人而言是极其简单明了的事情，但对我来说这个问题太难了。简而言之，试想，我能不能写出《大卫·科波菲尔》呢？写不出来。为什么？因为我不像那个伟大而平庸的作家那样，对自己过去的生活拥有自信。我觉得，我远比那位简单而单纯的大作家经历过更深刻的苦恼，但我对我的过去并无自信。（说起来，我对现在也是一样。振作起来，史蒂文森！）

幼年和少年时代的充满宗教氛围的成长环境，这人可一写，并且我也确实写了。青年时代的争风吃醋、与父亲的冲突，这些想写的话也可以写。而且可以深刻地大写特写，博得各位评论家的欢心。虽然看着眼前年老色衰的妻子，下笔实在是一件痛苦的事，不过结婚的事情也不是不可以写。但是，要写我在下定决心和芬妮结婚的同时，和其他女人说了什么、做了什么吗？当然，如果写了，或许一部分评论家会很高兴，说什么深刻无比的杰作诞生了。可是，我不能写。很遗憾，我无法认可当时的生活和行为。我知道有人会说，无法认可是因为我的伦理观十分浅薄，根本不像艺术家。他们想要洞察人的复杂性，这种想法我也不是不理解（至少放在别人身上的话，我能理解）。但是说到底，彻底接纳这个想法，我做不到。我喜欢单纯、豁达。比起哈姆雷特，更喜欢堂吉诃德；比起堂吉诃德，更喜欢达达尼昂。浅薄也好，怎么都好，我的伦理观——在我而言也等同于审美观——无法认同过去的生活行为。那么，当时为什么做出那样的事呢？不知道。完全不知道。从前，我常常蒙混说“只有神才懂得辩解”，而现在，我只能赤裸裸地举着双手满身大汗地说：“我不知道。”

究竟，我曾经是爱着芬妮的吗？可怕的问题。可怕的事情。总之，我只知道我和她结婚，并且过到了现在（爱究竟是什么？我懂得爱吗？我并不是想知道爱的定义，而是想知道有没有从自己的经验中马上能得出的答案。哦，全天下的各位读者！各位知道吗？在无数小说中描写了无数恋人的小说家罗伯特·路易斯·史蒂文森，年逾四十竟然还不清楚爱是什么。可是，这并不奇怪。试着将古往今来所有大作家召来，当面奉上这个单纯至极的问题：爱是什么？请他们从自己的情感收纳箱中直接找出答案。弥尔顿、司各特、斯威夫特、莫里哀、拉伯雷，甚至莎士比亚，都必定会出人意料地暴露出他们令人惊讶的、不合常理乃至蒙昧幼稚的一面）。

说起来，关键问题就是，作品和作者的生活之间存在差异。可悲的是，与作品相比，现实生活，以及作者本人，都要低微得多。我是我的作品剩下的残渣吗？就像熬汤后剩下的渣子那样。现在想来，我迄今为止都只想着写故事，甚至觉得统一为了这唯一一个目的而服务的生活很美好。当然，不能说写作无法达成个人修行，写作确实也是个人修行，但是比起写作，没有更加有益于个人修行的途径吗？（因为其他途径，比如行动的世界，对病弱的自己关上了大门——说这样的话，是卑怯的逃避之词吧。即便终生卧病在床，磨炼自己的途径也仍然是有的。当然，这样的病人修习而成的结果，很容易失之偏颇）。

我是否太过沉溺于注重技巧的写作道路？只糊里糊涂追求自我完善，对生活毫无实际的关注——看看梭罗吧，这样的人是很危险的。我是在充分考虑这点的基础上，谈论这个问题。我突然想起了那个魏玛公国的宰相[1]——从前我十分讨厌他，以后也不会喜欢（现在南太平洋的我的贫乏的书库里，一册他的作品都没有）。这个人，至少不是作品之汤熬剩的残渣。不，相反，作品是他的残渣。啊！我的话，虽然很不合理，但作为文学家的名声，已经远远地超越了我对自我的修炼，或者说我幼稚的思想和行为。可怕的危险。

想到这里，觉得有种微妙的不安。如果将刚才的想法贯彻到底的话，我从过去到现在的所有作品都必须废弃，不是吗？这是一种令人绝望的不安。我迄今为止的生活中，“创作”占据着绝对的主导权，而比其更加权威的东西竟然出现了。

但是另一方面，我想，那种已经成为习性的遣词造句时神奇的喜

〔1〕 指歌德。歌德是德国著名思想家、作家、科学家，曾为魏玛公国工作。

悦，那种描写中意的场景时的快乐，无论如何都不会离我而去。写作大概永远是我生活的中心，并且这样也无妨，但是——不，无须害怕。我应当怀有勇气，无所畏惧地迎接发生在我身上的变化。蚕蛹要变成蛾子翩翩飞舞，就必须无情地咬破自己从前织就的美丽的茧壳。

十一月××日

邮船入港的日子，爱丁堡版全集的第一卷到了。对装帧、纸质和其他基本满意。

大致浏览了一遍书信、杂志后，感觉身在欧洲的人们和我之间，思考方式的距离正在逐渐变大。要么是我太过通俗、太过非文学性，要么是他们本来就被太过狭隘的思想禁锢了。以前，我嘲笑过学习法律的家伙们（不过可笑的是，我自己却有律师执照）。我认为，法律只在某个范围内具有权威，即便通晓那些复杂结构很了不起，但它并不具备普遍性的人类价值。现在，对于文学圈，我也想这样说。英国文学、法国文学、德国文学，再往大说，欧美乃至白人的文学，他们设置这样的地盘，将自己的喜好奉为神圣的规则，不在其他地方通用，只在这种特殊的、狭隘的约束之下，夸耀其优越。只有白人世界以外的人才明白这一点。当然，这不仅限于文学。在对人、对生活的评价上，西欧文明制定了某种特殊的标准，以为那就是普遍标准。只知道那些有限的评判方式的家伙，对太平洋上土著的人格闪光点和他们的生活的美好，根本一无所知。

十一月××日

来往于南太平洋岛屿之间的白人商贩，大部分当然都是自私自利的奸诈商人，但其中也有极少数人是如下两种类型。一种完全没想过像普通的南洋商贩那样攒点小钱回故乡安度余生，只是热爱南洋的风光、生活、气候、航海，不愿离开南太平洋，所以还在继续手头的生意。第二种同样是喜爱南太平洋、喜爱游荡，但方式相当偏激，故意对文明社会白眼视之，尽管他们还活着，但认为人生虚无，可以说，已将形骸置于南太平洋的风雨中。

今天在街上的酒馆遇到了一个第二种类型的人。这个男人四十岁上下，在我旁边的桌前独自饮酒，双腿交叉，不停地抖动膝盖。衣着很糟糕，但容貌棱角分明，充满知性。他的眼睛又红又浑浊，明显是喝了酒的缘故。粗糙的皮肤上只有嘴唇通红，有点让人不舒服。

只聊了不到一小时，我只能确切地知道这个人毕业于英国一流的大学。他会讲这座港口小城少有的完美英语。他说他是杂货商人，来自汤加，要乘下一趟船去托克劳斯岛（当然，他不知道我是谁）。完全没有聊生意上的事情，谈了一点关于白人带到岛上的恶性疾病的话题。他说自己一无所有，没有妻子，没有孩子，没有家庭，没有健康，也没有希望。我问他怎么会过上这样的生活，对于我这个愚蠢的问题，他说："没什么像小说情节那样值得一提的原因。而且您说'这样的生活'，我现在的生活也并不特殊吧？——如果和生而为人这件更加奇特的事情相比的话。"他一边笑着，一边微微干咳了几声。

这真是难以反驳的虚无主义。回家睡下后，这个人话中恭恭敬敬却无可救药的调子，仍萦绕在我耳畔。Strange are the ways of men.[1]

定居在这里之前，乘纵帆船周游列岛的时候，我也曾遇到过形形色色的人。

有一个美国人，在不用说白人，就连土著都很稀少的马克萨斯

〔1〕 英语。意为：人各有活法。

后海岸自己建起了小屋，在大海、天空、椰子树之间，独自一人居住，以一本彭斯和一本莎士比亚为伴，无怨无悔地打算终老于此。他是一名造船工匠，年轻时读了描写南太平洋的书后，无法抑制对热带的海洋的憧憬，终于离开故国来到那个岛上，就那样一直住了下来。我在那里的海岸停留时，他作了诗送给我。

一个苏格兰人，暂住在太平洋岛屿中最为神秘的复活岛，无数早已灭绝的土著留下的怪异的巨大石像覆盖了全岛，他在那里当尸体搬运工，之后又继续从一个岛漂泊到另一个岛。一天早晨，在船上刮胡子的时候，他听到身后传来船长的喊声："喂！怎么回事？你把耳朵剃下来了！"他这才发现自己剃下了自己的耳朵，而自己竟没有发现。他立刻决意搬到癞病岛摩洛卡伊，在那里心甘情愿地度过余生。我探访那座被诅咒的岛屿时，这个人十分欢快地给我讲述了自己过去的冒险经历。

阿佩玛玛的独裁者特比诺克现在过得怎么样？他没有戴王冠，而是戴着一顶遮阳帽，身穿苏格兰短裙，缠着欧式的绑腿，这位南太平洋的古斯塔夫[1]十分喜好稀罕物什，他的仓库正位于赤道上，却囤积着大量暖炉。他将白人分为三类："欺骗过我一点的""欺骗过我不少的""欺骗我十分严重的"。我的帆船离开他的小岛时，这位豪迈而率直的独裁者，眼中几乎泛起了泪光，为"完全没有欺骗他"的我，唱起了送别之歌——他也是那个岛上唯一的吟游诗人。

夏威夷的卡拉卡瓦王现在过得怎么样？卡拉卡瓦头脑聪明，但时常伤春悲秋。在太平洋人种里，他是唯一一位能与我对等地讨论马克

〔1〕 古斯塔夫：即古斯塔夫·阿道夫二世，瑞典瓦萨王朝国王、军事家。

斯·缪勒[1]的人物。曾经梦想过波利尼西亚大一统的他，现在面对自己国家的衰亡，大概已经放弃了这种想法，正沉溺于阅读赫伯特·斯宾塞[2]吧。

半夜，难以入睡，侧耳聆听遥远的涛声，在碧蓝的潮水和清爽的信风之间，我见过的各种各样的人的身影，一个接一个地无穷无尽地浮现出来。

诚然，人一定是用以筑梦的材料。但这梦意趣盎然，多么丰富多姿，多么令人愁肠百转！

十一月××日

《赫米斯顿的韦尔》的第八章写完了。

感觉这个工作渐渐走上正轨，终于能够清楚地把握角色了。一边写，一边有种沉甸甸的厚重感。写《化身博士》和《绑架》时，我的速度快得可怕，但写作的过程中并没有确凿的自信。写出的也许是一部出色的作品，但恐怕也有可能完全是一部自以为是的令人汗颜的劣作。因为手中的笔好像被自己以外的东西所牵制和驱逐。这次不同。同样是进展得顺利而飞快，但我明显牢牢掌控住了作品中所有人物的缰绳。我自己也能清晰地判断出作品的好坏。不是在兴奋的自我陶醉之下做出的判断，而是出于冷静的考量。我估计这部小说至少也会超越《卡特丽娜》。虽然还没写完，但这点是肯定的。岛上有一句谚语："是鲨鱼还是鲣鱼，看看尾巴就知道了。"

---

〔1〕 马克斯·缪勒（Friedrich Max Müller）：德裔英国文学家、东方学家。

〔2〕 赫伯特·斯宾塞（Herbert Spencer）：英国哲学家、社会达尔文主义之父，他提出将"适者生存"应用在社会学，尤其是教育及阶级斗争。

十二月一日

天还未亮。

我站在山岗上。

下了一夜的雨终于停了，但风仍然很猛。陡峭的山坡从脚下铺展开来，远处，云朵掠过铅色的海面，向西方飞奔而去。云层的断裂处，时而有临近拂晓的模糊的鱼肚白，在大海与田野之上流淌。天地尚未染上色彩。感觉冷飕飕的，像北欧的初冬。

狂风带着湿气迎面扑来。我将身体靠在大王棕的树干上，才勉强站住。一种类似不安和期待的感觉涌上心头。

昨晚，我也在阳台上待了很久，任由狂风暴雨吹打。今早也这样迎着强风站立着。我想向着那些激烈的、凶残的、暴风雨一样的东西，一口气撞上去，撞碎那个把自己禁锢在某个局限里的硬壳。多么畅快！与四大元素[1]的强烈意志对抗，屹立于云、水与山之间，唯我独醒！我渐渐产生出一种英雄气概。“O！Moments big as years.”[2]“I die，I faint，I fail.”[3]我呼唤着这些散漫无章的诗句。风把声音撕碎，带向远方。田野、山岗、大海，渐渐明亮起来。

一定会发生什么。我的心中充满欣喜的预感，一定会有什么发生，为我扫除生活的残渣和杂质。

我这样站了足有一个小时吧。

不久，眼前的世界瞬间改变了样貌。无色的世界忽然间五彩斑斓，熠熠生辉。从这里看不到的东方突起的岩石的另一侧，太阳出来了。

---

〔1〕 四大元素：指火、空气（或是风）、水、土这四种构成世界的元素。

〔2〕 英语。英国浪漫主义诗人济慈的诗句。意为：哦！瞬间，即是永远。

〔3〕 英语。英国浪漫主义诗人雪莱的诗句。意为：我无可救药，我沉醉不醒，我一败涂地。

这是怎样的魔术啊！刚才还是灰色的世界，现在都被染上了新鲜的番红花色、硫黄色、玫瑰色、丁香色、朱红色、绿松石色、橙色、藏青色、绛紫色——所有颜色都带着丝缎的光泽，令人目眩神迷。飘散着金色花粉的清晨的天空、森林、岩石、山崖、草地、椰树下的村落、可可的壳堆积成的红色的山，都十分美丽。

望着眼前发生在一瞬间的奇迹，我觉得就在此刻，我内心的暗夜逃往了远方，心中无比畅快。

我意气风发地回到了家。

二十

十二月三日早晨，史蒂文森像平常一样口述了三个小时《赫米斯顿的韦尔》，让伊莎贝尔用笔记录下来。下午，写了好几封书信，快傍晚时来到厨房，在准备晚餐的妻子旁边，一边开玩笑，一边搅拌沙拉。然后，到地窖去取葡萄酒。拿着瓶子返回妻子身边时，突然，酒瓶从他手中滑落，他说着“头！头！”当场昏倒在地。

他立即被抬进卧室。请来了三名医生，但他再也没有恢复意识。

医生的诊断是“肺脏麻痹并发脑出血”。

第二天早上，瓦伊利马被前来吊唁的土著送来的花的海洋淹没了——野生的花、花、花。

劳埃德指挥两百名自发申请劳动的土著，从凌晨起，一直在开拓一条通往瓦埃阿山顶的道路。这山顶，正是史蒂文森生前指定的埋骨之地。

平静无风的下午两点，出殡了。强健的萨摩亚青年们轮流接力，沿着森林中新开出的道路，将棺木运往山顶。

四点，在六十名萨摩亚人和十九名欧洲人面前，史蒂文森的遗体被安葬了下去。

那是一片海拔一千三百英尺，被枸橼树和露兜树环绕的山顶的空地。

逝者生前为家人和仆人们所作的一曲祈祷诗，就这样被用来唱给了自己。热烘烘的空气中弥散着枸橼树呛人的香气，参加葬礼的人们静静地垂着头。墓前撒满洁白的百合花瓣，一只带着天鹅绒般光泽的巨大的黑色凤蝶，停下了翅膀，静静地呼吸着……

一位老酋长布满赤铜色皱纹的脸上，道道泪痕清晰可见——南国人沉醉于生的欢愉，也正因如此，对死抱有绝望的哀伤。他低声说道：

“托法（安息吧）！茨西塔拉。”

附录

中岛敦年表

明治四十二年(1909)

五月五日，出生于东京市四谷区箪笥町(现东京都新宿区三荣町一带)。父亲中岛田人任教于千叶县铫子中学，母亲千代子也是教师，任教于东京市内的小学。

中岛家世代居住在日本桥新乘物町，以制造肩舆为业。祖父中岛庆太郎，号抚山，拜入汉学家龟田鹏斋门下。中岛抚山的长子靖、次子端(号斗南)均为汉学家，三子竦是中国古代文字的民间研究者，四子关翊是基督新教派的牧师，五子开藏是造船家，小儿子比多吉是伪满洲国高级官吏。中岛田人是抚山的第六个儿子，从父亲和兄长处接受了汉学教育。

明治四十三年(1910)　一岁

二月，父母离婚。中岛敦被寄养在父亲老家埼玉县久喜町的祖父母家中。

四月，父亲调至奈良县郡山中学任教。

明治四十四年(1911)　两岁

六月二十四日，祖父中岛抚山去世，享年八十三岁。

大正三年(1914)　五岁

二月十八日，父亲再婚。

大正四年（1915）　六岁

三月，因到了小学入学的年龄，被父亲接到位于奈良县郡山町的家里。

大正五年（1916）　七岁

四月，入读奈良县郡山町男子寻常小学，学年末获得优等奖。

大正七年（1918）　九岁

五月，父亲调至静冈县立浜松中学任教。

七月，读完三年级第一学期后，转学到静冈县浜松西寻常小学。

大正九年（1920）　十一岁

九月，父亲调至朝鲜龙山中学任教[1]，中岛敦随之转学到朝鲜京城龙山公立寻常小学，读五年级。

大正十一年（1922）　十三岁

三月，从龙山公立寻常小学毕业。

四月，入读朝鲜京城府公立京城中学。

【七月，森鸥外逝世。】

大正十二年（1923）　十四岁

三月，妹妹中岛澄子出生。同月十六日，继母去世。

【《文艺春秋》杂志创刊。有岛武郎自杀。】

大正十三年（1924）　十五岁

四月，父亲再婚。

〔1〕 明治四十三年（1910）八月，日本和韩国签订《日韩合并条约》，朝鲜半岛沦为日本殖民地。

大正十四年（1925）　　十六岁

三月，父亲从龙山中学离职，十月起奉职于“关东厅立”大连第二中学。

大正十五年·昭和元年（1926）　　十七岁

一月二十四日，三胞胎敬、敏、睦子出生。

四月，中学毕业，考入第一高等学校（现东京大学教养学部）文科甲类，成绩优异。

八月、十月，两个弟弟中岛敬、中岛敏相继去世。

【川端康成《伊豆的舞女》发表。】

昭和二年（1927）　　十八岁

春天，前往伊豆下田旅行。

八月，去大连探亲时患上肋膜炎，在大连“满铁医院”住院治疗，休学一年。后转至别府的“满铁疗养所”，之后又转至千叶县保田一带疗养。

十一月，在第一高等学校《校友会杂志》第313号上发表《下田的女人》。

【七月，芥川龙之介自杀。岩波文库创刊。】

昭和三年（1928）　　十九岁

这一时期，哮喘病已经开始发作。

四月，搬离学校宿舍，寄住在东京青山的亲戚冈本氏家中。

十一月，在《校友会杂志》第319号上发表《某种生活》《吵架》。

【山本有三《波》、谷崎润一郎《食蓼虫》、横光利一《上海》发表。】

昭和四年（1929）　　二十岁

二月，加入文艺部。

四月起，开始参与《校友会杂志》的编辑，共编辑刊发了第322号至326号五期。

六月，《蕨·竹·老人》和《有巡查的风景》以《短篇二则》为题发表于《校友会杂志》第322号。

夏天，搬出冈本家，移住芝区同润会公寓。

秋天，与新规矩男、山名文夫、矢崎秀雄、冰上英广、钉本久春等十多人创办同人杂志《会饮篇》。

昭和五年（1930） 二十一岁

一月，在《校友会杂志》第 325 号上发表《D 市七月叙景（一）》。

三月九日，妹妹中岛睦子在中国大连病死。

三月，从第一高等学校毕业。

四月，入读东京帝国大学文学系。

六月，伯父中岛端（斗南先生）在三弟山本开藏家中去世，享年七十八岁。

夏天，季刊同人杂志《会饮篇》停刊。暑假期间阅读了永井荷风、谷崎润一郎的几乎所有作品。据说这一时期还热衷于舞蹈和麻将。

九月，在《向陵志》上发表《文艺部部史》。

十月，开始为英国大使馆驻日武官 A・撒切尔海军少佐教授日语，为期一年左右。

昭和六年（1931） 二十二岁

三月，父亲成为中岛家一家之主。同月，中岛敦初遇桥本高。

八月，阅读《上田敏全集》《子规全集》《鸥外全集》等，为毕业论文的写作积累材料。

十月，父亲从中国大连第二中学退职回国。搬入东京市外驹泽町上马五十九番地的租房，与父母同住。

昭和七年（1932） 二十三岁

春天，确定与桥本高的婚事，但遵从父亲的意见，正式入籍手续在中岛敦毕业后的昭和八年（1933）年十二月十一日进行。桥本高是爱知县碧海郡依佐美村人，生于明治四十二年（1909）。

八月，在居住于中国旅顺的叔父比多吉的帮助下，前往中国北方旅行。

秋天，参加朝日新闻社的入社考试，但因体检不合格而落选。

计划创作短篇《在疗养所》。

昭和八年(1933)　　二十四岁

一月，向东京帝国大学图书馆寄赠祖父中岛抚山的著作《演孔堂诗文》及伯父斗南的著作《斗南存稿》。

三月，从东京帝国大学文学系毕业。毕业论文《耽美派的研究》，从森鸥外、上田敏及《昴》一派的耽美倾向论至永井荷风、谷崎润一郎，共四百二十页。

四月，入读东京帝国大学大学院。研究课题为《森鸥外的研究》。同月，成为祖父的门生田沼胜之助担任理事长的财团法人横滨高等女校(现横滨学园高等学校)教师，独自前往横滨。

四月二十八日，领到第一份工资当日，长子中岛桓在妻子的老家出生。

八月，与木村行雄等人分工合作翻译D・H・劳伦斯[1]的《儿子与情人》。

九月十六日，以伯父中岛斗南为原型的短篇《斗南先生》完稿。从这时起，开始创作《北方行》。

【十月，《文学界》创刊。】

昭和九年(1934)　　二十五岁

二月，《猎虎》完稿，参加《中央公论》的征文，后被评为未入选佳作。

三月，从东京帝国大学大学院退学。

九月，哮喘发作，几乎危及生命。

昭和十年(1935)　　二十六岁

对拉丁语、希腊语产生兴趣，喜爱加尼特[2]的作品，阅读《列子》《庄

〔1〕 D・H・劳伦斯(David Herbert Lawrence)：英国作家，二十世纪英语文学中重要人物之一。著有《白孔雀》《儿子与情人》《查泰莱夫人的情人》等。

〔2〕 加尼特(David Garnett)：英国小说家。作品构思新颖，具有童话式的讽刺意味。著有《太太变狐狸》等。

子》。与同事举办帕斯卡尔[1]的《思想录》研读会。

【岛崎藤村《黎明之前》完结。】

昭和十一年(1936)　　二十七岁

三月下旬，前往小笠原诸岛旅行。后创作诗歌《小笠原纪行》。

四月二十五日，第二任继母去世。

八月八日，启程前往中国旅行，游杭州、苏州。后将中国行的见闻印象写成诗歌《朱塔》。

十一月十日和十二月二十六日，《狼疾记》和《变色龙日记》完稿。

这一时期阅读了《法朗士[2]全集》的英译本，阅读韩非子、王维、高青邱等人作品。

昭和十二年(1937)　　二十八岁

一月十一日，长女中岛正子出生，因早产于十三日死亡。

十一月至十二月，创作《和歌五百首》。

这一时期，《北方行》(未定稿)完稿。

【永井荷风《濹东绮谭》、志贺直哉《暗夜行路》完稿。】

昭和十三年(1938)　　二十九岁

这一时期，热衷于花草。

八月，翻译完成阿道斯·赫胥黎[3]的《帕斯卡尔》。

昭和十四年(1939)　　三十岁

从这一年开始，哮喘发作加剧。对相扑、音乐和天文学抱有兴趣。

〔1〕 帕斯卡尔(Blaise Pascal)：法国思想家、数学家、物理学家。著有《思想录》等。

〔2〕 法朗士(Anatole France)：法国小说家、评论家。作品讽刺而幽默，持怀疑主义态度。获1921年诺贝尔文学奖。著有《希尔维斯特·波纳尔之罪》《黛依丝》等。

〔3〕 阿道斯·赫胥黎(Aldous Leonard Huxley)：英格兰作家。著有《美丽新世界》等。

一月十五日，《悟净叹异》完稿。

这一年，翻译了阿道斯·赫胥黎的《斯宾诺莎之虫》《克拉克斯顿家的人们》，后者未定稿。

昭和十五年（1940）　三十一岁

一月三十一日，次子中岛格出生。

夏天，开始阅读史蒂文森的作品。

这一时期，阅读了柏拉图的作品，同时阅读了关于古埃及、古希腊的文献。

昭和十六年（1941）　三十二岁

一月末，《茨西塔拉之死》（即《光，风，梦》）完稿。

二月，开始认真考虑转移到气候适宜的地方疗养及专心从事文学创作。

三月末，向横滨高等女校请求停职休假一年。

四月末五月初，《山月记》完稿。

五月，动笔创作《我的西游记》。

五月末，去南洋厅工作一事基本确定，向好友深田久弥辞行，将作品《茨西塔拉之死》、《古谭》四篇、《过去帐》两篇的原稿托付给他。

六月十六日，向横滨高等女校提交辞职信。

六月二十八日，作为南洋厅内务部地方科的国语编修书记，出发赴帕劳岛就任。

十一月十九日，取得文部省下发的国语教师资格证。

昭和十七年（1942）　三十三岁

二月，《山月记》和《文字祸》以《古谭》为题发表于《文学界》二月号。

三月十七日，从南洋出差回到东京，气候骤变引发了严重的哮喘和肺炎。

五月，《光，风，梦》（原名《茨西塔拉之死》，应编辑要求修改了题名）发表于《文学界》五月号。

六月二十四日，《弟子》完稿。

四月至六月，《悟净出世》完稿。

七月十五日，首部小说集《光，风，梦》由筑摩书房出版发行，收录《古谭》四篇（《附灵》《木乃伊》《山月记》《文字祸》）、《斗南先生》、《猎虎》、《光，风，梦》。

七月末，向南洋厅提交辞呈。

八月，《幸福》《夫妇》《鸡》完稿。

十月中旬，哮喘剧烈发作，心脏衰弱。同月末，《李陵》完稿。

十一月中旬，入住世田谷区冈田医院。同月十五日，第二部作品集《南岛谭》由今日问题社出版发行，收录《南岛谭》三篇（《幸福》《夫妇》《鸡》）、《环礁》、《悟净出世》、《悟净叹异》、《古俗》两篇（《盈虚》《牛人》）、《过去帐》两篇（《变色龙日记》《狼疾记》）。

十二月，《高人传》发表于《文库》十二月号。同月四日，早晨六点去世，葬于多磨墓地。

昭和十八年（1943）

一月，随笔《章鱼木之下》发表于《新创作》新年号。

二月，《弟子》发表于《中央公论》二月号。

七月，《李陵》发表于《文学界》七月号。

●主要参考资料

《日本现代文学全集82——梶井基次郎・田畑修一郎・中岛敦集》，讲谈社，1980

《中岛敦全集3》，筑摩文库，1993

《中岛敦 诞辰100年，永远跨越国境的文学》，河出书房新社，2009

《李陵・山月记・弟子・高人传》，角川文库，2016

译后记

在日本，中岛敦因为《山月记》而广为人知。这篇小说讲述了李徵化虎的故事，脱胎自唐传奇《人虎传》，充满意趣与哲思，多次被选入日本国语教科书。但是，中岛敦在文学上的造诣不止于此。日本大学田锅幸信教授在《中岛敦的生涯与世界》一文中写道："他广博的学识、深厚的教养，更重要的是他对文学、对人生真挚的态度，是不容错过的。"

翻译这本书，其实是一次探索中岛敦世界之旅。中岛敦的作品，格调高雅，选材广泛，不受时间、空间之局限，落笔之处，尽是旖旎风光。

起先，跟随中岛敦走进西汉年间的漠北边境，戈壁沙漠上万里平沙丘陵连绵，鹰隼从秋云间掠过，大地上有一个孤独的背影，是率一支孤军血战匈奴的勇士，还是苟且偷生的降将，留与后人评说。——这是《李陵》。

再往前，只见白露浸湿大地，破晓的角笛响起，林间草地上，失意的诗人李徵化作一头猛虎，不知是对月还是对自己嘶鸣。——这是《山月记》。

一路走来，最后来到南太平洋的萨摩亚岛，现代文明与土著文化激烈碰撞，拂晓的天空是一片美丽的鸽子灰，海浪拍打着礁石，苏格兰作家史蒂文森把家建在了一处有五条河流的地方，在萨摩亚语中，它叫瓦伊利马。——这是《光，风，梦》。

翻译中岛敦的作品，无疑是一种享受。我不由自主被他带入久远的历史里，带入对生命、对生活的思索中。但是，我也在小心翼翼问自己，如何最大程度地还原那些栩栩如生的场景描写？如何让作者的哲思与情怀得以原汁原味地呈现？

这是我的困惑，也是我的胆怯。

我想，好的文字应当是真诚且自然的，好的翻译亦是如此。我希望这个译本能够淡化翻译的痕迹，使读者尽可能直接地、面对面地与作品和作者碰撞出火花。为此，我虽如履薄冰，但亦全力以赴。

译完全书时，正是秋天，我突然想起了下面这段话：

> 尚是秋天，而北地的苜蓿已经枯萎，榆树和杞柳的叶子也已凋零殆尽。不用说落叶，除却宿营地近旁，甚至连树木都难以见到。砂砾，岩石，河滩，干涸的河床，四野一片荒凉景象。目之所及，荒无人烟，偶有访客，也不过是旷野里觅水的羚羊。远山高耸，直插秋日的苍穹，山巅之上，雁群向南急急而去。

这是《李陵》开篇中的一段，是我最初翻译的一个段落。

此刻，中岛敦笔下那个遥远的秋天，仿佛穿过了悠远的时光，和我所身处的秋天轻轻击了个掌。

四季恒常，世间的故事，永远不会落幕。而那些烟云中的悲伤或美好，使心灵丰富并高贵。

李默默

2019年秋于宫崎